U0832368

穿过黑暗的女人

CHUANGUO HEI'AN DE NüREN

时代出版传媒股份有限公司
安徽文艺出版社

作者简介

墨梓，原名方景芬，1957 年出生于浙江乐清北雁荡山麓，教师。宁波市作家协会会员。曾用“四明郡主”的网名在“天涯论坛”发表长篇小说《靠山村》，中篇小说《火浴》《破茧》，短篇小说《兰花指》《天堂之约》等。

穿过黑暗的女人

墨　梓◎著

时代出版传媒股份有限公司
安徽文艺出版社

图书在版编目(CIP)数据

穿过黑暗的女人/墨梓著. —合肥:安徽文艺出版社,2015.4
ISBN 978-7-5396-5363-1

Ⅰ. ①穿… Ⅱ. ①墨… Ⅲ. ①长篇小说-中国-当代
Ⅳ. ①I247.5

中国版本图书馆 CIP 数据核字(2015)第 060222 号

出 版 人:朱寒冬
责任编辑:周 康 装帧设计:徐 睿

出版发行:时代出版传媒股份有限公司 www.press-mart.com
安徽文艺出版社 www.awpub.com
地 址:合肥市翡翠路 1118 号 邮政编码:230071
营 销 部:(0551)63533889
印 制:合肥锐达印务有限责任公司 (0551)62827094

开本:700×1000 1/16 印张:19.75 字数:300 千字
版次:2015 年 4 月第 1 版 2015 年 4 月第 1 次印刷
定价:35.00 元

(如发现印装质量问题,影响阅读,请与出版社联系调换)

穿过黑暗的女人

目　录

第一部分　商界女强人 / 001

第二部分　金融风暴 / 137

第三部分　女囚 / 205

第四部分　重生 / 271

后记 / 313

第一部分

商界女强人

第一章

青山市检察院反贪局女局长艾敏，刚走到办公楼楼道的拐角，面朝楼道的郁玉第一时间看见了她，低声惊呼："铁娘子来了。"扎堆热议绯闻的小青年像被猎枪击中的鸟群，呼啦一下散去，迅捷钻回办公室，"山林"一片寂静。

艾敏沉着的椭圆脸松了松，心里笑骂："小猢狲们，怕我吃了你们呀？"

她跨进自己的办公室，抓起内部电话呼叫："小魏，你来一下。"

不一会，矮个方脸的魏崇明，挺着腰板迈着敦实的步子噌噌走进来，锃亮的双目盯着艾敏，瓮声问："艾局，有事？"

艾敏正低头倒水，抬起下巴颏指了指桌上的大红烫金请柬："今天晚上去参加酒会。"

魏崇明看一眼艾敏板着的脸，狐疑地翻开请柬，边看边大声读出："兹定于2006年10月20日，农历八月二十九日，星期五，在青山华侨饭店召开香港元丰集团绿洲房地产有限公司八周年年庆暨汇富大厦落成典礼。邀请人，钱一芷一彤。"

"哼！"魏崇明把请柬扔回桌上，一屁股蹾进靠椅里，鼻孔朝天哼了一声，"你真打算去呀？那染缸，我可不跳。"

艾敏一听此话，立起眼眉斥他："小猢狲，谁让你跳染缸？清者自清。"

魏崇明见状，立刻跳起身挺胸立正大声应答："是，清者自清。"

电梯嘶嘶叫着，一会儿就把钱芷彤送到汇富大厦36层顶楼。平台上空寂无人，她趁晚会前短暂的空档溜出来喘口气。夕阳滚圆，似一只血橙被墨绿的玉甑峰尖托着，浓烈瑰丽的火烧云镏金一样泼满西边半个天空。她眯起眼睛朝那里望了一会儿，预测到一场热风暴可能正在太平洋上空聚集，不出一星期也许会挟风裹雨越过台湾海峡横扫东海湾的这个小城。她的眼前掠过台风肆虐后的境况。当然,说不定热风暴会在瞬息万变的某一秒与小城擦肩而过南下或者北上。

表象下的实质是你永远猜不透的。钱芷彤收回目光。

东边的海湾隐隐传来马达轰鸣声,忙碌的人群在夕阳里忽起忽落,那里正在进行填海造地运动。新一届的市委、市政府领导班子喊出口号,要在本届任期内,把青山打造成中等港口城市。市委副书记南海在三级领导会议上专门做了动员报告,一时间人心鼎沸。钱芷彤私底下嘲讽南海:"吹牛吧,你!"南海耸耸肩笑问:"那怎么办?新的领导上台总得有所作为吧,新目标、新政策、新的经济指数,对吧?"

钱芷彤听了直撇嘴,继而,心领神会地和南海一起笑。

玉溪沿着汇富大厦的墙根向东流去,每次看到它水光潋滟、款款流淌的样子,一种撕心裂肺的痛感铁钳一样钳住她,使得她的呼吸和思考都会出现短暂的间歇,精神恍惚迷失在往事的烟雾里……好在冥冥中似乎有一股无形的力量在推波助澜,把钱芷彤逐渐推向人生的顶峰。钱芷彤把这一切都看作是命运对她的补偿,是理所当然的。她要夺回被母亲丢失的颜面,她要创建真正属于自己的金钱王国,她就必须打倒所有阻碍她前进的人,清除障碍绝不留情。钱芷彤捏紧拳头把凶狠的目光投向深邈的天空。

文帅肌肉结实的手臂冷不丁从她后腰绕过来抱住她。钱芷彤猛一激灵赶紧拽回思绪,换一副笑脸,侧过头看文帅:"你怎么知道我在这里?"

文帅轻笑:"汇富大厦是你的最爱嘛。"说罢紧紧盯视她墨黑的眸子细察,贴紧她的脸庞低低问,"想什么呢?脸色这么吓人,铁板浇铸一样。"

钱芷彤咧咧嘴角憋出一个硬硬的笑:"没什么,走吧,酒会该开始了。"

她抻直有点起皱的裙摆昂然朝空寂的电梯走去。

清水湾村的村主任关大东没接到钱芷彤的大红烫金请柬,涨红着葫芦脸急吼吼来找胡立商量。

"钱芷彤看不起我,城关几个村的村主任、书记都请到了,唯独不请我。

表哥，你给想个办法，一定要去的。我们那块地还指望和她合作呢。”

胡立的三角眼咕噜转了几下，盯着表弟压低声音问：“哎，我说，你哪里得罪她了？”

胡立的头和眼睛是三角的，脸上两块颧骨和下巴拉成一个三角，整个人像一枚三角尖头钉，总想钉进别人的心里去窥视秘密。

关大东低头想了半天，摇摇头：“我怎么敢得罪她？吃了豹子胆了我？”

胡立斜了一眼关大东：“再好好想想？”

关大东皱着眉一下一下捏着胖葫芦下巴颏，搜肠刮肚想着，突然一拍大腿惊叫：“啊呀，去年年底，绿洲公司的那个香港哥宋宇，和我搓麻将时提起过要我把清水湾地块拍给绿洲，被我一嘴回绝了。”

胡立竖起三角眼手指点着表弟的窄脑门斥他：“看看，看看，得罪人了都不知道。当了村主任都不知道自己姓什么了？啊？你怎么敢得罪她呀？哎哟，捅马蜂窝啦。”

胡立搓着手在屋里直转圈，关大东瞪着血红的牛眼嚷嚷：“那怎么办？白送她？我们不是还指望这块地发财的吗？这娘们，她真敢动我，和她拼了。”

胡立转头喝他：“歇着吧你，就你，还想和她斗？！这事我来想办法，你只要跟我后面就行。”他随即凑到表弟耳边低低嘱咐，关大东晃着葫芦脑袋直说好。

陈斌揿亮梳妆台上的灯，对着镜子往头发上打进口发蜡，头发便湿漉漉、贼亮亮地一绺绺爬起来，再将头发当中划开往后掠，梳了一个时髦的绅士头。镜子里的他长条脸细眉细眼，鼻梁直挺，左太阳穴的一道疮疤却像条褐红的蚯蚓从眼角一直爬进鬓发里，使他看上去有点诡异。他摸摸有点酱紫的疮疤，对着镜子吹了一声口哨。围堵流氓斗殴时，艾敏那颗子弹贴着他的太阳穴飞过去，揪去一长绺皮肉，留下这个疤。陈斌也因此成了青山赫赫有名的陈疤瘌，打遍青山无敌手的老大。当然，这都是十年前的往事了。现在，他是一名富商，青山市商会会长。那眼神今非昔比，老辣得能呛死人。

他走到娘屋里，老娘正坐在沙发上念经，听见陈斌进来抬起半瞎的眼问：“阿斌，阿清的事情办得咋样？你要等我进了棺材才肯让他回来见我？”

陈斌心头一沉，蹲在老娘身边细语安慰：“娘，我正求人办呢。”

老娘甩了佛珠哭：“你们从小没爹，长兄为父。阿清的事拖了几年都不见动静，可见你不上心。我不活了，眼不见心不烦呐。”

“儿子不敢。”老太太一发脾气，陈斌就没辙，低了头也跟着掉眼泪。“娘，儿子今晚去参加酒会，再去托人。”

老太不理睬陈斌，一把鼻涕一把眼泪，痛说陈斌兄弟俩如何不听话不省事，如何让她做娘的操碎心。“我的眼睛是为你俩哭瞎的，知不知道？”说到伤心处，老太用巴掌捶得茶几啪啪响。

陈斌赶紧叫唤老婆，指望她能劝下老太。

陈斌老婆从厨房紧脚赶出来，接了丈夫暗示的眼色，在围裙上擦擦湿手热热叫一声：“娘嗳，好娘。”走上前去敲背捏肩加上一箩筐的好话，终于哄得老太收了眼泪，陈斌这才开车走人。他拿起驾驶椅上的大红烫金请柬仔细看了看，又拿出一个档案袋咬咬牙下定决心：此番割肉流血，说什么也要把兄弟的事给摆平喽。

档案袋里装着购买南门地块的全部资料。

借着路灯幽暗的光，王栋神情严肃地轮视了一眼集中在迪赛名园小区门口黑压压的人群，把十来个组长召集到一边低声吩咐：“有几点要强调一下。第一，点一下自己组里人数到齐了没有，没到的，赶紧催过来，人多势众。第二，绝对不要打人，要文斗不要武斗，话可以说得重，口号尽管喊得凶一点。大家一定一定要强调好这一点。第三，等到重要领导到了我们再出发。不能打草惊蛇。还有半个小时，大家赶紧准备。”

王栋一挥手，组长们钻到人群里忙去了。他又拉住一位中年人嘀咕了半天。

第二章

香港元丰集团绿洲公司的庆祝酒会在华侨饭店准时举行，几盏大灯照得华侨饭店宽阔的大门亮如白昼。

钱芷彤穿一套蓝紫色晚装，站在门厅前接待来宾，裹胸束腰长及脚踝的晚装衬得她更显婀娜高挑。文帅着巴黎定制鸭蛋青西装，站在钱芷彤左后侧，温文尔雅，频频朝来宾点头致意。

饭店门口沿台阶两边摆放着一长溜祝贺的花篮。十六个妙龄女郎身着大红织锦缎旗袍，分立在钱芷彤和文帅身后，衬托得俩人俨然一对天人。

钱芷彤微微欠身，朝着来宾热热微笑。那双被粗黑睫毛密密围着的眼睛，像林中的深湖一般迷人，黑眸子随着笑声闪闪发光。红唇里吐出悦耳动听的话语像一杯杯烫好的糯米酒，妥妥帖帖分送给不同的人，来客们都觉得自己是今晚最受她欢迎的人，因而无不满面生辉，欢喜不已。

初次见她的人却像被点中了要穴，只顾朝着她傻看傻笑，不知南北东西、四维天地。直到有人推了一把，才回过魂来，呵呵呵笑着朝里走。

胡立和关大东立在离华侨饭店大门不远的阴暗处等人，一边瞧着八面玲珑、摇曳生姿的钱芷彤。胡立下巴颏朝大门口一抬："看到了吧？这女人把腰勒得极细，奶子鼓出来老高，就是为了招惹人来买她的楼。这女人见人说人话见鬼说鬼话，看那些人喜癫癫的，一个个都成了被蜜糖粘住的无头苍蝇，真贱。"

关大东鼓着肥腮帮有点急："阿兄，你托的人到底来了没有？"

胡立看了一下手机上的时间："快了。"又白了表弟一眼，"千万沉住气。小不忍则乱大谋。"

关大东没辙，点根烟抽，眼睛瞅着钱芷彤后面的侯东跃和"香港哥"宋宇。侯东跃双手交叉在背后,冷面冷眼立在离钱芷彤十米远的地方,宋宇花衬衫马尾辫,站在侯东跃旁边轻晃长腿,皮笑肉不笑,一副漫不经心的浪荡相。关大东心里恨恨地直骂:都是这不男不女的坏种挑唆的,否则钱芷彤不会这么对我。

小巧的秦碧波从里面风一样旋出来,天蓝的裙边飘起落下,细高跟鞋敲得地面笃笃响。见到钱芷彤、文帅二人,咯咯笑着打趣:

"瞧啊,这哪是什么一、二把手,倒像是新郎、新娘。咯咯咯,明天上我们《青山日报》头版得了。"说时举起手中的照相机,镁光灯咔嚓咔嚓闪了几下。

"大记者,别贫了。"钱芷彤拉了她的手臂急问,"艾敏怎么还不来?再打个电话催催。"

秦碧波一抬眼,指着前面:"不来了嘛。"

钱芷彤随声望去,艾敏一身银灰正装,腰板笔挺,神情严肃,长发在后脑勺挽了一个肥肥的髻,用一根竹签穿心而过别住,额前剪出一抹厚厚的刘海盖住了眉毛,迈着军人的步子走过来。看着艾敏这副不伦不类的打扮,钱芷彤摁住打趣的念头,脸上堆满诚恳的笑意,一双玉手朝着艾敏伸去,急匆匆走下台阶,嘴里吐出一连串灼烫的话语:"哎哟哟,老同学,看把我等的。喏喏喏,眼角都等出皱纹啦。"

钱芷彤紧捏住艾敏粗硬的手掌亲热摇晃,越过艾敏的头,飞快瞥见后面矮壮的小伙子嘴角隐着讥讽的笑。她便放了艾敏,朝小伙子展露红唇,翘起密密的睫毛,黑瞳里射出一波炫目的光,款款伸手:"这位就是反贪局魏科长吧?久仰大名。"

小伙子一愣,腰身站得笔直,那缕冷笑躲了躲又及时闪回嘴角,出于礼貌碰了碰钱芷彤的手指,自报家门:"魏崇明。"

钱芷彤回身挽住艾敏,把她送到后花园门口,嘱咐秦碧波:"碧波,替我招待好两位贵客。我去迎一下孙副省长。"

后花园热闹非凡。

华侨饭店的后花园有两亩地大小，中间一大块草坪，草坪中间砌一个圆形水池，水池中间有一尊仙鹤的雕像。仙鹤正被彩灯烘托得如梦如幻，从身体的七个地方喷出七绺白水柱，跟着《今天是个好日子》的节奏时高时低忽左忽右地欢快跳跃。

沿着大草坪，四周围树木蓊郁，植满奇花异草，凉风习习，暗香飘送。白色的圆桌椅恰到好处地安置在树荫下。

“这里举办露天的英式酒会再合适不过。这个华侨饭店属于香港元丰集团绿洲公司的产业，2002 年建造完工，芷彤亲自参与设计与督工。”秦碧波一边走一边介绍。

艾敏“嗯嗯”应着，她何尝不知？

艾敏扫视了一圈，许多张桌子边已坐满了人，有的低声私语，有的高谈阔论。她走到西北角一张摆在月桂树下的桌子，坐下后整个身子被浓黑的树影罩住，别人看不到她，她却可以对整个花园一览无余。

魏崇明坐到艾敏的右侧。

秦碧波闪着大眼睛问：“二位先喝点什么吧，酒会估计还得半小时才开始。”

秦碧波朝服务生招手，一个清秀的服务生端着托盘走过来。

艾敏选了杯红酒，魏崇明拿了咖啡，秦碧波再要了两三碟小点心。远处有人在喊秦碧波，秦碧波朝那边做个手势，对这边的两人抱歉一笑：“我先过去一下。”

艾敏挥一下手：“去吧。”

秦碧波踩着草坪走到对面，那边爆起一阵笑声。

魏崇明机警地朝四周一掠，说：“艾局，喏，各路人马都凑齐了。市委办的主任、市招商局的局长、商会的陈疤瘌。那边，和秦碧波说话的是省政策办的主任江为涛，听说他正在追秦碧波。南海在那边。还有，省报的记者、市日报的主编。南边扎堆的是一些村主任、书记们，那个瘦高个就是阿奇，全国百强村柳溪村党委书记兼村主任。喏，童小辉坐在那里。”

艾敏先看了看爱雅的丈夫阿奇，然后斜眼瞟向童小辉。童小辉一人占一张桌子，右手捏烟，左手托下巴痴迷地盯着远处的汤子灿，头和身体随着音乐的节奏微微摆动。他是青山市土地经营管理处主任，官不大却权力炙手。

"哎，艾局，我八卦一下。南海不是钱芷彤的初恋吗？听说1988年钱芷彤的娘平会倒塌后，南海就抛弃了她。后来钱芷彤负荆请罪，现在又和好如初啦。"

艾敏慢慢啜着红酒，眼睛沿着酒杯口朝四处看去，轻轻哼了一声："没有永远的敌人，只有永远的利益。"

魏崇明说："这句话很流行，成了处世宝典。"

"哼，什么宝典，害人不浅。"

英国前首相帕斯莫顿说过：国无恒友亦无恒敌，只有永恒的利益。这句话被东州的商人拿来作了人生奋斗的指南，倒是合适。

花园里夜灯放着浅黄的柔光，整个花园朦胧一片。唯有靠东面搭起的台子上方，装着数十盏大灯，亮如白昼。乐队很卖力地演奏着《春之声圆舞曲》，汤子灿的细腰紧贴住男舞伴的腹部，跟着乐曲快速旋转。一曲未终，她的脚被地毯绊了一下，格儿格儿笑着靠在白色的椅子上喘气。台下一片起哄声。好几个男士排着队要和她共舞一曲，她笑着直摆手："改日改日，这场子不宜，抱歉啊诸位大哥。"

"汤子灿不是在横店拍电视剧嘛？"

"她是芷彤表妹莉亚的女儿，又认芷彤作干娘，岂能不来？"

"噢，天哪，钟杰。"魏崇明见台上立起一个身背吉他的男青年，轻呼出声。

艾敏白一眼魏崇明，也看向台上。

钟杰甩一下披到颈窝的黑发，叉开左腿，弓起身子快速弹着吉他。一段过门后，他扬了扬头，把嘴凑到麦克风前唱起经他精心改编过的民歌《对鸟》。一声苍远幽静的呼唱:“介姆(什么鸟)——飞过喔——青又青嗳——嗳嗳。”

回声在草坪的上空风一样刮过,蓦然间有了青草的香味、溪水奔流的汩汩声,那歌声似乎在山谷中跑了一圈,又回到人们的耳朵里。

“介姆飞过青又青嗳,哟里格哟呵哟里格哟。介姆飞过打铜铃嗷,介姆飞过红夹绿哦呵——哟里格哟呵哟里格哟。介姆飞过抹把胭脂搽嘴唇喔呵——哟里格哟呵,哟里格哟——”

钟杰在纯民歌的基础上,加入蓝调的元素,苍远中带着忧伤,抒情中又夹杂快速的摇滚节奏。

江为涛咪咪笑着对秦碧波说:“民歌加进蓝调,就如绿茶兑烈酒,很是怪异的。”

秦碧波捋了一把齐肩的短发,也笑,露出一口石榴籽的白牙:“后现代嘛,怪异等于创新。”

“高见高见。”江为涛浅笑击掌,另有一份期待含在了目光里面。

艾敏盯一眼不断甩动长发唱歌的钟杰,转头告诉魏崇明:

“钟杰是钱明和学生的儿子,国内通俗音乐领袖级人物,大明星。他一来,酒会的等级提升了。”

魏崇明歪歪嘴角:“哼,明星的光环再抢眼,绝对掩盖不了背后的罪恶。”

艾敏朝四周一撩,又回头狠狠瞪了他一眼,魏崇明却呵呵笑。

这时台下的许多人兴奋地跟着钟杰一起拍掌吼叫,《对鸟》谁不会呀,青山人都听了几辈子唱了几辈子。由于跟不住钟杰的蓝调节奏,唱得乱七八糟,有的高腔有的低调,有的变作念白,有的自顾自唱出一句长长的拖调去。台上台下乱糟糟笑作一团。

钱芷彤、文帅一左一右陪着孙副省长走到台上,后面跟着青山市市委书记、市长还有市委副书记南海。花园里那些隐在树间的大灯呼地亮起来,全场起立鼓掌。

陈斌走到艾敏桌旁，端着酒杯朝艾敏手里的杯子轻轻磕了一下："艾局长，干杯！"接着仰头，喉结一动，一满杯红酒全落进腹中。然后，他凤眼冰冰的，把杯底亮给艾敏。

魏崇明指着陈斌准备赶走他，被艾敏拦下。

艾敏盯住陈斌的伤疤足有半分钟，一仰头喝尽酒，一语双关："陈斌，好了伤疤可不能忘了疼的……还有一件事你没忘我也没忘。"

陈斌的兄弟陈清，2002年强奸了一个孕妇，再杀死母子三人后逃逸。艾敏接的案，案子至今未破，艾敏如骨梗喉。

陈斌不接这个茬顾自击掌叫好："好！久闻艾局海量，哪日请艾局赏光，不醉不休？哈哈哈！"陈斌挑衅般哈哈笑，太阳穴上的伤疤随着笑声蠕动着。

艾敏不动声色，目光冷峻，字字如铁："愿一意一奉一陪！"

一阵掌声切断了这边的较量。台上，孙国庆副省长白皙细长的手指捏住麦克风的手柄，操一口标准的京腔片子，浑厚、磁性的声音在花园里回响："今夜相聚在青山这个迷人的海滨小城，与大家共同庆祝香港元丰集团绿洲房产有限公司成立八周年，庆祝汇富大厦成为青山市第一座最高的、最现代化的商贸大楼。我，心情万分激动。"

礼仪小姐端着酱紫的托盘走到孙国庆身边，高脚杯里的酒殷红透亮，孙国庆接过酒杯举过头顶，眼睛泛出酒色的激情，声音也随之高亢嘹亮："钱董事长来青山开发房地产八年，把先进的文化理念和生活模式带到了青山，先后开发了华侨饭店、迪赛名园小区、汇富商贸大楼，迪赛海滨别墅群已经在建。尤其是汇富商贸大楼，倾注了钱董的无数心血，无论层高、结构、外墙的色调配置，都达到了国际标准。我们感谢她，希望她再接再厉为青山造更多的楼，造福青山。"

掌声四起。

“国际标准”，这句话本来就是客套话，不能作数的。但在许多同行的心里刮出一道血印子，比如华丰集团的老总、裕泰集团的董事长等心里酸酸的很不是滋味。

“为加快城镇化建设的步伐，我们非常需要、非常欢迎像钱芷彤这样的爱国商人，我们的各级政府要大力支持他们，创造良好的发展环境提供给他们。这一点，青山市政府做得不错啊，希望发扬光大。”

一阵飓风般的拍掌声，似乎刮得树枝不断摇晃。孙国庆讲话喜欢在停顿处加进微笑的表情和看人的动作，恰到好处地表现出果断和亲民的风格。

得到孙副省长肯定的青山市领导一干人，脸上熠熠生辉，尤其是南海，白净的长方脸上飘满激动的红云。

“来，举杯，大家干了！这一杯，以表示对——美丽而富有青春活力的钱董事长、文顾问以及——他们的团队，崇高的敬意和深深的——感谢！”

全场掌声、叫好声如爆竹噼里啪啦响作一团。

孙国庆率先喝了一口酒，碰杯声叮叮四起。

魏崇明看着钱芷彤微笑弯腰朝四面答谢，双目流溢着志得意满的神光，便问：“她算哪门子爱国商人？”

艾敏嗯了一声：“可以算也可以不算。”

秦碧波第一个发现赵勤民走进来，脑袋立刻嗡了一下，脑浆炸裂一般，一片混沌，出现了一小会儿的失忆。接着，她手脚发冰发麻，有一股滚烫的火流却从肋骨边升上来，一直升达头顶心。她拼命控制住不让自己扑上去，手脚哆嗦，咬紧牙关在钱芷彤的耳边责问：“他怎么来的？”

钱芷彤捏了捏她的手压低嗓门用惊讶的语气回应：“我也不知道。冷静！冷静！”随即笑呵呵迎上去，“哎哟哟，赵书记，大驾光临有失远迎。”

赵勤民耸耸肩胛，目光滑过秦碧波因愤怒变了形的脸，也打着哈哈：“孙副省长这么远都来了，我在东州岂有不来之理？”

他端肩腆肚朝孙国庆走过去，脸上漾满谄媚的笑。

东州是地级市，替省里代管青山市，但青山市人，不管领导还是百姓，大事小情的总喜欢越级，直接和省里接触。许多事情东州定好的调，到省里就变了样，这很让包括赵勤民在内的东州市四套领导班子冒火。青山人则说，反正省里说了算，何必脱裤屙屁多事？东州领导也没辙，只好开一眼闭一眼。

赵勤民和孙国庆寒暄后，拉着钱芷彤的袖子走到一边，手指冲立在远处的俩男人勾了勾，俩男人大步走上来。他对钱芷彤介绍："芷彤，这是飞花公司的胡立，这是清水湾村村主任关大东。二位，这是绿洲房地产开发公司董事长钱芷彤，青山市的红顶商人。"

钱芷彤不动声色，心里一乐：哟，送上门来了。

胡立瘦脸上的三角眼笑眯成一条线，伸手去握钱芷彤的手，钱芷彤抬起手理了理鬓发，朝胡立点点头。

胡立见她如此，缩回僵在半空的手，嘿嘿自嘲："钱董大企业家，还望以后赏我们小企业一口饭吃。"钱芷彤不接话扭转头看向别处。

关大东见状连忙递上一只红包："这是一点薄礼，我俩的心意，钱董笑纳。"

钱芷彤看着关大东涨红的葫芦脸，再不好意思冷淡他们，就微微低了头，谦恭答礼："多谢二位看得起芷彤，容日后再谢。请随意。"

身后的秘书寒冰接了贺礼，做了个请的手势，把他们带到一张空桌边就位。胡立吃了一顿白脸，肚子里窝着闷气，低声骂道："妖女，张狂得可以呀。哼！别落我手里。"

关大东垂头丧气坐在椅子上叹气："唉，要不咱就把那块地拍给她算了，不做发财大梦了。"

胡立把三角脸凑到关大东近旁低骂："少放屁，没见过你这种窝囊货，还没开打就缴械的。"

不料背后响起个冷冰冰的声音："在这里骂谁呢？要和谁开打呀？"

胡立和关大东惊出一身冷汗，一个年轻女子扭着圆臀从旁边风一样刮过去，小麦色的头发在肩头轻晃。胡立赶紧打听，服务生告诉他："这是绿洲的财务总监钱曼亚小姐，钱董的女儿。"

"她的女儿？钱芷彤没有结过婚呀，不对。"

再问，服务生礼貌回答："对不起，先生你还需要什么吗？"

关大东吓得葫芦脸都走了形。

等到孙国庆、赵勤民还有青山市的一干领导进了华侨饭店，童小辉起身跟进去，后花园里就剩下一些村干部在喝酒猜拳。艾敏对魏崇明说："该走了。"俩人一前一后走出华侨饭店。

钱芷彤回头找艾敏，寒冰说自己刚刚送走他们。

钱芷彤刚送完孙副省长，回到包间陪青山市领导喝酒，华侨饭店的正门外人声嘈杂，呼喊声震天响。

寒冰侧着身子快速走到钱芷彤身边，低下头凑在她的耳边低声说着。钱芷彤始终含着微笑，等寒冰说完，她朝文帅使个眼色，文帅推开椅子跟着寒冰走出去。

钱芷彤举起酒杯说："喝完这杯酒我先告退，你们尽兴。晚宴后由钟杰——亚洲流行音乐的黑马，还有美丽的汤子灿和大才女秦碧波陪大家去唱歌，大家一定要放开嗓子吼，吼出精神头来。"

在众人的笑声和祝贺声中，钱芷彤朝自己的接待室走去，赵勤民有事找她。

迪赛名园小区的两百多位业主见文帅走出来，群情激愤，呼啦啦围拥上来。

王栋带头责问文帅："钱芷彤为什么不亲自出来？"

文帅连忙解释，一连串的责问声压过了他的话音。

“我们要见孙副省长！”

“我们要退房要赔偿！”

“让钱芷彤出来，她为什么不见我们？”

“豆腐渣楼，害人就是害己。”

不容文帅再张嘴，一块石头砸到他额前，顿时血流如注。

第三章

赵勤民靠在接待室白色真皮沙发上抽香烟，长腿直直搁在宽大的茶几上。钱芷彤进来他也不站起身，仰着头，把一个个白色的烟圈往外吐，像金鱼吐水泡。钱芷彤皱了皱眉头，压下厌恶的情绪，打开音响，钟杰的《对鸟》似一股山岚从空谷中飘出来，"介啲——飞过喔——青又青嗳——嗳嗳。"

钱芷彤侧身坐到左侧的单人沙发里。

赵勤民嘿嘿一笑："秦碧波好像还没有忘记我？一脸的怒色，活像一只下不来蛋憋红脸的小母鸡。你劝劝她趁着还有几分姿色赶紧嫁人，否则就真的老死在窝里了。哎，你们都三十五了吧。"

钱芷彤斜一眼赵勤民的宽脸，这张脸饱满红润许多，原来括弧样的皱纹不见了，只剩两条法令纹刀刻一般抹不掉，刚压下的厌恶猛地涌上来，直想唾他、骂他个狗血淋头，但脸上依旧淡淡地应着："女人嘛，要忘记旧情，总得有个过程。哪像你们男人，对待感情像换衣服，脱下换上，干脆利索。"

"骂我？记恨我？"赵勤放下脚，烟蒂在烟灰缸里碾了碾，转头仔细看钱芷彤的脸嘻嘻赔着笑。

"自作多情，记恨？你不配。"依旧是淡淡的语气，话骨里的分量却能砸死人，赵勤民听得出来却懒得计较。这女人不像当初他在青山市委副书记任上，小心翼翼持奉承态度，现在财大气粗，又靠上了孙国庆，连说话都变了腔味。唉，谁不在变？万事万物每一秒都在运动变化，我，有时候还是不是我，真的不知道。

"噢，是这样。"赵勤民起身关掉音响，坐回沙发里正色道，"胡立和我沾点亲，他有块很大的地，清水湾 A2 号地块，在手头压了快两年，想和你们公司合作，见你冷冷的没敢开口。你意下如何？"

钱芷彤心想：这地什么时候变成胡立的啦？宋宇的情报不准确。

见钱芷彤沉默,赵勤民放柔声调劝她:"胡立就是长了一副老鼠偷油的贼相,好要个小心眼,没有大本事的。农民嘛自卑心理重,又总怕吃亏,所以,心机重了点。放心,他和你根本不在一个级别上。再说,有我呢,他翻不了天的。"

"好吧,你让他下星期三来找我,带全所有的资料。"钱芷彤想了想答应下来。再怎么着,也不好意思拂了赵勤民的情面,但胡立钉子一样的目光,倒是要好好防备的。

汤子灿推开半扇门,探进一张桃花粉脸:"小姨,我有事求你。"她瞟了一眼赵勤民。

赵勤民看懂汤子灿的眼神,连忙立起身夹着古奇男士黑手包边走边笑:"我走我走,省得子灿用唾沫啐我。"

汤子灿脸一红,娇媚万分地跺了一脚,举着拳头扑向赵勤民:"勤民叔,小气鬼!多少年的陈芝麻烂碎谷,你好意思扯出来,不怕触霉头呀?"

钱芷彤轻轻一笑,疼爱地望着汤子灿:"别淘气了,勤民叔现在是东州市委副书记,不是以前的勤民叔了。地位在变称呼也要变。"

汤子灿双手圈住赵勤民的脖子挂在他身上:"当省委书记、中央书记,你还是我的勤民叔。"

"哎哎,不开这种玩笑好不好。"赵勤民拍了拍子灿的瘦腰,低了头放她在地,掰开藕嫩的手臂,佯装被掰疼了脖颈,"啊哟啊哟"揉着叫着开门走人。他其实有急事,东州下属一个县的扶贫公路在招标,他约好了人谈事。

汤子灿咯咯笑着关紧了门,坐到钱芷彤身边,突然,眼睛里汪出一包泪。

"咦!咦!好好的,哭什么呀?"

"小姨,我的演艺生涯完结了。"

"胡说!"

"竞争这么激烈,要想演女一号,难哪!要么是当红明星,漂亮,演技又棒,否则,想都别想。"汤子灿的眼泪顺着光洁的脸颊不停地滑落下来。

钱芷彤特别喜欢这个外甥女,被她这么一哭,心里某处生出些许母性的柔情来。

“不演女一号，就演二号、三号呗。”她劝子灿。

“不嘛，那部片子是内定的获奖电视剧，导演请的是香港的乌刚。而女一号特别适合我，我准能演好，而且一定一炮走红。姨，你帮帮我。”

“怎么帮？”

“制片商说了，赞助两千万就能得到女一号。”汤子灿扑扇着长睫毛，低下声音，带着恳求和撒娇的眼神看着钱芷彤。

钱芷彤认真审慎地盯着汤子灿水灵灵的眼睛，那简直是一泓未经污染的纯净碧绿的深潭，一缕光照亮潭面，忽然间荡出迷人的粼波。钱芷彤心里一动，曾几何时，自己也有一双这样的眼睛。如果那女婴还活着，也应该有这样的眼睛。

汤子灿见钱芷彤长久盯住自己看默不作声的，便贴过来，搂住她的胳膊靠在她肩上轻声说：“小姨，我不愿被潜规则，又没有赞助，恐怕连四号、五号女配角都轮不到，可不就完了吗？”

钱芷彤从沉思中醒过来，拍拍子灿的脸颊：“好，姨帮你。不过这事我得派人去和制片商面谈，你小孩家家的我有点不放心。”

“什么时候派人呀？明天，后天？再晚角色肯定都被人拿了。”

钱芷彤看着汤子灿噘起花瓣似的嘴唇，红艳欲滴，知道自己是无法抗拒她的，便拧了拧她粉嫩的腮：“给我电话号码，我现在就打电话把事情定下来，高兴了吧？”

汤子灿立刻欢呼起来，搂着钱芷彤在她的脸上不断亲吻，然后带着快乐满意的笑羚羊一样跳跃出去。

侯东跃从开着的门缝里看见钱芷彤在打电话，便侧着身子弓着背猫一样轻悄无声地走进来，立在她面前。等钱芷彤放下电话，他低声开口：“童小辉被抓了。”

钱芷彤心里咯噔一下，扬起眉毛盯着侯东跃，眼光有点吓人：“他不在

KTV 唱歌吗？"

“从这里出去，刚到家门口，被候在那里的魏崇明抓了。十分钟前的事，22 点 40 分。”

“哦。”钱芷彤看了看手表。凝神回想艾敏和魏崇明的言语举止，原来他们是来监视童小辉的。

侯东跃猜不透钱芷彤的这声“哦”是什么含义，只垂首立在一边听命。他是被钱芷彤从监狱里捞出来的，对钱芷彤感恩戴德，他毫不忌讳别人称他是钱芷彤的“狗”：“狗是义犬，忠诚至死，不好吗？”

到绿洲后，为了感恩钱芷彤，他通过各种渠道构建了一条关系网，连着青山市各个要害部门，能在第一时间得到第一信息。钱芷彤对此大为赏识，拨出额外经费供他使用。绿洲的员工背后称他为“情报处长”。这个称号还真是名副其实，这不，童小辉前脚被抓，他后脚就知道了。

钱芷彤蹙紧眉头，微凹的橄榄形眼睛里射出一波黑光，手捏着钢笔在办公桌的桌沿敲着。

侯东跃知道她的习惯，每次遇到事情需要决断未断时她都这样。大约二十分钟左右，侯东跃听到钢笔的敲击声由无节奏变成有节奏的长音，知道钱芷彤的主意拿定了，便抬起头看着她。

果然，她招手，侯东跃一抬腿跨到她身边，贴上耳朵听她低低吩咐。

几分钟后，侯东跃低声应答弯腰退出。

秘书寒冰急匆匆跑进来喘着粗气，脸色如白纸一样：“文顾问被打伤了。”

“人在哪里？”钱芷彤霍地站起身，砰地关上抽屉转身就往外走。

“钱董，你不能出去。”寒冰慌忙张开手臂拦住她，神色非常紧张。

钱芷彤盯住寒冰，虎下脸，寒冰的耳边仿佛有两把刀在摩擦：“事态很严重吗？派出所的人呢？黑皮在门口吗？千日养兵，用兵的时候都死到哪里去了？！”

钱芷彤每逢生气，声音都会走调。

寒冰顾不得看钱芷彤的脸色，压低声音汇报："派出所来了人，报社、电台也来了人，迪赛名园的两百多名业主围在大门口不散，吵嚷着要见孙副省长，要见您。您还是从后门走吧。文顾问已经被送医院了。"

"我问黑皮在哪里？"钱芷彤语气凌厉，目光逼向寒冰，她最恨答非所问。

寒冰支吾着声音更低："他……喝醉了……"黑皮是钱芷彤的亲戚，虽说关系较远，但总是打断骨头连着筋，所以寒冰不肯多嘴。

"混蛋！叫车，到后门。答应那些业主，下星期一我在总部见他们，有事到时再说。"钱芷彤骂完黑皮吩咐完事情，夹了手包蹬蹬蹬从安全楼梯跑下去。

她刚跑了几级猛地转回身喊寒冰，厉声吩咐："你立刻叫宋宇回香港总部一趟，没接到通知不准回来。现在就走，让老马开车送他。"

寒冰嘴里应着，飞跑着去找宋宇。

陈斌候在后门口，他是刚刚接到寒冰的密报迅速赶到这里的。见了钱芷彤，他赶紧低头弯腰迎上来："钱董我那兄弟的事，您哪日和艾敏说说，撤了得了，都这么多年了。"

钱芷彤脸上一层寒气铺着，冷冰冰甩过话来，句句话坚硬如石，打得陈斌心头出血："强奸杀人，就该枪毙。都上了全国公安通缉网，还想撤，做梦！"

陈斌点头哈腰像只癞皮狗跟在钱芷彤屁股后面："是，是，是该杀。不是年幼无知吗？钱董，给条活路吧……都说你在青山，没有办不了的事。"

黑色的奔驰 S65 正好驶过来，陈斌一大步上去拉开后车门，哈着腰请钱芷彤上车，随后递上一个棕色档案袋。钱芷彤目不斜视坐进车，把档案袋扔回到陈斌脚下，仿佛世界上不存在他这个人。

奔驰 S65 像一条黑鲸鱼，倏忽游入黑夜里不见了。陈斌望着汽车留下的尾烟，僵然立在苍茫的夜色里。少顷，他猛掼了自己一耳光，又朝着汽车开去的方向狠狠飞出去一口浓痰。

第四章

侯东跃哈着腰幽灵一样飘到钱芷彤的身边，悄声低言："童小辉今天早晨6点从白云宾馆三楼跳下来，脑颅摔成重伤，现在正躺在重症病室抢救。已经抢救三个小时了。"

"噢。"

钱芷彤点了点头，拔个懒腰，揉着发胀的太阳穴，摁下立体声音响：

"青雀——飞过喔——青又青嗳——嗳嗳。白鸽飞过——打铜铃——喔。"苍远幽静的歌声在办公室里回旋。清纯的旋律洗净一夜的担忧疲惫，钱芷彤顿时大脑清爽、浑身舒畅。

她起身打开酒柜的玻璃门，拎出一瓶凯哥牌香槟，再拿出两只高脚玻璃杯，倒一杯给侯东跃，端起自己那一杯慢慢啜着。侯东跃慌忙接住酒捧在手里，他不喜欢香槟，那是女人的酒，硬汉子应该喝烈酒。但这是钱董的奖赏，他慢慢把杯子举到嘴边象征性地咂了一点点。钱芷彤却爱香槟胜过爱男人，她说真正的凯哥香槟是可以滋养灵魂的。

"东跃，我告诉你，无论从牌子的缔造者克里科夫人身上还是从凯哥香槟酒本身，都可以获得某种动力，真的。"钱芷彤惬意地靠在黑色真皮老板椅上。她赢了，心情很好。

钱芷彤摇晃着杯里的香槟酒，让那些气泡在升腾中爆裂，释放清淡的果香。她有一句话放在心底没说出口：男人只是工具而已。千百年来，都是女人做着男人的工具，现在可以换换位置了嘛。

钱芷彤又给自己添了半杯，问侯东跃还要不要，侯东跃连忙摆手："够了，咳咳，够了。"

钱芷彤笑。

"那事，按老规矩办吧。"钱芷彤端着杯子慢慢摇晃，又把侯东跃招到身边低声吩咐了一些事。

侯东跃低低“哎”了几声，弓着腰退出去。他去财务室领了钱装进左上角印着紫荆花的白信封里，到福来悦茶馆要了一壶茶。喝到中午，他起身付了账，走到世纪大道上闲逛。

这时一辆黑色桑塔纳驶到他身边，来人摇下车窗，侯东跃把白信封扔进去，车窗在车子向前滑动时又慢慢关闭。

等黑色桑塔纳拐了弯不见了踪影，侯东跃拦住一辆出租车，往城外开去，他有个女人住在二十里外的清水埠。今天的任务完成出色，暂时不会有他的事，住一晚上不会有问题的。

女人和他青梅竹马，家里打小就将她许配了人。侯东跃从部队退伍，女人恰好成了寡妇，俩人好上了。侯东跃家里却死活不准他娶她，俩人只好这么不咸不淡处着。侯东跃眼睛看着窗外，田野上一个个小湖泊一闪而过，像女人丰满的乳房，他浑身突然燥热起来，催着司机开快车。

秦碧波迈着细腿走进钱芷彤的办公室，用手扇着脸：“渴死了，快快，倒杯水给我。”秦碧波喝完水一头扎到沙发上，闭着眼睛一动不动。半晌忽地睁开眼看着钱芷彤：“童小辉跳楼了，你知道吗？”

“嗯，刚刚听说。”钱芷彤低头看文件。

“和你们没有关联？”秦碧波坐起身盯住钱芷彤，“真的？坊间可都在传呢。”

钱芷彤走过来问她：“童小辉会死吗？”

“暂时不会。也许会成为植物人。”

“事情怎么发生的？怎么就跳下来了呢？”

钱芷彤微凹的橄榄型眼睛里，静水似的映着秦碧波充满疑惑的脸。

“据说，也就几分钟的时间，他就跳下来砸那里了。我一早赶过去采访，被他们拦在监护室外面。艾敏都急红了眼，派人去上海请专家，说一定要治好童小辉，揭出征地黑幕。”

秦碧波突然表情严肃地看着钱芷彤:“你应该庆幸,不然你得去坐牢。”

钱芷彤扑哧笑出来,坐回办公桌前:“又开始你的文学想象了?别把事情往我们元丰绿洲身上扯,我们是有非常严格的制度和近于残酷的《公司法》监督着的,和你们内地的个体公司完全不同,明白吗?”

钱芷彤强调“元丰”是有意图的。香港在她心里有时是一块招牌,有时是一块狗皮膏药。这时,它是一块招牌,黄金做的。

秦碧波撇撇嘴不买账:“坊间传说,汇富大厦赚大了,起码有十几个亿的利润。你们元丰一个土地指标才拍到二十七万元,这是市府大道,青山的黄金地段,旁边的土地指标都到六十万了,一个指标差价三十三万元,除了白痴谁都知道你们和村干部暗箱操作了嘛。怪不得农民要闹。”

“我们所有的步骤都有记录监督,都要向总部汇报。再说了,土管中心拍卖土地,有政府官员坐镇,有公证员监督,就是想怎么样又能怎么样呢?”

“会有人信吗?你们资本主义的企业,在我们城镇化建设步伐异常快的时候,会严格执行你们所谓的制度?就好像人人都在盗窃,而你们却在偷盗时也要讲究风度和规则。”

钱芷彤又扑哧一笑:“你这比喻不妥当啊,当心我翻脸。”她想了想又说,“哎,不相信我可以,但你总不能不信文帅吧,人家是哈佛商学院的博士,华尔街大厦里坐过两年,他做事绝对规范。”

秦碧波索性站起来,哈哈冷笑:“八国联军明着抢,资本主义企业暗着偷。剥削劳动力,剥削资源,糟蹋我们美好的环境,规范地偷。”

“那叫利润。你为什么不看看,外企给内地带来了什么?国家的经济上升了几个点?老百姓欢迎不欢迎?”

“哎,我的钱董,物价又翻了几倍?十年里,大白菜翻了五十倍。房价又翻了几倍?十倍。青山的房价从两千一平方米翻到两万一平方米,你功不可没哦。”秦碧波瞪了一眼微笑的钱芷彤,翻身倒进沙发里闭上眼睛补觉。

“不要这么冷嘲热讽的,这是历史发展的必然,我只是顺着潮流走而已。”钱芷彤朝沙发上的秦碧波望去,她已经发出轻微的鼾声。

昨晚被反贪局抓走的童小辉，今晨6点从白云宾馆三楼跳下。而钱芷彤的绿洲房地产有限公司，在青山市低价拍得市府大道一号地块全靠童小辉的操作。一号地块是从农民手里征来的，农民对如此低的价格提出质疑，他们集体状告村主任暗箱操作吃回扣。村主任扛不住扯出了童小辉。

当然，钱芷彤是不会和童小辉直接接触的，她远离是非的中心，有什么事情也不会绕上她。在劳国安身边这么多年的历练，教会了她怎么保护自己，怎么去面对突发事件，必要时丢卒保车。十年的好岁月都赔进去了，代价够昂贵的。

她替秦碧波盖上一条薄毯，看着老同学依然姣好的容颜，心里自语：这个年代，谁还嫌钱多吗？多少人在抢着赚钱呀，恶狼一样，什么样的手段都使出来了，为了自身的利益都可以叫对手立刻在地球上消失掉。有钱就有一切，懂吗？

钱芷彤拉好窗帘，关上办公室的门走了出去。

小会议室里，钱芷彤恼怒地将一张报纸拍在黑皮面前："仔细看看。"黑皮拿起报纸：《青山日报》的二版半个版面登着文帅的照片，文帅捂着额头，鲜红的血流从指缝里溢出一滴一滴跌下来，几滴血在鸭蛋青的西装上洇开了，好似几瓣桃花落在肩头。他的后面是醒目的横幅："我们不要豆腐渣楼房""坚决要求元丰绿洲赔偿业主的损失""打倒黑心开发商。"

黑皮低头看报闷声不语，突然抬头眼露凶光："我叫人去做了那个领头的。那领头的叫王栋……"

话没说完，脸上挨了一记重重的巴掌，他蒙了一下，随即朝钱芷彤吼道："为什么打我？"

钱芷彤又一巴掌打在黑皮生满胡须的圆脸上，锐声斥骂："混蛋，叫你满嘴喷粪。做，你再敢提这个字，我先做了你。"

黑皮捂着腮帮子，血红的眼珠瞪着钱芷彤，呼哧呼哧喘着粗气，心里很是不服。

“不服是吧？看看这是什么？这么下流的事情你也做得出来?”钱芷彤的手指笃笃敲着桌上的水泥和沙子，黑皮随着钱芷彤的手指看去，只瞟了一眼，便垂下头，像只漏气的轮胎没了神气，他知道事情败露了。

“偷换水泥标号，沙子也换成粗沙，还有连墙砖都不放过，以次充好。难怪地面交付一年就开裂，墙面一年不到就严重渗水。把你榨成汤剁成酱都挽不回公司的声誉，打你，打你是轻的，把你送去坐牢都不为过!”

钱芷彤气得就差把黑皮撕成碎条。

黑皮粗粝的脸上汗珠子沿着鬓角穿过络腮胡滑落下来，小虫般爬到脖子上也不敢抹。他勾着蓬乱的头，左右脚前后分立不停晃动。

钱芷彤看着他这副流寇相更是生气：“让你管工地，是让你盯紧一点，你倒好，做起家贼来了。你到底贪了多少?”

黑皮晃动着大腿不吱声。钱芷彤继续恶骂：“夜夜赌博，睡‘三陪’，再多的钱也填不满你那个黑窟窿。你被开除了，去财务室结账吧。”

黑皮闻言扑通一下跪在地上，膝行上前，双手抱住钱芷彤的腿哀求：“阿姑阿姑，你骂你打我都忍了，千万不能开除我！看在我奶奶的分上，饶过我这回吧，我一定改。”黑皮一把鼻涕一把眼泪，“我没脸见我奶啊……”

钱芷彤恶心黑皮的眼泪、鼻涕蹭脏她的维多利亚女王套裙，拔脚离开会议室，回头扔下一句狠话：“回去好好反省，改了恶习还有活路。否则，永远不要踏进绿洲的大门。”

黑皮的奶奶第二天由黑皮扶着来找钱芷彤。她把黑皮拦在门外：“我有话要和你阿姑说。”

老太在办公室里待了一个小时，从门里出来，哭得眼睛红肿。有人窥探到钱董也哭红了眼。大家都以为会发生什么事，等着看热闹。什么事都没发生，黑皮在当年年底当兵去了四川，据说是当铁道兵挖隧道，很是艰苦。

寒冰坐在导演兼制片商小丁的办公桌前，微笑着。导演四十来岁，精瘦的脸刮不出二两肉，他勾着头，一手支在办公桌上，肩胛骨尖耸出来像屠夫的剔骨刀。他飞快抬头睃一眼寒冰，立即把眼睛转到别处，好像多看一眼，自己的眼睛就会黏在寒冰脸上似的。这女人太漂亮太会说话，令他心烦。

寒冰的嘴边浅浅一缕笑："演女一号要两千万元人民币，这个价可以啊。"

小丁睃了她一眼立即又钩下头去，用一次性水笔在纸上划着两千万，2，2，2，2，2……竖起耳朵仔细听，揣测这个女人话里的意思。

"只要两千万，那我可以来演吗？"

小丁扔了笔，直视着寒冰："你误会了，我们这两千万赞助，首先是自愿的，是对艺术的奉献，最重要的是首先要有艺术潜质的人才有资格赞助。我们不接受你的赞助，不是，是不接受你演女一号。"

寒冰开心地笑："明白了。这样，我们是不是可以达成一个协议。"

小丁抬起钩着的头，警觉地睃一眼寒冰，立即又把眼睛转向窗外。

"我们投资，你的电视剧总投资是一亿两千万，我们投五千万，占股份的41.7%。"

"具体的条件？"

"汤子灿演女一号，41.7%股份的利润，你占5%。"

小丁直起背："对不起，我不能答应你。"

"为什么呢？"

"我们要赞助，不要投资。"

"我们赞助两千万，汤子灿一定能演女一号吗？"

"这个我不能保证，如果有人赞助更多、演技更好的话……"

寒冰笑吟吟地说："你还是和你的投资人一起考虑一下我的第一个方案。我们投资五千万，女一号是汤子灿。这是我们董事长的意思。"

小丁拿起名片正面反面看了，奇怪地一歪嘴定定逼视寒冰，突然放怀大笑，声音和他的瘦弱形成强烈反差，出奇的洪亮浑厚。笑完，他拉下脸下逐客令："告诉你们钱董事长，我不认识她，也不想和她合作。女一号的人选已经定下了，肯定不是汤子灿。这里不是香港，也不是青山市，这里是内地的省城。送客——"

寒冰笑吟吟看着小丁："好吧，等你想法有了改变，再打电话给我，我随时恭候。"

秦碧波在钱芷彤办公室睡到中午才醒，她刚坐起身，陈斌进来了。

"哟，碧波，没去上班哪？"陈斌拉开窗帘坐到窗户底下的靠椅上问她。

"就去。"

"请你吃午饭可以吗？"

秦碧波看着陈斌一副绅士装束侧头笑："有什么目的？"

"能有什么目的？我这只癞蛤蟆偏对天鹅肉不感兴趣。乡里乡亲的吃顿饭都有目的，还是人嘛？"陈斌见秦碧波一口白牙一闪一闪不相信他，深吸一口烟从鼻孔喷出去后，散淡回答。

"现在是商品经济时代，你是商人，商人只谈买卖不讲情义很正常。"秦碧波想起白居易的"商人重利轻别离"的诗句，又咯咯咯笑。

陈斌很绅士地耸耸肩："真没目的。"

秦碧波知道陈斌是小混混出身，别看他细眉细眼、白白净净的，打起架来，一个顶仨，如果不是太阳穴上的疤破了相，他实在长得很不错的。前十年大陆内地流行日本传进来的空乐队伴奏带，俗称卡拉 OK，青山也很快学着样开了许多间卡拉歌厅。他歌厅舞厅走得很勤，身上多少浸染了音乐气味。

20 世纪 90 年代末，他办了个五金厂，跑销售去了各个大城市，见识增广眼界大开。有了钱后，他赶时髦读长江商学院的大师班，主要目的是为了积攒人脉。他还请英国留学生讲礼仪，去法国学习穿着打扮，花两万元钱请音乐专家教唱台湾歌手童安格的歌《把根留住》，一通折腾下来，歌唱得有模有样，整个气质也有了大改变。

秦碧波看了看陈疤瘌梳得铮亮的分头，头发上还留着鱼骨一样的齿痕，大眼睛骨碌几下说：“还是我请你吧，有事求你。”

正在这时，钱芷彤办公桌上的电话响了，嘟嘟了几下后，电话开始录音留言，香港总部集团董事长劳国安办公室来电，要求钱芷彤立刻回电话。

俩人相视一笑，关上门走出去。

第五章

钱芷彤、文帅和绿洲的财务总监钱曼亚从上海坐飞机抵达香港时，已是18:50分。

劳国安的男秘书方炜玉树临风地等在出口处。自钱芷彤后，劳国安发誓不再聘用女秘书，说是女人中再没有如钱芷彤那样的极品了。钱芷彤听闻后只用鼻子哼哼，这就说明你劳国安是只不吃腥的猫了吗？虚伪！还不是想哄我为你卖死命呀。哼！

劳国安的专车劳斯莱斯－幻影，游艇一样从灯影里滑过来。钱芷彤很是诧异：这老东西又出什么鬼花招？她太了解劳国安了，每当他对你特别殷勤，接待规格特别高的时候，他准定挖了陷阱等着你去跳，让你为他的目标冲锋陷阵，或者，做他整盘棋局中的小卒。

方炜等钱芷彤和文帅在汽车里坐妥，关上车门前，用无可挑剔的语气说："钱董、文顾问，劳董在港岛香格里拉大酒店等候你们。我送钱曼亚小姐直接回钱董的寓所。钱董觉得如何？"钱芷彤轻轻"噢"了一声。车门自动关闭，方炜的脸消隐在黑夜里。劳斯莱斯轻喘着气，像鲨鱼一头扎进五光十色的灯海里。

钱芷彤拉拢窗幔，遮住迎面扑来的灯光。香港的灯光太鬼魅，总让她生出千分万分的酸楚，她会在这样的灯光里看见自己打扮得十二分地妖媚，作为劳国安的商业武器攻克一个个堡垒。"血色罗裙翻酒污"，白居易的诗，切中的何止是唐代歌女的痛。

她闭着眼揉按发胀的太阳穴，揣测劳国安急召她回港的用意。她的脑屏中交替出现那张方正的国字脸和那双只有一条缝的细眼睛。这双眼睛被厚厚的眼皮包着，眼珠深藏。劳国安是只老狼，从强手如林的商界拼杀出来的老狼。1999年的亚洲金融风暴没把他击垮，足见他的老谋深算。

文帅侧过半个脸看她，轻轻握她的手在掌心。她动了动手指，文帅的手握得更紧。只有文帅能读懂她的每一个细微的举止，只有他能理解她的内心，他是在无声地安慰她：不要怕，共同面对。

细细的温暖感如一注热水润遍钱芷彤的全身，她感激地望了他一眼。文帅正襟危坐目视前方，此刻他们是不能交谈，不能泄露内心一丁点儿想法的，劳国安会在第一时间掌握到蛛丝马迹。

那个沉默如哑巴的司机就是他派来监视他俩的，汽车的某个角落还装有窃听器和摄像头，就差心理测试仪了。劳国安就是用各种各样的特务手段监控他庞大的体系，监视他的每一个部下。

劳国安曾经在中国内地某大学任过政治辅导员，搞“特务活动”是他的专长。她远在青山，他却派了人监视她的一举一动，一切全在他的掌控之中。钱芷彤对此恨得直磨牙。

钱曼亚打开房门，一脚甩脱高跟鞋，迫不及待地回身就和方炜搂抱住，俩人亲吻着朝卧室走去。

港岛香格里拉大酒店到了。

劳国安着一身中式白绸衫大笑着迎上来，口中絮絮着肉麻的烫话，张开双臂把刚踏进门的钱芷彤拥入怀里。

“噢噢，芷彤宝贝，想杀我啦！曼亚小宝贝呢？”劳国安放开钱芷彤问，一边用力握了握文帅的手。

钱芷彤抻抻衣襟淡淡答：“不是你让她回去的吗？”

劳国安又一阵大笑：“芷彤还是那样敏感，老脾气，老脾气啊，哈哈哈！来，迈歇尔。”

他回头叫过蓝眼睛的美国人，指着他介绍：“美国雷曼兄弟香港片区销售代表迈歇尔。迈歇尔，这是我们元丰集团在青山的总代理，也是绿洲房地产开发有限公司的董事长钱芷彤，这是总部派到绿洲公司的顾问文帅。”

迈歇尔和他们相互问好、落座。

劳国安坐到沙发上，跷起二郎腿轻轻抖动："二位，迈歇尔手头有一百一十二亿港元的雷曼兄弟债券，这是款相当好的产品，迈歇尔愿意以低于市面的价格卖给我们一部分，一去一回就可净赚几个亿。怎么样，感兴趣吗？"劳国安看着钱芷彤和文帅问。

迈歇尔眨着蓝眼睛附和："Yes，yes。"

"董事长感兴趣吗？"钱芷彤立即反诘。劳国安仰头大笑。钱芷彤马上略带撒娇地说："我们肚子都饿瘪了，能不能先吃饭呢？"

钱芷彤机灵地把问题甩开，留出一些时间给自己思考。这和人在突然出现的陷阱面前必然戛然止步是同样的道理。她挽住劳国安肌肉松弛的手臂，老男人的腐味加上浓烈的大蒜味直冲入她的鼻孔里，她忍住恶心，挽紧这能置她于死地的手臂。

"哈哈哈！好，先入席吃饭。"

面对满桌山珍海味，文帅却没有食欲，只是一杯接一杯地喝酒。看着迈歇尔鬼魅的蓝眼睛，他觉着一阵刺骨的惊惧，嗖嗖的阴风刮向他的心里。他见劳国安的细眼睛光芒闪闪，像盯着金矿那样盯着迈歇尔，嘴巴发苦更无食欲了。

1999年亚洲金融风暴造成的惨剧犹在眼前。那一年文帅在华尔街的美国佳福乐证券公司任操盘手，亲眼见到美国的无数企业被兼并收购，香港不少百年财团一夜间倾家荡产，被股票所害的老百姓痛不欲生，跳楼的、服毒的不计其数。而金融风暴就是由华尔街的金融大鳄炒作的，其手段用的是低息贷款。

文帅啜了一口茶，看着迈歇尔的宽脑门和高鼻梁。

雷曼兄弟虽说有一百五十八年的历史，但是，华尔街的事情谁都说不清。董事长这般兴奋，难道忘了血的教训吗？还是另有图谋？文帅绞紧眉头，疑虑深重。

钱芷彤频频朝劳国安、迈歇尔俩人敬酒，瞥见文帅神情疑虑的样子，便立起身去了卫生间，发个信息给文帅："专心吃饭。"

等她回来，文帅正举着酒杯和迈歇尔干杯。文帅用英语问："你是使者还是魔鬼？"

迈歇尔的蓝眼睛闪过一丝狡黠："合作愉快。"

他说的竟然是标准的普通话，文帅听后一惊。那么显然他是了解中国文化的，之所以选择劳国安，肯定是经过一番深究的，美国人从不打无准备之仗。在1999年没有沉船的劳国安，此番肯定被算计了。

文帅阿波罗式的眼睛神采奕奕，他似乎已经看透迈歇尔的心机，他要力劝董事长放弃购买雷曼兄弟的债券。

钱芷彤回到香港的寓所已是深夜，劳国安很希望她能住到江湾别墅去，被她以来例假为由拒绝了。

曼亚开的门，她小麦色的皮肤像是涂了一层明油似的发着光。钱芷彤瞥了她一眼，换了她递上来的拖鞋淡淡地问："方炜走了？"

"嗯。"

"想好了？"

"什么？噢……正常的生理需要呗。"钱曼亚心不在焉地应了一句，扭身走回客厅，齐肩的头发在肩膀上直晃荡。

"仅此？"钱芷彤望着曼妙的背影问，还是漫不经心的语气。

"妈咪，我们和你不同，我们很实惠，人和人相处讲究最大利益和最大快乐。不相信别的。"钱曼亚倒了一杯牛奶端过来放在茶几上。

"别的？"钱芷彤盯着钱曼亚问，"指什么呢？譬如……"

"譬如生死之约、山盟海誓，我们统统不相信。这些东西在金钱面前不堪一击。我和方炜只是两个健康的身体对彼此正当的需要，仅此。"

钱芷彤不再言语，走进自己的卧室，合上门的那一刻，她对着门外的钱曼亚说："但愿命运女神能赞同你的实用主义。"

钱曼亚是劳国安送给钱芷彤的养女，是扎进她肉里的一枚刺。那一年，钱芷彤发现自己怀孕后，千方百计瞒着劳国安想把孩子生下来，结果还是被劳国安知道了。他威逼钱芷彤打胎，那副冰冷铁板的面孔至今还令钱芷彤心寒。劳国安笔直立着，任钱芷彤挺着七个月的大肚子跪在地下求他："是你的骨血，看在我为你拼命这么多年的分上，你就让孩子活下来吧！求你，我求你啦！"钱芷彤哭着狠劲磕头。

"不行，这孩子生下来就没有父亲，一生都会很痛苦，还不如不生。"

"什么？"钱芷彤睁大眼睛，失望、悲哀、愤恨的情绪堵在胸口，禁不住怒喊，"你不认这个孩子？他就是你的骨血，就是你的！我们可以做DNA检测，不是你的再做掉不迟。啊——求你——"

"立即去医院。"劳国安黑下脸下了死命令，对两个彪形大汉示意，那两个大汉二话不说架起钱芷彤就走。

钱芷彤要撞死在劳国安面前："你把我也杀了吧，我不活了——不活了——"

哪里容她挣扎，她的手脚被钳住不容动弹，两只脚悬空挂着，身子被抡空拎到电梯里再拎到担架上。她不肯躺担架，披散头发，露出冬瓜大的肚皮上下乱蹦，反正是个死。做手术时，她手脚乱舞时抓破医生的脸，医生恼了，大喝："按住手脚。"针头扎进她的手臂，麻药进入体内一分钟后她就迷糊过去。

出院后，劳国安竟从孤儿院弄个女孩领到她面前："喏，别伤心了，这女孩叫钱曼亚，是你女儿。曼亚，叫妈咪。"

钱芷彤偏过脸去看窗外，十三岁的女孩叫二十三岁的她妈咪，荒唐！

女孩瞪着怯生生的眼睛看她，从钱芷彤的脸、脖子一直看到手指，再走过去摸摸她的黑发，转头对劳国安说："伯伯，还是叫姐姐吧。"

"她是你妈咪，以后你就和她住在一起，她叫钱芷彤，你叫钱曼亚，你俩都是我的宝贝。就这么定了。"劳国安眨着细眼睛说。他的话就是法律，铁板钉钉不容更改，他就这么独裁。

小女孩怯怯叫声“妈咪”贴到钱芷彤身边，被钱芷彤一把推开。

钱芷彤恨死了劳国安，一看见这女孩，就想起被劳国安杀死的女婴，她转过头咬牙切齿指着劳国安的鼻子嚷：“劳国安，你欠我一条人命。”由于太用劲，子宫里的血顿时迸涌，沿着大腿流到地板上，滴滴答答汪起一泊小血洼。

劳国安细眼睛里逼出狠光，对护士说：“钱小姐身子还未复原，扶她回房休息。”

眼泪不断从眼眶里涌出来流进嘴里，钱芷彤挣脱护士的手，哽咽着从沙发上站起，责问劳国安：“你到底为什么这么做？当初你从深圳带我来香港，发誓说要给我幸福的。现在你却剜走了我的心，我成了活死人……呜呜呜，为什么？……金钱真的高于一切吗？呜呜呜……为了建立你的金钱王国，连亲生骨肉……亲生骨肉都可残杀吗？……劳国安，你还有人性没有？”

钱芷彤拼劲全身力气，说到后来索性号哭，哭得抽肠拔筋手脚发麻，眼白一翻差点晕过去。她的灵魂也在哭声里变得冰冷无血，她要报仇。

钱曼亚睁大惊恐的眼睛听着两人吵架，缩在门边瑟瑟发抖。

劳国安毫不动容，黑着脸吩咐：“好好休息，你的假期是一个月。听话，我不会亏待你的。”

钱芷彤和钱曼亚合不来，曼亚从小学起就上寄宿学校，只在周末回来。她读完高中直接进专科学会计，然后又到国外去深造，去年刚回来。钱曼亚是劳国安打造的会计方面的人才，她也是劳国安派到青山监督钱芷彤的暗探。

不能再想下去了，明天下午还要和迈歇尔谈合作事项。钱芷彤截断乱飞的思绪决定上床睡觉。文帅凝重的表情却在她眼前晃动总抹不去，这一切都说明劳国安决定购买迈歇尔的产品，绝不会是什么好事，很有可能是个巨大的阴谋。

方炜的声音在电话里显得很遥远很朦胧，和梦里文帅的声音混在一起。钱芷彤喊："文帅，文帅——文帅吗？"

方炜很职业的声音："我是方炜，打扰了钱董，劳董上午 11 点在总部小会议室召见你们，司机四十分钟后来接您和曼亚。"

方炜连说了两遍，钱芷彤这才完全清醒过来，"唔唔"应着，挂断电话后，依旧躺床上回忆刚才做的梦。自己好像跌进深渊里了，文帅在悬崖上甩下绳子拉她，绳子不够长，她急喊，文帅也急喊，声音很远很模糊。这梦到底意味着什么呢？

劳国安的总部在香港的尖沙咀，从二十五楼可以一览维多利亚港湾。他隔着落地窗，目光落在海面上，蓝色的海水如一幅质地上佳的天鹅绒柔柔地铺过来，突然撞到礁石上，砸出一波白浪，像是替海水镶了一圈白色蕾丝花边。瞬间，白色的泡沫又落回水里，轻轻柔柔荡开去。

几艘漆成黄橙两色的游艇正迎着阳光驶向铜锣湾。香港回归之后，内地的游客来香港就像串邻居的门。

内地的经济繁荣得真快，GDP 每年以不低于 9% 的速度增长，1999 年的亚洲风暴似乎对内地影响不大。才过了七年，香港的元气似乎也恢复得不错。全球都在唱着经济繁荣的赞歌。

别的公司怎样，劳国安说不好，是不是打肿了脸充胖子，或用一块漂亮的门帘子严严挡着，谁都摸不清谁的底细。而他自己公司的年度报表上风风光光的，其实已经内外交困、穷途末路了。

劳国安按了按太阳穴，他的元丰股票一个劲儿下跌，从年初的每股六十元人民币跌到四十二元，五个月下跌百分之十八。与马来西亚的木材生意也不顺，缅甸那边总是慢慢腾腾供不上货。马六甲海峡很不太平，那边的生意暂时也断了，弄出人命来麻烦更大。要不是钱芷彤的绿洲公司在内地发展得好，估计元丰早已申请破产了。

劳国安听见敲门，知道是钱芷彤他们来了。他此番急急把她召来香港是有目的的，成败在此一举。劳国安放开紧皱的眉头，对着大镜子里的国字脸，努力摆出喜笑颜开的模样，然后大喊："进来。"

等大家坐定，劳国安假笑："下午和迈歇尔谈判，上午我们先来开个会。我先把董事会的决议说一下。"

劳国安清清嗓音读起董事会决议记录："董事会决定，由元丰绿洲房地产开发有限公司出资四亿，和总部合力购买'雷曼迷你债券'，再由元丰总公司出面抵押出去。估计有七个亿的进账，元丰总部再拿这些钱救市，待股市上扬立即抛售。"

说完决议，劳国安问："你们绿洲四个亿没问题吧？"

沉默，死一样的沉默。

钱芷彤恨，银牙咬断地恨着，面上却水波不兴，目光盯着劳国安身后墙上的一幅国画，一只威武的东北虎回头长啸，眼睛里满是攫取的贪婪凶光。虎啸山岳，落木萧萧，这是劳国安的自喻。她把目光收回落在劳国安脸上："劳董这是打算置绿洲于死地而不顾？"

文帅也着实大吃一惊，这是不可能的事，绿洲的启动资产只有四个亿，这几年开发了华侨饭店、迪赛名园、汇富大厦，账面上的数字不断变庞大，可是内里也都是空的。一部分钱都压在未出售的房产上，正在开发的迪赛海滨别墅群正需要用钱，还有准备建在市政府旁边的青山广场商贸步行街已经立项，钱芷彤好像还准备吃下胡立手中的一块地。这么一来，欠银行的钱恐怕又要翻几倍了。

文帅听见劳国安问他的看法，他定神想了想，决定从另外的角度试着劝劝看，哪怕是徒劳的。

文帅抬眼问劳国安："劳董，购买雷曼迷你债券，董事会考虑风险了吗？"

劳国安颇有城府地一笑："雷曼的迷你债券由美国最著名的保险公司担保，由美国 AAA 级评级机构评定，还会有什么风险？"

“去年,执掌这家保险公司长达三十七年的董事长辞职你是知道的。”文帅想提醒劳国安注意。

“全世界的商人都知道。”劳国安喷出一口烟,大笑。

“董事会就没有深究一下为什么吗?这里面会不会有什么内幕?我建议董事局派人去美国深入调查……”

劳国安手指笃笃笃敲着桌面,打断文帅,转头问钱曼亚:“你们账面上还有多少钱?”

钱曼亚递给劳国安几张纸,劳国安边看边叫:“没钱,不可能吧?绿洲去年报表上净利润十个亿,这些钱都去哪里了?”

“都在这里,您看。”钱曼亚又递上几张纸。

“华侨饭店、迪赛名园、汇富大厦,哎,这三家不是已经交付了吗?”

钱曼亚答:“绿洲现在的摊子越铺越大,前面三个工程都拖着尾款,汇富大厦还有50%没有出售。迪赛海滨别墅群正需要花钱,那些工程建筑款都还欠着呢……”

“行,行,打住。照你这么说,总部还得贴钱给你们?”劳国安打断了钱曼亚的话头,细眼睛里寒光逼闪。

钱芷彤知道劳国安信任钱曼亚,一声不吭看着这俩人。

劳国安铁青着脸问钱曼亚:“绿洲不可能拿出四个亿了?”钱曼亚点头。

“钱芷彤,钱董,我不管你用什么手段,一星期内,必须把四个亿打到总部的账上。”劳国安转头对着钱芷彤,细眼睛盯住她,绿光毕现。

“你还是撤了我吧!”钱芷彤昂了昂头针锋相对。

“筹到四个亿后再撤。”

“要钱没有,要命一条。”钱芷彤站到落地窗前指着维多利亚港,“再逼,我跳维港。”钱芷彤仗着和劳国安的那层关系,想来横的压制他。

“筹到钱后怎么死由你。”劳国安沉下脸毫不退步。他对钱芷彤一贯采用安抚政策,哄着她多为元丰赚钱。但这次不行。

文帅出来打圆场:“劳董,钱董和你开玩笑呢。不过,一星期内筹足四个亿,肯定不现实。如果银行答应贷款,光办手续,最最快的速度也得二十几天,慢的话,拖上两三个月都不止,这您最清楚不过了。”

“好,给你们一个月时间。如果一个月后绿洲的四个亿未到账,我没收绿洲!”劳国安说完砰一下摔门走人,扔下三人面面相觑。

钱芷彤绝望之余一股冰冷彻骨的悲哀从胸口爆炸开,慢慢侵蚀到骨髓,侵蚀到每一条脉管、每一寸肌肤。

这就是劳国安的本质,贪婪的欲望把他变成了魔鬼。他为了钱还有什么事情做不出来的?她钱芷彤随时都可能死在他手里。

当初他杀死了她的孩子,为的是要她继续做他的商业武器。现在,如果有人给他四亿,让他杀了她,劳国安会立即这么做,而且连眼皮都不会眨动一下。钱芷彤咬牙冷笑,立起来对文帅说:“走,回青山。”

她是不会去死的,青山市的一大摊子事情正等着她,她钱芷彤经历了多少带血的拼杀,才获得这样的权力。青山市的许多官员仰仗她,业主们等着她去解决问题,她的家人朋友需要她。十八年前从死亡边缘爬出来,千难万难走到今天,她岂能就此放弃?

她再次鼓励自己:不悲伤不哭泣,咬牙挺一挺就过去了!

她摊开双手对文帅说:“金钱都可以买通上帝砸开地狱的大门了,我们还畏惧什么?”

一个新的计划在钱芷彤心里风云际会。

哼,一个月,好吧,一月后见分晓。老贼,看谁笑到最后。钱芷彤瞥一眼维港的海水,下定了决心。

第六章

在解决迪赛名园的纠纷中，钱芷彤再次为自己赢得了好声誉。小区的业主得到比较满意的答复，并看到绿洲正在积极采取应对措施，心绪好起来，消息风一样在青山老百姓当中传播开了。

上个星期一早上，钱芷彤走进绿洲设在汇富大厦的大会议室，面对愤怒的面孔和嘈嘈杂杂高低起伏的声浪，谦和微笑，非常诚恳地表态："我和文顾问向大家保证：该修的修该赔的赔，绿洲绝不亏欠乡亲们一点点。我们是香港的大公司，讲信誉讲质量。没有这两样，企业就会垮，大家说对不对？"

文帅额头的伤疤还未好利索，他跨前一步，指着额头上的伤疤，朝大家点点头："我是文帅，咱们真是不打不相识哦。"幽默的话语使得剑拔弩张的气氛陡然轻松下来，许多业主不好意思地低头发出哧哧嚓嚓的笑声。文帅大声说："大家放心，问题一定会解决。刚刚，我们开除了负责迪赛名园的工程部主任。"

下面又是一阵嘈杂的声浪，透着喜悦。

"留下几个业主代表具体协商，其余的都先回去，该干吗干吗，好不好？"

两百来个业主互相看了看，交流了一下眼神。红脸矮墩的壮汉王栋立起身，他是领头的，他点数了十来个人留下，挥手让其余人散了。

钱芷彤就要利用这种广告效应为自己干一番大事业做铺垫，从而建立起自己的金钱王国。

飞机落到上海虹口机场的时候，她的方案基本形成。她瞟了一眼坐在身边的文帅，她要紧紧抓住身边这个男人为自己所用。虽然他是劳国安的表外甥，是老贼派来监督她的，实在不可信。但是，文帅和其他人还是有区别的。就看钱芷彤如何操控了。

去香港前,胡立来找过钱芷彤好几次,都被钱芷彤叫人挡了。这次刚回青山,钱芷彤立即秘密约见胡立。

在离青山市三十公里的瑶溪山庄会客室里,钱芷彤翻了翻资料问胡立:“你想合作?怎么合作?”

胡立眼角斜瞟喝茶的钱芷彤,露出谄笑:“飞花占百分之五十一。”

钱芷彤被胡立的不自量力逗得哈哈一乐:“想控股?你能出多少钱?”

“我出地你出钱。”

文帅按了一下计算机问:“按一亩地价两百万算,三百亩地要花六亿人民币,你出了多少?”

胡立眨了眨三角眼,不吱声。

钱芷彤掀开茶碗盖用鼻子细细嗅了嗅,一股芳香顺着喉咙沁入肺部。她抬眼盯住胡立:“据我们调查,你竞拍到这块地后,只付了百分之十的订金,而且,这订金还是以年利率百分之三十六的高利借的。”

胡立又眨了眨眼想解释:“钱董……”

“先听我说,你的A2地块还有二十九天就满两年了吧?根据《中华人民共和国土地管理法》第37条,A2地块不仅会被没收,你们还要承担囤地炒地的恶名。”钱芷彤不往下说了,掀开茶盖用鼻子细细嗅着散发芳气的高山梨花茶。自喝过这种茶后她便深深喜欢上,走到哪里都带着。

“目前,你们公司账上的金额为负六千万,不算其他的。”文帅闲闲地插嘴。

胡立坐不住了,不时从座位上立起身,后来干脆蹲在椅子上。他万万没想到自己的老底被钱芷彤摸得如此清楚,他觉得自己像个稻草人,久立田头,连虚张声势的力气都没有。他干瞪着眼问钱芷彤:“那钱董你们想怎样?”

文帅接过话去:“由我们开发。”

胡立从椅子上跳下来发急大喊:“不行！这样我们太吃亏了。”

“那好,你仔细考虑一个方案出来,我们改日再谈。”

钱芷彤和文帅起身走人。

胡立想拿捏一下,又怕自己鸡飞蛋打连汤都捞不到喝。就这么拱手出让,岂不是白替钱芷彤跑冤枉腿?他抱着脑袋死命揪自己的头发,烫手的山芋、舍不得扔的鸡肋啊。他准备再撑几天,晾晾钱芷彤。但愿这段时间千万千万不要出事,那个童小辉还躺在医院里呢。

绿洲和童小辉之间藤藤蔓蔓的关联,他转弯拐角探到一点,再不然拿童小辉的事打压一下这个女人的气焰,多少为自己争得一点筹码。

胡立见俩人走了,他独自坐在瑶溪山庄会客室里转着三角眼动心思。

天有不测风云,怕鬼撞鬼,老话不差分毫印证在胡立身上。清水湾的A2号地块在这节骨眼上还真出事了。等胡立得知消息赶到市政府门口,早就人散事消,现场只遗留着些断砖废纸。

星期二早晨,秦碧波上班路过市政府门口,发现情况异常。清水湾村的一千多个农民拉着红布横幅聚集在门口,情绪激动。横幅上写着:惩治腐败,还我土地。

他们要进去见市长,保安关上自动收缩门不让进,双方发生争执。农民们急红了眼,立在栅栏外个个呼哧呼哧喘粗气,疯狂的眼睛里烧着怒火,准备砸掉栅栏冲进去。

秦碧波给组里的王响他们打完电话,立即拼命扒开人群往里挤。她突然看到一个熟人,大叫着往那边挤:“齐大爷,大爷,你们这是干什么?”

旁边的黑脸大汉粗着铜锣大嗓接嘴:“干什么?来要饭吃!”

这时前面又响起一阵“砸、砸、砸”的吼声。

齐大爷拉住秦碧波恳求:“秦记者,你和市长熟,让他见见我们,给大伙讲讲道理败败心火。”

几十个清水湾村的壮实农民用砖块砸打栅栏门,不锈钢伸缩门被砸得咯吱咯吱摇晃。里面的保安举着大喇叭声嘶力竭高喊:“停止砸门,立刻停止,这是犯罪,犯罪!”

秦碧波急得不行,死命往里挤,一边大喊:“不要砸门,不能砸,不要冲动!”

公安局特警队的车子拉响警笛一路鸣叫着开过来,到了市府前,嘎地急刹车,手捏警棍的队员从车上忽忽冲下来,呼啦啦将农民团团围住。

“好哇!公安局都出动了。”

“弟兄们,我们没活路了!”

“跪下,我们给市长跪下吧!”一个苍老的声音压住激愤的火浪,喧嚷的人群霎时静默下来,一千多个农民齐刷刷跪在市政府门前。

秦碧波眼里泪花烁动,对着镜头做现场报道。

经现场调查得知,清水湾的三百亩土地,就是A2号地块,已经拍出去快两年了,农民的土地指标钱至今没有到手,他们来告村主任把钱独吞了。村主任就是关大东。秦碧波还获悉:钱芷彤的绿洲公司正与胡立的飞花有限责任公司商洽共同开发,据说口头协议已定,只差书面的合同了。她大吃一惊,赶紧拨钱芷彤的手机,手机关机。

秦碧波焦灼万分地看着低头跪在市政府门前的一千多个农民,感到自己空前的无能渺小。这就是江为涛所说的社会前进中要消灭的自我因素吗?

跪了两个钟头了,市长始终不肯露面,齐大爷晕倒在地,另外七八个上年岁的农民也接着倒在地上。

几个血气方刚的农民再也按捺不住火气冲上去大嚷:“我们要见市长,这还是共产党的天下吗?”

秦碧波大喊着冲上去,后面的人群挤拥上来,拉扯着。她伸手阻拦,手臂被重物狠狠击中,疼得直冒冷汗。她的头发散乱,脸上被乱舞的手抓出好几道血痕。

混乱终于在十几个农民被押进警车后才平息下去。

秦碧波包扎好骨折的手臂，马上将制作好的版面送交审批。在他们几个人的力争坚持下，主编老夏才勉强同意保留农民跪地的镜头，其余的场面一律删除。老夏望望秦碧波的脸伤手伤，准她休假半个月，他怕她挑事，故意放她的假支开她。

看着秦碧波几个人走出主编室，老夏这才推了推鼻梁上的眼镜松了口气。作为主编，绝不能等同于秦碧波之流，必须要明察秋毫看到问题的内核，紧跟主流，把控舆论导向；同时，又不能漠视下属的积极性。拿捏好轻重缓急，这是一门深奥的领导艺术，否则，老夏的位置不会坐得这么稳当，领导都换了三茬，他依旧是铁打的营盘。

钱芷彤心疼地嘲讽秦碧波："真看不出，你身上潜藏着这么强烈的英雄元素……还好，当时如果摔倒在地，一千多人，都可以把你踩成肉泥。"

秦碧波正噘着嘴喝骨头汤，听她这么说，抬起头，瞪着乌黑的大眼睛问她："换了你，会怎么做？"

钱芷彤想了想没搭腔。

她推开汤碗，眼眶里浮动着泪花："我没办法阻拦他们，还有十几个人不知怎样了……我无能……"

钱芷彤又好气又好笑，递给她一张纸巾："你还有自知之明啊，这是历史发展的必然产物，你想做螳螂吗？"

秦碧波无语，低了头咕咕喝汤。

第七章

钱芷彤突然失踪了。

胡立急咻咻派人四处寻找她。他俩约好星期五签合同,她人却不知去向,所有的通讯工具全部中断。

胡立,老鼠一样机灵的人,最后只剩骂娘的本事了。他摔桌子打凳,挑最最恶毒的话语诅咒钱芷彤,恨不得钱芷彤出车祸横死,从高处跌下,摔个粉身碎骨死无葬身之地。

骂归骂,没办法还得雇了打手天天跑到绿洲公司的门外蹲守。几天下来,他的颧骨山石一样尖耸,嘴边燎起一圈血泡,两眼布满血丝,凄惶得如同垃圾箱里找食的流浪狗。

第四天上午,钱芷彤终于出现在绿洲公司门口,后面跟着寒冰。胡立几个人嗖地蹿上前去拦住钱芷彤,胡立恨不得捏住她的细脖子掼在地上踩扁她,恨不得用自己钉子样的身体钉死她。但,事情被这女人捏在手里,不能逞一时之勇坏了大事。只见他强忍住怒火,三角眼里的光死死钉住钱芷彤的脸,喉头咕噜噜地咽下几口唾沫,结结巴巴起来:“钱、钱、钱董,不、不够意、意思吧?”

钱芷彤停住脚步莞尔一笑:“胡总有事请到里面谈。”她说完踏着模特步甩手扭胯率先迈进绿洲的大门。胡立一副兴师问罪的架势跟在后头。

一踏进办公室,他立即暴跳如雷,拳头捶击着办公桌,指着钱芷彤的鼻子开骂:“钱、钱芷彤,你这个毒女人,有你这么害人的吗?”

钱芷彤坐在上首的高背椅上,嘴边挂着一丝讥讽的笑,款款地问:“胡总的好风度哪里去了? 如此出口伤人。”

“我不知你葫芦里装的什么药,合作是自愿的,你不愿合作早说呀。事到临头你竟然做出这等下作事情。”胡立咆哮着,“现在离土地过期只有二十天不到，我怎么办？这么短的时间，我去哪里找买主？啊？我要告你诈骗。”

钱芷彤嘴边的一丝讥讽换成轻蔑，她对候在门口的寒冰做了个手势，没多久姚会计走进来。

姚会计走到胡立身旁，请胡立坐下，翻开硬皮公文夹一板一眼说着：“据你们的财务报告显示，你们公司在清水湾项目的投资除了付了土地款的百分之十订金外，其余为零。”

“这不是秘密，钱董早知道的。”胡立坐到沙发里点上一根烟跷起二郎腿。

姚会计低头看一眼材料继续说：“六千万人民币在你们账上只停留一天，便转到土地经管中心的账上了，这笔钱是以百分之三十六的年利息向安吉投资公司拆借的。”

“这也不是秘密。”

“目前，你们公司账上的金额为负六千万，加上土地闲置费、滞纳金，共亏损八千万。”

姚会计的任务已完成，说完拉上门走了。

胡立的气焰被打得只剩几缕死灰，钱芷彤用锥子样的目光凿进胡立的肉里，必须要收拾他一下，对他客气他还以为是福气，哼！

“飞花是一只漏底的破皮包。……的确，我们曾有口头协议：绿洲的旷达房地产有限公司占百分之五十五，飞花有限责任公司占百分之四十五。这是场面上的。私底下，我们也有协议，飞花划拨百分之五的股权给旷达的职工投资，旷达的职工自愿在飞花投资，风险共担。另外，还口头商定飞花赠送旷达百分之二的股份由总经理寒冰支配。”

旷达公司是钱芷彤新成立的，是她手里的一枚重要的棋子。

钱芷彤说到这里端起茶杯喝水，嘴边再次浮起讥讽的笑，问胡立：

“你觉得，你这纸糊的皮包装得了45%的股份吗？况且现在出现了严重的危机。”

“钱董，帮帮我们吧！”

“你们拿到地块的近两年里，到处招摇，借了一千万吃喝玩乐。”

“钱董……钱董……”

“现在，清水湾地块名声很大，全中国的网友都瞄准这件事，一千名村民跪在市政府门口达两个小时之久，市长却始终未曾露面。农民跪在市政府门前的照片在网上疯传。部分农民与保安、特警的冲突引起舆论的哗然，连海外的网民都参与进来讨论。市长很有可能被撤职，主要领导会受牵连，你说，谁还敢插手这件事？谁还敢引火烧身？”

钱芷彤说完靠在椅背上嘴边浮着讥讽的、幸灾乐祸的笑，一边紧盯着胡立的反应。

“钱董，钱董啊……”胡立啪地跪到钱芷彤的面前，“救救我们吧，我表弟，就是清水湾村的村主任关大东，你见过的，他现在被关在纪委一星期了，靠你救他。”胡立痛哭流涕，恨不得钱芷彤是她亲娘。

“如果，事情拖下去，拔出萝卜带出泥，不知还会出什么乱子……钱董……童小辉如果招供……嗨，大麻烦啦！”

“哈哈哈……”钱芷彤大笑，突然板下脸来，“你想用童小辉来压我？告诉你，他和我们绿洲没有一丁点儿瓜葛。你这种小人，你可以走了。”钱芷彤严厉地指着门外让胡立走人。

胡立趴在地上磕头讨饶好一顿哀求，钱芷彤这才软下语气来。

“现在只有一个办法，”钱芷彤故意停了停，看到胡立竖起耳朵在听，缓缓地说下去，“把A2号地块转让给我们，转让费一千万，因吃喝玩乐欠下的债你们自己还，其余的事由我们旷达搞定。”

胡立一听又跳起来：“这很不公平嘛，你得给点股份。另外，这两年的地价高涨，说什么也得补一点吧。”他心里痛得出血，这不是竹篮打水一场空吗？

“别提过多的要求。”钱芷彤又用锥子样的目光凿向胡立，“坐到椅子上去……当然，我们不会抹杀你把地块保留到现在的功劳。等房子造好后，我们以造价卖给你和关大东十套，不用出一分钱，等房价上涨后脱手，等着拿差价就是。”

胡立欲哭无泪，他没有选择的余地，当日下午就和绿洲的旷达公司签订转让合同，约定购买地块的三亿元人民币一月后付清。

钱芷彤端着酒杯春风满面地走到胡立面前。胡立低垂着脑袋，只顾抽烟，他做梦都没料到事情的结局会是这样，捂了快两年的金蛋竟然被自己捂臭了，关大东差点因为以权谋私而获罪坐牢。

“胡总，来，为我们如此愉快的合作干杯。”

胡立勉强举杯，咧咧嘴巴苦笑，心里却在流血。他盯着这个妖艳无比的女人想：怎么就那么巧，偏偏这个时候村民闹事，关大东被抓，还有和我的口头协议，难道这都是她设的圈套？他倒吸一口冷气，不敢深想下去，一阵尖厉的刺痛扎进他心肺深处。

姚会计颠着小步跑进酒会现场找到钱芷彤，附在她耳根低语。

钱芷彤勃然作色：“人呢？”

“估摸已经到了工行的贵宾室里了，我拦她不住。”

钱芷彤快速跑出去，寒冰马上打电话叫车。

汽车疯了一样开到工行门口，吱一个急刹，钱芷彤拉开车门冲下奔驰S65，脚一崴摔在台阶上。等她爬起身忍住剧痛奔进工行贵宾室，钱曼亚已经在汇账单上签了名。钱曼亚料定钱芷彤会追来，没料到这么快就追过来。她慢慢立起，用傲慢的眼神挑衅般盯着钱芷彤：“钱已经汇走了，你总是慢一拍。”钱芷彤一巴掌呼啸过去，钱曼亚的脸上顿时凸起五个红指印。

钱曼亚甩甩头发，傲慢的眼神露出胜者的得意：“一个巴掌五千万，值，很值。哈哈哈……”

钱芷彤气得浑身打战，手指戳住她：“你这个吃里爬外的东西，谁给你的权力？”

钱曼亚凛然盯住钱芷彤因怒变形的脸：“吃里爬外？我算什么里？你从来就没有让我走进你这里。”

钱曼亚用指头戳住钱芷彤的胸口：“你的心里，只有钱，只有仇恨！”

“我十三岁到你身边，你从未用正眼瞧我，你心里永远就只有你那个死婴。你恨我，可我也是很无辜的。不是吗？”

钱曼亚的眼里铺出一层泪花来。

钱芷彤紧紧拽住门框不让自己哭出来，不让自己倒下去，背对着钱曼亚责问：“你知不知道，你这么做是犯法？”

钱曼亚伸出玉手，仔细看着涂了蔻丹的指甲，傲慢斜视钱芷彤颤抖的背影，毫不胆怯：“放心，本小姐只对总部的劳董负责。”

要报复这个女人，最好的办法就是挖走她的钱。你赚多少我挖多少，让你永远活在痛苦中。钱曼亚对着那个颤抖的背影露出阴笑。

“这就是你的实用主义？利益最大化？”

钱曼亚狂傲浪笑：“是，哈哈哈……”

钱芷彤丢下钱曼亚，步履沉重地走出贵宾室。

钱曼亚的话却跟着钱芷彤掷过来：“你才是最大的实用主义者，你和人交往是为了利益，别人都是你的工具。”

钱芷彤不用回头，就可以见到钱曼亚的指头正戳着她的脊梁骨，她恨死了钱曼亚，牙根磨得咯叽响。

钱芷彤在电话里对劳国安嘤嘤哭诉：“劳董，曼亚这么做明显是在挑拨你我的关系嘛。噢，这就证明就她一人忠诚你呀？我这边为筹钱的事焦头烂额，殚精竭虑，拼了老命为你忙乎，她倒好，抢摘桃子报功啊。明摆着拆我台嘛。”

劳国安在电话那头说了句什么，钱芷彤的眼泪哗哗哗滚下来：“劳董，你不要被她迷惑了。我现在连下锅的米都没有了，你赶快为我出个好计策吧。好，好，只要你相信我，肝脑涂地也值。”

钱芷彤放下电话，咬着嘴唇想办法。一通哭诉算是表忠心，也暂时稳住了劳国安。这老贼心狠手辣，自己若有点滴不慎，留下把柄给他捏，有可能今晚睡下，第二天就永远起不来了。

她翻了翻台历，从香港回来又过去了十天，离一个月的期限只有二十天了，时间犹如一把利刃，逼着她做出决断。钱曼亚的心思她算是摸透了，这个女人不能留。

她咬着嘴唇沉思，一波寒光从眼中闪出，有了。她当即拿起电话叫来侯东跃，递给他一张纸："让这个人休息几个月吧。"又贴着他的耳朵仔细吩咐。侯东跃哎哎应着弓腰退了出来。

湖滨茶室里，侯东跃把照片和一张纸递给丁勇："掌握分寸，至少让她躺上三个月。这是她的生活规律表。"

天刚刚擦黑，钱曼亚开着白色宝马驶过高速桥下面，一块石头从天而降，砸在前窗玻璃上，玻璃立刻裂成一张蜘蛛网。来不及容她思考，又一块石头砸到左反光镜上，反光镜立时被砸歪了。

钱曼亚下车一看，桥栏上坐着俩外地打工仔，一瘦脸一胖脸，顿时怒火烧起，伸出玉指戳住俩人恶骂："贼人，狗胆包天了。滚下来，赔我的车。"钱曼亚拿出手机拨保险公司号码。

一瘦一胖两人腾腾几下翻落在钱曼亚面前，二话不答，照准钱曼亚劈头盖脸一顿猛揍。钱曼亚抱着脑袋倒在地上打滚，门牙被打落了，口中吐着鲜血。黑皮肤的瘦刮脸，捡起藏在树后的粗木段，狠命朝钱曼亚的大腿敲下去，随着一声惨叫，腿骨断裂。

钱芷彤得到钱曼亚被打的消息，第一时间赶到青山市人民医院，守在钱曼亚的床边，眼泪汪汪的。寒冰把电话打到市委、市政府各级领导处，要求他们督促公安局在一星期内破案，保证香港投资人的安全，保证投资环境的纯洁。

这事惊动了劳国安，他在电话那头生硬地责问钱芷彤："是不是你干的？"

钱芷彤一听立马噼里啪啦掉眼泪，哽着嗓子问："你就这么看我？曼亚是我的养女，我还指望她养老送终呢。"

电话那头冷冷哼了一声："谅你也没这个胆。"

放下电话，钱芷彤阴沉着脸：都死过一回的人，没什么不敢的。五千万，只断了一条腿，便宜她了。

钱芷彤这天下午赶到省城，她通过孙副省长约到了省工行刘行长，晚上谈清水湾地块抵押贷款的事项，她要从他那里得到三亿的贷款指标。

看看时间还早，她到有名的格莱曼婚纱店，租好晚礼服，再去美发店做了头发。钱芷彤不奢华，她出席重要场合的礼服都是临时租用的。平日里，几套裙装轮流着替换，给青山人一个朴素典雅的好印象。

当晚，钱芷彤早早走进一家高级会所里的丁香花语套间，单独设宴，贵宾只有一个，省工行刘行长。

灯光的亮度恰到好处，映出钱芷彤的肌肤莹白如雪，那双微凹的大眼睛，被一圈密而长的睫毛护着，眸子黑曜石般闪着光。纯黑坠地的华伦天奴晚装，高档真丝面料柔软贴身，勾勒出钱芷彤少女般耸起的丰乳、瘦削的细腰和浑圆的臀，骨感和丰腴完美结合。

一枚宝石蓝的蝴蝶形水钻别在肩带处，点缀得恰到好处。

乌发高绾，徐徐行来，如花随影。

刘行长一进门就被她的魅力击中，只管盯着她看，咧着嘴笑。钱芷彤挽住刘行长的手，丰乳轻轻触着他的手臂，把他送到位置上。

她流光溢彩的眼睛眯成一弯新月，红唇微启，微微颔首，侧头轻笑，说不尽的娇俏妩媚。

服务生用白托盘端上一只四寸见方的黑色金丝绒盒。钱芷彤示意服务生打开。一匹和田玉雕刻的奔马卧在黑丝绒上，晶莹剔透，栩栩如生，连马尾上的细毛都根根可数。

钱芷彤微露娇嗔："刘行长，芷彤小气，送不出像样的东西。但知道刘行长属马，是 1954 年 3 月 25 日生人，马脖上刻着您的生日，您仔细瞧瞧。"

刘行长左右端详，看不出究竟。钱芷彤长裙一摆，移步上前，伸出玉指点给他看："喏，这里，1954. 3. 25"。

刘行长终于看清了，击掌朗笑，连连夸赞："精致，精致。"

贵重的礼品他见得多了，但像这么有心的礼物还是头一回收到，况且，和田玉的价格也不菲。他不得不佩服这个女人的兰心蕙质。

当然，那一晚，他们双方都很满意，都得到自己想要的。

第八章

钱芷彤派文帅去香港秘密注册了红杉国际有限公司,与胡立签合同前已在青山注册旷达房地产有限公司,对外讲旷达是绿洲的分公司,其实完全是属于她个人的独资公司。钱芷彤推出寒冰当经理,自己藏在幕后。

寒冰心里虽不痛快,知道钱芷彤吃独食,但也没办法。她在等候时机。

胡立根据钱芷彤的要求,找了青山市的会计高手来打理旷达公司的财务。

会计小个子,斯文白净,圆脸上架着一副用黑线绑着断腿的老式玳瑁近视镜,立在钱芷彤面前像个大男孩,腼腆羞涩。

“郑百家,三十七岁,浙江财经学院财会专业硕士毕业,百家会计师事务所主任。”胡立有点卖弄自己找到这么个好手。

钱芷彤谢过胡立,把郑百家请到密室里,单独和他谈。

“我的条件都清楚了吗?”

郑百家不大的圆眼睛在镜片后骨碌了两下,并不出声。

“我需要你守口如瓶,不泄露一丁点的机密。”

郑百家又眨了眨眼睛算作回答。

钱芷彤又说:“你就要像爱护自己的眼珠子那样看好公司的钱财,要吝啬。”

郑百家一乐,露出一对虎牙:“吝啬是我的特长。”

“为什么是你的特长?”

“苦出身,所以吝啬。我家兄妹四人名字,我百家、大妹百衣、大弟百米、小妹百菜,都是吃百家饭长大的。”

“哦?”

“我母亲讨了十几年的饭,把我们兄妹四个培养到大学毕业。没有乡亲的帮助,我们可能活不到今天。”

“哦?”钱芷彤诧异这个小个子男人的坦率,但过分的坦率背后总隐藏着什么。她不由得仔细看他的眼睛,想从里面看出一点名堂。

郑百家的眼睛异常清纯,回望着,似乎告诉钱芷彤,我没有目的。如果深望进去,会在瞳仁深处发现隐隐蹿动着的两簇火苗。

“从小我就很吝啬,能不花的钱一定不花,能用的东西绝不丢弃。喏,我的眼镜虽然断了腿,绑绑还可以用的。我妻子忍受不了我的吝啬,和我离婚了。”

“我妻子骂我葛朗台,说我挣再多的钱也不知道花。无所谓,我只是喜欢赚钱,喜欢吝啬,绝不坑人。”

郑百家说完羞羞地看着钱芷彤。

钱芷彤忍不住笑出声来,上上下下打量了他三遍,才满意地点头。

“好吧,试用期一个月。”

钱芷彤要先试试他,然后才会把重要的事情交给他去做。

汤子灿的女一号没当成,她在钱芷彤面前哭了好几回。这天她坐在沙发上又哭开了:“小姨,我完了。制片商连一个配角都没分给我,还讥讽我说,有本事去香港、去好莱坞拍片呀。”

钱芷彤问她:“你怪寒冰,也怪我了?”

“没有怪,只是伤心。”

“你不是公主,不可能事事顺心。小姨我也没大本事,事情办砸了也是有的。”

钱芷彤扔给汤子灿一条真丝手帕:“哭是没有用的,要想办法。”

“想什么办法呀?电视剧昨天就开机了。”汤子灿扭了扭细腰,捂着脸又哭,“我没有男人可以依靠。没有好爹、好兄弟、好老公……”汤子灿呜呜诉着苦。

钱芷彤走过来坐在她旁边,微凹的大眼睛严厉地盯着她:“告诉你子灿,男人是绝对靠不住的！你，不要有任何幻想。”

“那你，还不是靠了男人才有今天的吗？”汤子灿怯怯地反驳。

“我靠男人？哼，哈！”钱芷彤一听竖起双眉，气恨恨盯住汤子灿。汤子灿吓得一激灵，靠过去挽住她的手，怯怯叫了声“小姨”。

钱芷彤想起劳国安，想起周淮海，想起被她征服过的所有男人，心里充满了鄙夷，音量随之加大：“我靠自己，靠自己的脑子、能力解决问题。男人能做的，我一样能做。靠那群蠢猪，我的骨头早烂成泥粉了。”

汤子灿呆呆看着她，惊讶地张大嘴，她从未见过小姨发这么大的火。

“绿洲不是靠香港的劳国安吗？”汤子灿还是怯怯的。

“哼，他？不错，我借用了他元丰的号，还有四亿的启动资金。可你知道我为他付出多少？……现在，我年年为他挣利润，如今他却要剥我的皮夺我的命。”

汤子灿再次惊讶地看着钱芷彤气歪的脸，没想到平日里谦谦微笑的小姨，生气时会这么狰狞。

钱芷彤站在汤子灿面前用手指点着她的脑门。

“你这点事算什么屁事，我像你这般大，什么苦没吃过？你太顺了，受点挫折才能成长、才能强大。人生就是一场残酷的搏斗，你强，你就拥有你想要的一切，你弱，你就像一条虫匍匐在地上爬，等着被人踩死。”

说完她用脚尖在地上用劲碾，汤子灿吓得脸色蜡黄。

钱芷彤想起自己十八岁时的遭遇，恨意难消，美目冷光凛然。回头见汤子灿吓傻了，便揽过她的肩膀教导她：“这世道，有钱就是强者。男人有钱可以养情人，可以豪赌，可以过得花天酒地，女人有钱照样可以这么过。女人也是人，对不对？”

钱芷彤一激动，肚皮上那条伤疤就隐隐发胀发痛，她用手按住小腹：“这样吧，你还小，去电影学院深造两年，学点真本领，不能做花瓶。男人最多是个工具，工具！人生要靠自己拼搏。明白吗？”

一年后，乌刚导演的这个电视剧播出一星期就遭封杀，制片人亏惨了。

汤子灿在电话里兴高采烈地告诉钱芷彤："小姨，你知道吗？乌刚导演在剧中拍了过多的床上戏，而且过分真实，违背了内地的道德文化审美。活该遭封杀的！咯咯咯。"

钱芷彤举着话筒对那头的汤子灿意味深长一笑："嘿，听说捐了五千万的女一号也被国家广电总局勒令停拍两年，躲到香港去了。这就算是送你的生日礼物啰。"

汤子灿突然噤声，话筒里传出惊愕的喘气声。只一秒钟，汤子灿鸡啄米似的亲吻着话筒："小姨亲妈，谢谢你，谢谢你！哎——你是怎么做到的？"

钱芷彤狡黠地一笑，学着汤子灿的口吻："电视剧违背了内地的道德文化审美呗——活该封杀。"俩人各自在电话里笑翻了。

笑完，钱芷彤伸出食指仿佛点在汤子灿的阔脑门上："子灿，我可以告诉你一点，钱，只有钱，才能帮助你强大，帮助你实现你的梦想。"

"爹亲娘亲不如钱亲——知道了。"汤子灿在电话里咯咯欢笑。

离一个月试用期还有十天，钱芷彤把郑百家叫到密室，神情异常严肃："我不管你采用什么手段，在十天之内，你必须把绿洲的账目全部做到旷达的账上。而且要查不出来，架空绿洲。"

郑百家扶了扶断腿眼镜，然后眨着眼睛盯视着钱芷彤，不语。

"有难度吗？"

"需要花钱。"

"多少？"

"三十五万到五十万之间，如果不出意外。"

"嗯。"

"还要付十万操作费给我。"

"嗯。"

"我不承担风险。"

“怎么说?”

“比如,绿洲和旷达之间的纠纷,法人要承担的责任。”

“你只管做,其余的事与你无关。”

“好吧。”

郑百家低头想了一下,抬头说:“我会做个方案给你。”

“要快。”钱芷彤长久注视着这个以吝啬出名的小个子,担忧自己把宝押在他身上是否是一种赌博。

她了解到这个小男人的许多吝啬趣事。比如,郑百家在财政局工作时被提升为科长,按规矩得请全科同事吃一顿大餐。郑百家却给每人送了两根蜡烛,说是最近常停电,吃喝和光明相比,光明更重要一点。同事们不罢休,嗷嗷逼他也不顶事。离婚后,他谈了好几个女友,每回快吃完饭在结账的时候出溜,然后打电话过去说自己有急事云云,把付钱的事留给女人去做。

更好笑的是,与女友去宾馆幽会,完事后他也如法炮制,气得女友立马和他分手。临分手前,女友想尽办法报复了他一次。那天女友选了个高档宾馆和他幽会,郑百家也不介意,他反正是不会付钱的。进到房间后,俩人没多话,郑百家率先脱得精光躺进被窝,女友的电话突然响个不停。女友借故接电话走了出去随手带走了郑百家的衣裤和眼镜,女友在宾馆的购物处狠下心消费了一笔近万元的单子后走人。郑百家光身被堵在宾馆,只得乖乖付了钱。这让他咬紧牙关节衣缩食了大半年才补回来。

钱芷彤一想到这些事,经常按捺不住笑出声,她不会去考证这些事情的真伪虚实,只要郑百家是个出色的理财高手,能按她的意愿替她办事就行。

郑百家走了,钱芷彤仰起酸痛的脖子左右摇着。没有人可以让她信任,金钱是巨大的驱动器,它可以扫荡一切。诚信、义理、公平,在金钱面前算个屁。

曹操的多疑,使他成就了帝业。不多疑,必定死。对手是不会替你收尸的。

钱芷彤觉得累,又觉得万分激动。建立自己的金钱王国,绝非虚幻,它已经在黎明的曙色中呈现淡蓝的轮廓,钱芷彤眯起眼睛沉醉其中:“宝贝,你将万分迷人。”

第九章

童小辉没死，他醒了。

童小辉在青山市ICU病室已经躺了一个月。

仅有的生命体征是呼吸。他气若游丝，心脏在时搏时停间跳跃，他的灵魂盘桓在这间充满药水味的小病室里。

童小辉的意识轻得如一丝柳絮，在空旷浩渺的太空中飞啊，飞啊，没有方向地飞，无比轻盈地飞。

这么黑，这么黑，我在哪里？压在铁塔下吗？喘不过气，噢，难受，难受。童小辉奋力挣扎。

光？哪来的光？哪来的声音？

童小辉似乎被一只手托起浮到水面，他努力眨动眼睛睁开一条缝，白炽灯的光射入他的眼帘——他的意识浮上来，张开眼睛。

他醒了。但神智依旧模糊，很可能患了遗忘症。

童小辉醒过来的消息第一时间到了钱芷彤这里。钱芷彤阴沉着脸来回踱步，足足走了二十来分钟，然后站定在侯东跃面前密语授计，侯东跃点着头，快速走出去。

同时，市纪委、市检察院反贪局一干人正召开紧急会议。

魏崇明异常亢奋，挥舞着粗短的手臂："守了这么长时间，总算有了结果。马上审讯，揭开征地黑幕。"

"不行，医生说，人虽醒了，但不排除失忆的可能。"另一位反贪局干部表示不同意。

艾敏从座位上站起来，严肃的目光轮视了在座的各位，沙哑的嗓音带着沉重："同志们，大家辛苦了！同志们焦急的心情可以理解，但是与腐败的斗争是长期的，非常艰巨，不能操之过急。童小辉虽然醒过来，但是不排除失忆的可能。同志们,不容乐观,不能轻敌啊,腐败分子是非常阴险毒辣的。童小辉的跳楼自杀,显然是有人做了手脚,那么到底是怎么做的手脚,谁做的手脚,都有待我们查明,斗争非常艰巨。我请示上级后,对童小辉案做以下布置。”

魏崇明举手:“我插一句。根据调查,童小辉自杀是因为早餐的馒头和豆浆,馒头店的老板已被控制。”

艾敏等他说完:“是的,我们一定会顺藤摸瓜,抓到真凶。下面我宣布纪律。

“首先,要提高警惕,二十四小时值班,守在门口,除去医生外,任何人不得进入病房。预防再度自杀,更要防止杀人灭口。

“其次,必须保密,对外不能透露半点与案情有关的信息,所有的通讯工具一律上交。所有的值勤人员都要接受监控,包括医务人员。

“最后,当务之急,指示医院立即召集脑科医生会诊,再次聘请上海的专家过来诊治。”

艾敏他们清楚,的确不能过于乐观。童小辉只是醒了,如果失去记忆,那么,此案就可能成为死案。那些蛀虫就会逍遥法外,依旧干着违法利己的事情。这是一场不见兵刃的较量。

童小辉昏昏沉沉,意识依旧在无边无际的空虚中游荡。

有一只温软的有药水味的手撑开他的眼皮,一束光射入他的瞳仁内,他听到遥远的地方有人在说话,是苍老的声音:“加大药量,继续观察,一周后再会诊。”

年轻的声音:“教授,还需要注意什么?”

“注意血常规、大小便颜色。这种药尚在试验中。”

“如果有出血现象呢? ……”

有两团乌云猛撞过来,童小辉被夹在中间,云团的正负极擦出蓝光,烧灼他,他忍住剧痛。一阵巨响,雷在他的身体中炸裂了,他被炸成齑粉泡沫般在空中散开。

童小辉的记忆逐渐明晰起来。

他记起了发生在白云宾馆里的事情。

他头天晚上11点左右，被魏崇明带到市招待所三楼羁押。第二天早餐时，吃了两个馒头，喝下一杯封好的豆浆。

没过十分钟，突然浑身的血液咕咕沸腾，身体膨胀，无比亢奋，他看见汤子灿挥着手朝他嗲声娇笑，依然穿着酒会那件天蓝色长裙，像一只蓝孔雀边旋转边频频朝他飞吻。他的血液仿佛是汽油，被汤子灿点燃，轰轰轰在身体内燃烧爆裂，通体膨胀，他的灵魂立刻飞出去。豆浆里放了什么呢？兴奋剂，迷幻药？

当时，他的意识空前活跃，眼前出现没见过的美丽景致，汤子灿在前面不断向他招手。他趁着看守人员不防备的当口，迅捷地钻出去，飞奔到没装栅栏的三楼阳台上，纵身跃下。

汤子灿就在那里娇媚万分等着他，他终于把汤子灿搂在怀里了——噼啪一声，他一米七八的肉身摔在白云宾馆的水泥地上，当场昏死过去。

意识清晰起来，他知道，一定是利益链中的某些人想灭口。到底是哪个利益集团想灭他，他猜不准。经过他操作的土地可不在少数。

童小辉依旧装着失忆的状态。

他发现反贪局的人二十四小时在门外值班，显然加强了保护措施。医生、护士进出都要严加盘问。他在考虑，到底怎么办？一旦反贪局的人知道他已经恢复记忆，立刻开审，他们会毫不费劲地撬开他的嘴，获取他们需要的东西。而自己接下来就得把牢底坐穿。

在现代医学如此发达的年代，没有经过特工训练的童小辉无法装假。他非常懊恼，还不如一头摔死更好些。

下半夜，医院里很安静，只有卫生间的水龙头滴着水。有一阵轻风吹过来，有人走到了他床前，很快，手臂上刺进冰冷的针尖，几秒钟后，针尖拔出。犹如自己的鼻息在唇边呼出，一个声音在叹气："你必须失去记忆。"

童小辉睁开眼，一个白色的影子消失在门外。

他张大嘴巴想叫喊，喉咙仿佛被一只手掐住，只能发出嘶哑的“啊啊”声。他挣扎着、扭动着从床上滚下来，他用头撞地，毫无作用，意识越来越轻，飘向半空，他伸手去抓，空气反而把他托起来，轻得像一粒灰尘。

艾敏在睡梦中被手机叫醒，听后，一挺身从床上滚下地，爬起身赶紧穿衣，她气狠狠骂道：“妈的，又是一个死案。”

钱芷彤得到童小辉再次失忆的消息后，神清气爽地高声吩咐寒冰：“让宋宇明天就回青山。”

第十章

钱芷彤作为爱情的主人，胃口大好地享用着文帅带给她的肉欲和精神的双重愉悦。

文帅略带忧郁的王子风范着实让她着迷。她下午 3 点就到了东州香格里拉酒店等候从香港回来的文帅。

文帅被元丰集团内部视为精英。他有着在华尔街工作两年的资历，很被劳国安看好。而且他们间还有表舅甥的缘分，文帅自然被委以重任。

三年前，劳国安让他选择："一个是集团公司总裁助理，一个是去青山当顾问，替我盯着那女人。由你选。"

文帅略微思考就给出答复："去青山。"

"嘿嘿，去青山是当间谍，替我守紧钱袋子。"

文帅听到"间谍"一词，脸上一阵尴尬，但还是没有改变主意。

"那好，青山比较乏味，你做好精神和物质空虚的准备吧。"

文帅一笑，蓝黑的眼睛里荡出一波柔情，他想起了钱芷彤，这个女人简直让他神魂颠倒。

文帅乘坐的飞机刚刚落稳在东州机场，钱芷彤的气息风一般满满刮过来，占据了整个意识。随之一股热流从小腹漫涌而上，裹挟住他的视听，勾心摄魄的疼痛在他的全身游走。这毛病自从第一次见到钱芷彤起就生了根，也只有她才能治愈。他是把对死者的彻骨爱恋全都聚集到生者的身上，他惧怕痛苦，他要紧紧抓住当下，享受当下的幸福。

司机把他送到香格里拉酒店后就走了。他迈开大步朝电梯走去，上到十三楼，踏着厚厚的地毯推开 1314 房间的门。"1314"，"一生一世"，文帅在选择房号上都充满了浪漫。每次他从香港回来，钱芷彤都会在这里和他约会。

门虚掩,浴室里传出哗哗哗的水声,钱芷彤在浴室等他。他转身锁门,快速剥掉衣服,踏入浴缸,在飘荡的香雾里紧紧捉住水鳗一样滑腻的钱芷彤。那一刻,勾心摄魄的痛感被水洗净,文帅浮游在白云之上。

文帅醒来,钱芷彤正坐在床边的小沙发上微笑着看他,小桌上打开一瓶酒,放着几样文帅爱吃的食物。

文帅说:“饿。”

“起来吃。”钱芷彤伸手拉他。

他一把倒揽钱芷彤到了胸前,吻住她的红唇,反复吻。然后翻转身体,让她仰躺,伸出舌尖轻轻舔她,从额头、耳垂开始,再到颈窝、锁骨……在间隙里喘着粗气命令钱芷彤:“说——一生一世——和我在一起,灵魂与灵魂相爱。”

钱芷彤翻过身趴在文帅身上,点着他的鼻子说:“俗,一生太长,当下才最惊艳。我没有灵魂,只有肉体。”她说完咯咯笑着,一个热吻封住文帅的嘴。

文帅趁热吻的空档抢了一句:“我要灵魂。”

“只有肉体。”钱芷彤的舌头撬开文帅的嘴唇。臭美,灵魂是主权,主权一旦丧失,岂不成了奴仆?

文帅哪里知道钱芷彤的这番心思?在她柔舌的撩拨下,文帅热血鼓荡,身子如热锅里烹煎的活虾,用尽整个生命在蹦跳。钱芷彤却像春蚕吐丝,丝丝缕缕,缠缠绵绵,把文帅紧紧缠在里面。在高亢的韵律和快速的节奏里,文帅让钱芷彤的呻吟变成呼喊,变成绝唱。而他自己也挣破丝缕化作一只雄鹰冲天而去。

俩人在床上睡够了,这才起来吃晚饭。

新西兰烤牛排，煎金枪鱼。

钱芷彤重新打开一瓶原装凯哥香槟，倒进两只高脚杯中，端起一杯递给文帅。黑人音乐布鲁斯已在缓缓响起。

文帅一口喝完酒放下杯子，撩起白餐巾擦了擦嘴角，搂过钱芷彤的腰，慢慢随着音乐摇摆。他把左腮贴在钱芷彤蔓草一样干燥水滑的黑发上，微闭双目，心漫游在遥远宁静的雪域古国。

他放弃集团公司的高职跑到钱芷彤手下当顾问，目的就是为了享受这份无法用言语陈述的情感，享受由钱芷彤的美貌、气质和智慧建构的巨大的魅力气场。

在这个气场中，心不再疼痛，生出腾云驾雾和失重的感觉，根本没有自己，没有疲惫、烦琐、焦虑。他的脑垂体分泌出类似兴奋剂的脑啡肽，使得他精力旺盛，内心弥漫着无边无际的爱的快意。

唯有爱情和迷幻药才能生产出这种物质。

“表舅啊，我的精神和物质空前饱满。”文帅在心里自语。

俩人喝过咖啡，钱芷彤关灭大灯，点亮一盏紫中带灰蓝的香薰灯，香雾微风似的吹散到整个房间里。她拧开日本进口音响的旋钮，柏林爱乐乐团演奏的《柏辽兹的幻想交响乐》气势庞大，像瘴气，从音箱里冲出来。文帅的每根神经都被击中了，他能做的就是搂过钱芷彤坐到靠窗的沙发上，体味由音乐带来的麻痹的快感。

一章终了，文帅关掉音响，双手插在白睡袍的兜里，站在离钱芷彤一米远的地方，蓝黑的眼睛看着双目微合还沉浸在音乐里的女人。

“这次去美国，摸到的情况不太妙。”

钱芷彤倏地睁大眼睛警觉坐起，文帅说：“高盛银行的高层开过一个绝密会议，可惜具体内容根本打听不到。”

钱芷彤仰着头等他说下去。

“那家保险公司的董事长的辞职似乎有更大的内幕，其中有许多事情难以言说，有媒体猜测可能惹了司法麻烦。”

“元丰集团董事局内部也有争议，以霍董为首的几个‘反美派’不主张购买雷曼兄弟的迷你债券。认为美国人的水太深，不知什么地方埋着电网，笑眯眯哄你下水，下去了立即收网得利。”

“而劳董坚持要买，说，立岸上必死，下水可能不死，为什么不试试嘛。”

钱芷彤恨得咬牙切齿：“利令智昏！他前脚下水，后脚就得去收他的尸。”

“星期二已购进了一部分，星期五还要大量买进。迈歇尔答应以公司最低价出售，以最高利率给予回报。”

“聪明一世糊涂一时！”钱芷彤扼腕叹息。

“你没及时打钱给他，他都咆哮了，简直要杀了你。”

“他完全做得到，哼！”钱芷彤在约定好的一个月里，除钱曼亚那偷偷汇走的五千万外，一分钱都没给劳国安。她躲在青山静观形势的变化，一边加快步伐谋划自己的事情。

“他孤注一掷，为了钱，他都快能生吞活人了。”

“他还不顾董事们的强烈反对，私自抛掉 50% 的元丰股票，腾出钱买迷你债券。他要背水一战。”

“这么看，我们不给他钱是对的。”

文帅点头。

“迈歇尔给他下了重药。当局者迷啊！可惜啦！”钱芷彤十分痛惜，劳国安下了决心的事，十头牛都拉不回。根据文帅的分析，美国人肯定有事。那么，等着劳国安的下场将是很惨的。

她盘算着怎么把绿洲所有的资金尽快转到旷达公司账上，要万无一失。

“但愿雷曼兄弟没事。”

文帅盯了一眼说这话的钱芷彤，发现这个女人心底的事藏得很深。表露在外的情绪绝对不是心里想的。她心里盼着劳国安出事，嘴里说得却是另一套。她难道真的如她自己说的——是没有灵魂的女人？没有心肝肺腑的女人?

这个女人真不好对付。谜一样的女人。

可文帅在诸多事情上偏偏替她隐瞒,处处向着她。这次去美国为她,去香港注册公司也为她。他明明知道她时时提防着他,又利用他,可他就是乐意被她利用。明明知道这个女人是钢铁性格,发怒时那眼光杀过来比磨快的刀子还要锋利,她和劳国安差不多狠毒,可心里一刻都放不下她,甚至愿意为她赴汤蹈火。这就是爱吗?可她似乎不爱他,只有肉体的相互赠予而没有灵魂的唱和。文帅非常迷茫,经常苦恼得抽自己的耳光,痛骂自己:“文帅,你真贱!”

第十一章

郑百家拟好方案送给钱芷彤。

“你讲,简要点。”

“首先,要在香港注册一个公司,把绿洲的钱汇到那里,再转回旷达,算作外商投资。中间可以省去很大一笔税率,一来一去大概需要半个月时间。”

“不能直接转到旷达吗?”

“那不行,绿洲挂靠在香港元丰集团,转出大笔资金,用支票的话必须要总裁亲自审批才行。不管转到什么公司,必须要这么做。”

“多少钱才可以不用审批?”

“你的权限之内。”

“我一次才一百万,太慢了。”钱芷彤火急火燎地在办公室里来回走。

“还有另外一个办法。”郑百家不急不慢地喝着茶。

钱芷彤目光锐利,逼视郑百家:“快点说!”

“除非有总裁的印鉴。”

“废话!”钱芷彤骂了一句,又在办公室里来回走动。半晌,她突然停住脚步回身盯住郑百家:“这样,你开好支票,把手续全部办妥,两天够不够?三天,好。第三天把手续送我这里。采用一切办法疏通渠道。对了,先不要在上面填具体的数字。”

她把红杉国际的账号写在纸上交给郑百家,又如此这般做了详细的布置。郑百家一言不发,只不停地眨动着眼睛表示认可。

她准备亲自去香港,找劳国安。

钱芷彤这着棋非常冒险。劳国安正集中所有的力量汇拢资金购买雷曼兄弟债券，钱芷彤前两次回避他，不接他电话。他扬言近日就要到青山来接管绿洲，把钱芷彤踢到阴沟里去。

她回香港岂不是送肉上门吗?

不！她除了掌握着劳国安的许多商业机密，更捏着他的软肋。只要她随便抖出一两件机密，劳国安都得坐牢。不过，她要利用他的软肋出奇制胜。无毒不“丈夫”！

江湾别墅里。

劳国安穿着绿色的真丝长袍，斜倚在贵妃榻上喝咖啡，两只腿像老螃蟹的大钳长满了黑色的粗毛。

钱芷彤穿着水蓝色天鹅绒薄睡裙，外面又套了件同色的大披肩，披肩打着很多皱褶，拖曳及地。她一行走，皱褶变着形状像湖水波涌，衬得肌肤细腻纯白，眼珠灼灼如星，就像立在云头的美慧女神。

钱芷彤拿掉劳国安手里的咖啡，解掉披肩扔在地下，伸出白藕似的双臂把壮硕高大的劳董按倒在睡榻上。她坐在他的身上，从上面俯视劳国安的眼睛，这双眼睛此刻没有了恶狼的绿光，露着纯真和无邪。这时候，她俨然是个男人，能独立承担各种责任，承担生命中的孤独、分离乃至疾病与死亡的男人。

而劳国安却似初降的婴儿。

钱芷彤抚慰着劳国安，带着柔和的语调：“看着我，像仰望蓝天那样。现在闭上眼睛，展开想象，你是在湛蓝的天宇下享受阳光、清风、白云。放松，哎，对，完全的轻松自如。你犹如一湾泉水流向大地深处。”

她引导他走入另一个世界，历经万般世事、钢铁一样坚硬的劳国安此刻内心充满婴儿般的渴望，渴望拥抱，渴望吮吸乳汁，更渴望回到母亲的子宫里，享受没有任何力量侵蚀的温暖的畅游。

钱芷彤似女巫一样，用轻柔的嗓音和温柔的抚摸最大限度地满足他的心理空缺、生理渴求，给予他瞬间的错觉。

劳国安闭着眼睛任由钱芷彤在他身上作法，嘴里快乐地喃喃呻吟着：

“哦……小妈妈……我又是我了……哦，我的小母亲……真温暖啊。”钱芷彤咯咯娇笑，加大力度，使劲啃咬劳国安的耳朵、手臂，劳国安疼得吱吱叫唤，又快乐地大笑，两个赤裸的身体绞作一团。一阵锐利的尖喊后，钱芷彤瘫倒在劳国安多毛的胸口喘气，劳国安则箍住她雪白的细腰不放手。

接着，劳国安突然伏在钱芷彤怀里嘤嘤哭泣，而后号啕大叫。唯有这时，他才觉出他还是那个有血有肉，会哭会笑的劳国安，他才感觉到他还是以劳国安的名义在世上活着。

一般在这个时候，钱芷彤会躲到客厅里，等他释放得差不多了，递上一块热毛巾，让他擦干眼泪，俩人相拥着沉沉睡去。

这就是劳国安的软肋，他患有狂躁恐惧型障碍。狂躁发作的时候，不能做爱在其次，主要是无法入睡，像头受伤的野兽睁着恐惧的眼睛呜呜咽咽，胡言乱语，无法哭笑，是一个地地道道的神经病。只有女人的爱抚才能使他恢复平静。女人与他做爱要兼具三职：母亲、女人、女巫。目的只有一个，要让这个男人觉得自己的存在：柔弱如婴儿，强大如英雄，会哭和笑。这些都是活生生的存在。

钱芷彤掌握了娴熟的安抚技巧和心理知识，只有她能使劳国安彻底忘记恐慌，脱离狂躁达到欲醉欲仙的境界。劳国安曾经使用过许多女人，完全没有钱芷彤水平的十分之一。她是劳国安的极品女人。

今天，一切程序走完之后，劳国安却没有沉沉睡去，反而冷着脸和钱芷彤算账：“翅膀硬了？敢抗命?!”

一盏水晶台灯被劳国安一划拉摔在地上，玻璃碎末四溅。他鼓出眼球恶狠狠盯住钱芷彤。

他之所以对钱芷彤迟迟不下手，是看在钱的分上，她手里握着绿洲几十亿资产，他还要她继续为他搂钱。

钱芷彤的心脏剧烈哆嗦了一下，事情没有跟着以往的经验走，她脑子飞快转动，必须赶快拿出决策，启用第二套方案。

她撒着娇钻到劳国安怀里，热热地贴着他的耳根说：“翅膀再硬也飞不出你的手心呀。"

"那你还捏着绿洲的钱不放?"

"喏,我不是拿来了吗?"钱芷彤摸出一张填写着十亿巨款的支票。

"等你盖了大印,钱立刻就到你手里啦。"

劳国安接过支票反复端详,狐疑地问:"十亿?绿洲的总资产不止这些吧?"

"都压在楼盘里,一部分压在土地上呢,我向银行贷了款才凑齐的。"钱芷彤搂住劳国安的脖颈,"还是我对你好吧?"

劳国安哈哈大笑,拿起电话对总裁室缤秘书说:"把我的印鉴拿来,钱总有礼物要送给我。"

缤秘书敲门,钱芷彤伸出乌发散乱的头,脸红红的,只开了一条门缝,裸胸的水蓝色真丝睡衣松散着。

缤秘书迅速瞟了一眼她雪一样的酥胸,半露的白玉丰乳,那乳头像鸽子的小红眼,隔着真丝睡衣正咕咕和他打招呼。他慌忙又把眼光看向里面,隐约见到劳国安侧靠在贵妃榻上,和谁在通着电话。钱芷彤摊开手掌:"把章给我吧。"

缤秘书迟疑地盯着这只手,雪白,掌心嫩红,纹路细腻,事业线很长。他略微皱了皱眉头迟疑片刻,就把印鉴放到钱芷彤的掌心。两分钟后,钱芷彤开门把印鉴还给了缤秘书,微笑着轻声叮嘱:"总裁这两天累了,你就别打扰他。有事先帮他挡着,好吧?"

缤秘书含着暧昧的微笑点头离开了。

等电梯红色指示灯跳到一楼,钱芷彤咳嗽一声,旁边的房间里闪出郑百家,钱芷彤把东西交给他,紧紧捏了捏他的手,一转身消失在房门里。

第二天清晨,钱芷彤拉开落地窗帘,劳国安睡得很沉,她拍拍那张像死人的脸。劳国安的睡相很难看,一张国字脸拉得很长,肌肉全部松弛开来,完全没有生命力的样子,很恶心。

按药的剂量,劳国安至少要睡到今天傍晚。所以她完全可以从容行事。她煮着咖啡,站到落地窗前。

隔着白纱帘看着红气球般没有光芒的太阳挂在江湾的上空,是一种无与伦比的享受。安全感,女人需要的安全感由白纱帘制造出,加上浑圆的气球似的太阳,简直就活在没有风雨的童话世界里。

这里是高档别墅区,住的人身价很高。三十几栋别墅沿江散落,每栋别墅都可以从不同的视角观赏江湾的日出和日落,夜晚可以吹着海风听海潮一浪一浪轻轻推涌,一直涨到大平台的底下。富人的生活就是这么有品位。

喝完咖啡,钱芷彤关密窗帘,把童话世界密密关在窗外。她轻轻走出房间,打电话给缑秘书,说总裁还在睡觉,自己先回青山了。

钱芷彤靠在飞机的椅垫上,昨晚惊险的一幕在脑子里不断回放——

劳国安冷着脸盯着她,她思维快速转动,在缑秘书到来之前,劳国安必须睡去,不然,所有的计划全盘落空,真的要鸡飞蛋打。

钱芷彤起身倒酒,一杯自己喝着,一杯递给劳国安。劳国安笑嘻嘻看着钱芷彤的眼睛。这双眼睛纯净得如一泓深潭,他知道她不再是那个小姑娘,现在的她会把所有的情绪隐藏在潭底,不让你有丝毫的察觉。他推开递到嘴边的那杯酒,拿过钱芷彤喝过的那一杯,阴笑着喝光。

钱芷彤见状一仰头,一口喝尽了杯里的酒,黑亮的眸子朝劳国安露出甜腻得意的笑。

俩人心知肚明,劳国安怕酒里有名堂,所以喝钱芷彤喝过的。而钱芷彤深知劳国安多疑的性格,偏偏在自己这杯酒里放了药,在药物没有融化前预先抿了一口。这是喝给劳国安看的,他果然中计了。

钱芷彤按捺住狂跳的心,把死猪一样打着呼噜的劳国安拉直靠坐在贵妃榻上,让他做出接电话的样子。可是熟睡的人就比死人多口气,手臂无法握电话,情急间,钱芷彤抽出睡衣的腰带把劳国安的手弯到腮边紧紧绑住,用他的睡衣遮住,把手机塞进那只肥厚的死人般的手掌里。她又开了电视,调到访谈栏目,把音量控制到在门外听起来里面有人在说话的感觉。然后她心脏擂鼓那般跳动着等敲门声响起。

如果缑秘书一定要亲自把印章交到劳国安手里，钱芷彤的计划也会破产，于是她故意露出洁白的胸，风骚迷人地挡在他面前，让缑秘书知趣而退，缑秘书果然中招。当郑百家拿着她盖好章的支票离开酒店时，钱芷彤的心脏依旧狂烈抖动，她用力按住想要挣破胸骨的心脏，竭力不让它跳出来。

飞机快要到东州了，文帅会在香格里拉酒店等她。文帅不知内情，她从不和这个男人交心。对男人她没有心肺可言，她在和南海的初恋中、和劳国安的交手中，已练就一副铁石心肠。至于性生活，各取所需吧，她才不会因为这个受制于人，钱才是她的命根子。她长长嘘出一口气，舒适地靠在椅子的头靠上。郑百家上午 11 点钟已来过电话，告诉她事情都已办妥。

劳国安在江湾别墅昏昏沉沉睡了两天，醒来后觉着脑袋发木，像被一层厚牛皮纸蒙住，一点缝隙都没有。他坐床上迷糊了好一阵才真正清醒过来，回想起睡着前的事情，一点一点，好比倒一卷录像带，有时清晰，有时模糊。啊，有了，图像完全跳出来——钱芷彤端着两杯酒笑盈盈朝他走过来……他突然跳起来，“嗷”一声吼，仿佛尖刀插入胸窝，痛叫着赤脚跑出去，嘴里大骂：“妖精——妖精——”

劳国安出生在一个铁路工人家庭，从小就和煤渣煤块打交道。母亲一年到头病恹恹的，父亲长年跑长途，他七岁就掌握家中大小的事情。从买米买菜、洗衣烧饭到安排弟妹们捡煤渣。他还是小伙伴们的领袖，策划小伙伴们偷仓库的废铁，避开分局巡逻队撬起废钢轨出手，样样事情干得有头有脑，为此他常常被脾气暴躁的父亲抽得皮开肉绽。

“文革”中他先是领头造铁路分局领导的反，过了几个月迅速退出，钻到造反派收缴来的“封资修毒草”书籍中悉心研究。十七岁，他拒绝铁路系统内部招工，把指标让给弟弟，到北大荒下乡开地去了。在北大荒，他凭智谋争得上大学名额，大学毕业后留校担任辅导员，可谓一路青云。

有一个谜一直没解开，他为什么突然离开高校到商海中浮沉，谁都不清楚,钱芷彤也不敢问。几年前她为这事被劳国安教训过。那次她陪劳国安去度假,面对青山碧水,劳国安放开喉咙吼唱:“有一个,美丽的传说……”嘹亮的声音惊起一群躲在水草里的野雁扑扑乱飞,鸣叫着贴着湖面朝半空中飞去。

劳国安五音不全的腔调逗得钱芷彤捧腹大笑。青山碧水惹人生情,他上前一把抱住钱芷彤和她一起笑翻在地。他们躺在草地上,仰望野雁在蓝天下鸣叫着盘旋南去。钱芷彤见劳国安高兴,就提了个头:“哎,大家都在猜,你离开学校下海的真正原因,能说说吗?”

劳国安一听此话,立刻黑下脸,翻身推开钱芷彤,鼻翼一张一翕间可怕地粗大起来,平日里藏得很深的眼球,因为愤怒往外鼓出,闪着阴森森的狼光,呼地站起身走掉了,把钱芷彤扔在人迹稀少的野雁湖度假村。两天后才派司机去接她。

劳国安的秘密被钱芷彤扯出个头,再也藏不回去了。深夜里,往事像只野兽踅摸出来啃噬他的良心。

涓涓有一双好看的媚眼,开心时笑眯成一弯新月,生气时如冷月挂空。劳国安一辈子没觉得对不起人,唯一有的那点愧疚是对涓涓的,因为他把涓涓逼成了疯子。那是他在高校担任中文系辅导员的事情。

一个秋夜,月亮还没升起,小树林里一片漆黑。他是得到密报后带着一队人马赶到那里去的,当十几支电筒射住拥抱着的王一和涓涓时,劳国安心里交织着变态的愤怒和得意,终于抓住一个典型了。

“好啊,道德败坏的典型,捆起来。”劳国安喝令手下捆人,他的升迁有望了。

王一紧紧拽住涓涓的手大声反抗:“你还想搞‘文革’的老一套?你们凭什么捆我们?”

“就凭你们俩抱在一起,道德败坏,带走。”

事情在劳国安的操纵下,变成一个精彩的捉奸故事,愈演愈烈,传遍整个校园,黄底黑字的大幅标语张牙舞爪把虚构的事情推向真实。黑体的“道德败坏”像箭镞直接扎入涓涓刚刚解冻的心灵。涓涓风闻还要组织全校开会批评她和王一,将他们作为道德败坏的靶子打。而王一在这个时候却请假走了,把所有的压力都丢给她承受,她的精神开始恍惚起来。她实在想不通,事情怎么变成这种状态?一个拥抱怎么就变成道德败坏了呢?她走到哪里,背后都扎过来许多尖刺一样的眼光,窃窃的议论声蚊蝇一样跟着。她后来都不敢出去吃饭,不敢走出寝室,坐在床上两眼直瞪瞪盯着窗外,坐等天亮,耳朵听到一点声响就吓得发抖。事情发生后的第十七天,她疯了,哭喊着“我没有,我没有”,四处乱跑,披散的长发柳丝般在风里乱舞。

涓涓疯后退学,东师学生们突然醒悟过来——这是一场阴谋。于是,由学生会牵头发起了一场对劳国安的大声讨。学生们很愤怒,“文革”已经结束了,为什么意识形态的流毒还存在?为什么还允许劳国安这样的人为所欲为?要告他,要劳国安对涓涓的事情负刑事责任。劳国安这才被迫辞职。

他偶尔会对着天上的一挂寒月发问,就像问涓涓:“怎么就这么不经事呢?一句道德败坏就把你打垮了?我可是被皮带抽大的。”

此后,他吸取教训,处处小心,轻易不露峥嵘。

在公司里,劳国安口碑甚好,只有在身边的人,包括钱芷彤,对他洞察秋毫,知道这个人是多么善变、多疑、狠毒。

劳国安做人的原则就是明哲保身,他做事干净利索,不会把自己绕进去,必要时他会丢卒保车,以保全集团公司的利益。钱芷彤见过他的手段,可谓杀人不掉一滴血。

元丰总部搬到香港尖沙咀的第二年,公司的业绩直线下滑,亏损严重。合伙人提出撤资,劳国安把他叫到二十五楼办公室密谈。一句话不和俩人大声吵起来,劳国安鼓出眼球凶狠逼问:

“你就不顾及我俩二十年的交情?”

“你决策错误,我撤资合情合理。”

“你知不知道?撤资等于砍断大屋的栋梁,公司就垮了。”

“这我不管,谁叫你一意孤行,后果自负吧。”

劳国安扑倒在地苦求也不顶事。吵着吵着就没了声响,突然劳国安在办公室号啕大哭,办公室的门被推开。

“啊——老洪啊,你咋就这般想不开啊!好好的跳什么楼啊?钱亏了还可以赚回来的呀——你叫我怎么向嫂子交代哦。”

据劳国安事后哭诉,那合伙人因为生意上的亏空,想不开从二十五楼跳下,摔在大厦门前,头颅碎裂,红红白白的摔了一地。劳国安拉他不住,只揪住一只撕裂的袖管。

可这根本不是事情的真相。

那人坠楼前,钱芷彤正好端着茶推开办公室的门,还没进去,正看到劳国安的手伸到那合伙人的背后。她木桩似的钉在那里,傻瞪着眼看着劳国安与合伙人争执扭打,最后推人下楼。劳国安号啕开哭时,钱芷彤的手一哆嗦,茶盘咣当掉地上。劳国安回转身见是她,黑虎着脸问:“什么时候进来的?”

“……”钱芷彤吓得嘴唇直哆嗦。

“看到什么啦?”劳国安的目光刀子一样举在她眼前。钱芷彤惨白着脸慌忙摇头,嘴唇发木,舌头发僵,说不出半句话来。

钱芷彤蹲下身抖抖地捡了茶盘,玻璃碴划破了手指也不觉疼,毛骨悚然地逃出来,躲到洗手间里瑟瑟发抖,好长时间才出来。随后,她请了病假,足足有两个星期都不敢正视劳国安那张笑眯眯的脸。

事后,劳国安为了替她压惊,特地带她去法国度假。坐在法国南部的沙滩上,钱芷彤呆呆盯着海里游泳的人头,手里把玩着沙子,她决定离开劳国安,自己去创业,这人太可怕了,再待在他身边,自己怎么死的都不知道。

劳国安踩着软沙走过来,冷酷的目光在钱芷彤头顶盘旋:“想什么呢?”

“没想什么。”

他知道她在想什么,只是不戳穿罢了。他说:“我告诉你钱芷彤,为了集团的利益必须牺牲个人。与集团发生过任何关系就算集团的人脉,他们也要服从集团的利益。”

“怎么服从?”钱芷彤立起,细沙面粉似的从脚趾缝里满出来。

“必要时,让他们为集团去死。”劳国安阴鸷的眼睛依旧盯住钱芷彤,“商人不用讲良心,仁义道德靠读书人传播。从古到今都如此。”

劳国安搂住钱芷彤的肩在沙滩上走,熊掌大手箍进她的肉里。

“你既然走上从商之路,就得逼自己心狠手辣。你不让人死,人就让你死。”

“我也不例外吗?”

斩钉截铁的回答:“毫不例外。”

“我可救过你的命。”

沉默,然后还是那个苍老的嘶哑声:“也不例外。”

听着这话,钱芷彤在海滩的大太阳底下,竖起一层鸡皮疙瘩,她发冷似的抱紧双臂,叮嘱自己:每一个毛孔都得醒着,否则死无葬身之地。

钱芷彤事后想起那天晚上在江湾别墅的冒险行为,还是心惊肉跳,心脏抖个不停。当时为什么就敢这么做?只能有一个解释——人为财死。这十个亿是真正属于钱芷彤的私产,是她的金钱王国的奠基石。

郑百家这事做得相当漂亮,为了奖赏他的才智和忠诚,钱芷彤准备赠给他千分之零点一的股份。但暂时还没告知他。郑百家眨着眼睛不卑不亢立在那里,瞳仁深处燃烧着两星火苗。

第十二章

陈斌来找钱芷彤，一进门就夸张地舞动手臂："钱董，你赶紧阻止碧波吧，这个女人疯了。"

"疯了？"

"她要我替她报复赵勤民。"

"报复？怎么报复法。"

"她要我举报赵勤民，把他送进监狱。"

"真是疯了，好，我找她谈。这事别张扬出去。"钱芷彤盯了陈斌一眼。

"钱董放一万个心，陈某有数。"

见陈斌还不走，钱芷彤扬了扬眉毛问："还有事？"

陈斌突然单腿跪地，脸上一副哭相："我替我娘下跪啦，她都哭瞎了眼睛。救救我兄弟！只要你肯帮忙，没有你办不了的事。"

"我救不了你兄弟，靠你自己。"钱芷彤低头看文件，声音冷冷的。

她见陈斌脸上挂着泪瞅住自己，朝他点点头："你放着法宝不用，倒来求我？"

"我有法宝？啊哟，我如果有法宝还等到现在呀？"陈斌拍掌作大哭状。

"你是不是有一结拜兄弟叫杆子的。"

"杆子？过命兄弟呀？又怎样？"

"杆子和艾敏是铁哥们。"钱芷彤看着陈斌的脸停住不说了。

陈斌的脸上表情迅速变化着，由惊讶到迷茫再到恍然。他拍着脑袋，然后对着钱芷彤作揖："陈斌愚钝，还望指教。"

"艾敏酒量很好，而且特别喜欢喝酒。"钱芷彤有意无意地说着，"这是她唯一的爱好。"说完用橄榄形的眼睛盯住陈斌，看他到底领悟了没有。

陈斌转动着眼珠子，终于听懂了似的点着头，又好像没听懂似的张大嘴傻傻地看着钱芷彤。

钱芷彤哧哧地冷笑，然后对陈斌说：“你可以走了。事情办成办不成要看你兄弟的造化。”想了想补了一句，“更看你的手段。”

陈斌还不走，干脆双膝着地跪拜不起，一边捣蒜似的磕头求她。

“钱董，你帮我忙，我就把南门中心的一块地原价让给你。”

钱芷彤仿佛没听见也没吱声，想了想，叫来宋宇，指着陈疤瘌说：“这是陈会长，你帮他策划一下，他要救他兄弟。”然后深深盯了宋宇一眼。宋宇领会打了个响榧：“好嘞。”

宋宇替陈斌策划的第一幕戏是闹剧。

星期四的深夜，青山市反贪局局长艾敏的手机响了，是批捕科的马自立打来的。他在电话里急吼吼地叫着：“艾、艾局，发现罪犯了”。

“什么罪犯？‘7·15’大案的罪犯？好！注意警戒，我马上到。”艾敏一边往外大步走，一边和公安局的祁副局通了电话，让他们出队协助。

她开始跑起来，一辆黑色奥迪车开到她旁边，她倏地钻进去，轿车轰鸣一声箭一般射出去。

秦碧波接到报料立即赶往现场做全程跟踪报道。

郊外一座准备拆迁的废化工厂旁，十几辆警车闪着顶灯鸣叫着，三四十个荷枪实弹的警察戴着头盔穿着防弹衣立在那里，现场气氛极其紧张。

祁副局长对着废厂房叫喊：“赶快投降，给你五分钟时间，否则，我们要行动了。”

一颗子弹鸣叫着从艾敏头顶飞过，撞在对面墙上爆出火花。好险！艾敏接过对讲机呼喊：“不要垂死挣扎了，放下武器，放下武器，还有活路。”

废厂房里接二连三飞出许多颗自制手弹，嘭嘭嘭地在警车旁爆炸。祁副局长命令开火，废厂房立刻硝烟腾起，等到里面的枪声停止后，艾敏第一个冲进去。罪犯已被击毙，有一颗子弹击中后脑勺，有一颗击中面颊，脸部被打烂了血肉模糊。马自立紧跟在后，他和艾敏对视一眼，上前仔细察看，用木棒拨转案犯的脸,惊呼道:“不是……”

艾敏急忙上去细看,真的不是。马自立皱紧眉头思虑了片刻,又看了看同样紧皱眉头的艾敏,心照不宣:他们被人耍了。艾敏不动声色走了出去,铁青着脸,她用眼神和马自立交换了意见后,对祁副局匆匆交代几句,回头就走。

秦碧波追过来采访,艾敏对着话筒敷衍了几句,便一头钻进车子里离开了。

回到办公室已是凌晨3点,艾敏没想好怎么向领导汇报,陈疤瘌的电话进来了:“艾局,‘7·15’大案的罪犯击毙了,恭喜你!”

“你做梦!陈清这样的禽兽不死,天理难容!”艾敏压低嗓音发着火,陈疤瘌阴笑着收线了,艾敏没辙。

青山电视台早间新闻对这件事做了报道,男主播声情并茂的画外音、热闹的枪战场面,吸引着青山老百姓的眼球。

“7·15”大案,“7·15”大案,令人头疼的“7·15”!艾敏强忍着羞愧,看完市电视台对发生在凌晨的枪击“7·15”大案罪犯的报道,心里暗暗骂道:胡扯!

“7·15”大案主犯只有一个,就是陈疤瘌日夜想着要救的兄弟陈清。其余两个替他放风的帮凶早已判刑,主犯陈清在逃,今天打死的不知道是哪个替死鬼。她完全相信,陈疤瘌财大气粗,有能力买通自愿替死的逃犯,配合他出演这场丑剧,达到销案的目的。真是做梦!

艾敏揉着太阳穴,坐到电脑前,盯着屏幕上一位年轻男子的照片。那是极清秀的一张脸:瘦削的面颊,细长的丹凤眼,鼻子直挺,嘴型大小适中。艾敏长叹一声:这么俊秀的长相怎么有如此凶残的心肠呢?还有一个清秀的名字——陈清。

艾敏按键,电脑上立刻跳出凶杀现场的照片。第一张:陈清用尖刀捅死怀着双胞胎的孕妇米果。他用尖刀剖开米果的肚子,两个双胞胎男孩抛在母亲旁边,脐带尚未割断。第二张:米果死前做过剧烈的反抗,她的手掌上抓着撕下的衣服碎片，那是陈清的。第三张：米果双眼惊恐地大睁着，嘴巴成O型。第四张：陈清沾着米果的鲜血在白色的墙壁上写着：爱之深，恨之切！

根据尸检报告，陈清在杀死米果前强奸了她。米果曾和他交往过一段时间，后来与他断交，嫁与别人，陈清伺机报仇。案件性质定为：报复性强奸凶杀罪。

三年多来，案子从公安局移送到检察院那天起，艾敏就寝食难安，如坐针毡。她发过誓，不将陈清伏法，她上对不起苍天，下对不起百姓，更对不起自己的良心，因为她是头戴国徽的检察官。她重新调出第四张作案现场的照片，墙壁上血迹斑斑的字尖刀般刺目。艾敏冷笑：如此残忍之人，丧尽天良，禽兽不如，配谈什么爱恨？哼！

宋宇导演的第二幕戏是酒戏。陈疤瘌救兄弟成败在此一举。

艾敏是青山市有名的独身铁娘子，不贪色，不贪财，就好喝酒。平时不喝，一开喝肯定喝个大醉。

她的这一嗜好，别人很少知道。只有钱芷彤、秦碧波几个至交清楚。

杆子打电话邀请艾敏喝酒："我说艾姐，能不能赏脸喝个小酒啊？"

艾敏听出是杆子，立刻哈哈放怀大笑，亲热骂道："你这鬼猢狲，哪里钻出来，这才想起我来。不喝，不过年不过节喝什么鬼酒？"说完又哈哈大笑。

这是很难得的，艾敏从来不笑，整日铁板着一张乌青的脸，目光针尖似的扎人，别人都绕开她走路。局里的小同事被她"小猢狲小猢狲"骂着，见她如小鬼见阎王。这样的女人，男人不敢要。

杆子在那头嚯嚯嚯笑，大概又说了许多好话，艾敏这才答应下来："你保证，就你一个人。好，好，不见不散。"

杆子认识艾敏有七八年了。1998年，杆子作为被告被合伙人送上法庭。杆子那时被算计得特别惨，不但没拿到应得的份额，反而倒欠了合伙人两百多万元。合作人告他让他立即还款。杆子被逼到绝路上了，他怀里揣着土炸药，法院一旦判他赔钱，即刻准备与那些昔日的好兄弟同归于尽："狗杂种，大不了大家一块死。”

案子到艾敏手里后，她力排众议，顶住压力，多方取证，查出伪造的假证，终于为杆子讨回了公道，也给了杆子一条活路。杆子特别佩服艾敏，遂与她成为铁哥们。

入夜，艾敏被杆子派来的黑色宾利接到金鼎蓝 KTV 娱乐馆，在门童的导引下进了侧门，再坐工作电梯上到五楼，走进紫荆花包厢，杆子在门口迎候她。

杆子大约四十来岁，个子很高，有点躬背，像长弯了的竹子，故绰号杆子。他撅着屁股头微低，轻轻握住艾敏的手：“美人驾到，有失远迎，该打该打。”然后将艾敏的手放到嘴边亲吻了一下。艾敏甩手笑骂。

“到深圳做生意就学了这套臭德行？”

杆子退后一步右手做了一个“请”的手势：“引见一下，香港元丰集团的宋宇。这位是青山市检察院反贪局局长艾敏女士。”

艾敏不看宋宇伸过来的手，对高个子说：“杆子，你食言了。”转身就向门口走去。

杆子赶上去拦住艾敏低声哀求：“艾姐，给点面子吧，宋宇是刚才在过道上碰上的。要不，让他走好不好？”杆子抱拳作揖，急得都要哭出来了。

艾敏想了想，回转身坐到沙发上。不就是一个宋宇吗，还能把我吃了？

“来，拿你们酒店最好的洋酒。”杆子见状便高声大气喊叫服务生。

“是，老板。我们酒店有芝华士、人头马、轩尼诗、皇家礼炮、金王马爹利，您要哪样？”

“有没有美国 Golden Grain（金麦酒）？”宋宇问。服务生答应着拿了一瓶进来。杆子和艾敏都不知道金麦酒的来路，金麦酒在美国许多州是禁止销售的，它的酒精度高达 95 度。它也是“尖叫的紫衣耶稣”和“瞬间死亡”等饮品的主要成分。

这种酒，青山市的酒吧里根本没得卖，宋宇特地托人从香港弄过来两瓶。要灌醉艾敏这样的喝家，没有金麦酒是搞不定的。他买通了服务生，预先把酒放在酒吧的柜子里，让杆子和艾敏觉得这酒是从这里卖出来的。

宋宇面含微笑，摆上三只透明玻璃小酒杯，握着打开的金麦酒，边说边倒："这酒啊，是采用了灌装蒸馏法，经过缓慢的四次蒸馏熬出来的。来，来，艾姐，倒一杯品品口感如何？"

杆子很兴奋："好，我也来一杯。"

三人举杯轻碰，清脆地"叮"了一声后，杆子一口倒入，肚子里立时滚烫。他抱住肚子叫："什么酒，这么劲道？"

艾敏嘴唇挨着杯沿，让酒顺着喉咙滑进去，整个喉道像被蝎子蜇了一下似的，麻了一下，她咬紧牙关望着宋宇不动声色。

宋宇先抿了一小口，再抿一小口，抿了许多口，最后才一口喝光。

他爽快大笑，俊朗的身板和有神的眉眼发出诱人的光泽。

"喝这酒动作不能太猛，要缓缓地抿，喝顺了再一口下去。"宋宇在空酒杯里又斟满金黄色的酒，端起杯子表演性地喝着说着。

艾敏偏不信这个邪，她是酒坊老板的孙女，在娘肚子里就开始品酒。她的酒量超高，两斤 52 度的茅台只能使她发点小晕。于是，她端起酒杯顺着喉咙一口下去，又像被蝎子蜇了一下的麻。

哼，不就是麻了一下吗，不怕的。她依旧不动声色盯住香港来的俊男，他的胸肌异常发达，鼓出来，又被一件贴肉的衬衫紧紧裹住，一切显示着力量的美和肉欲的召唤。

两瓶酒喝到快见底的时候，杆子早就歪在沙发上流着哈喇子打呼噜。宋宇蓝幽幽的目光鬼魅似的盯住艾敏："再来一杯？"

两瓶金麦酒只剩一点点了。

艾敏的头开始发晕，眼睛有点涩，宋宇的脸在眼前晃荡着，一会儿笑得像个天使，一会儿又狰狞得像个魔鬼。

艾敏觉得有点闷，脱去外套穿一件薄薄的羊毛内衣，觉得头有点沉，拔了发簪，一头浓密的乌发黑缎子般滑下来盖住浑圆的臀部。哇，宋宇的目光像两只贪婪的苍蝇即刻在艾敏高挺的乳房上飞起落下，又飞起又落下，不停地嗡嗡嘤嘤叫着。

“放音乐！音乐，音乐放起来！来，唱歌！来，跳舞！”艾敏突然高叫几声。

昏睡的杆子被音乐吵醒，拉起艾敏把她搂在怀里。八九分醉的艾敏神经亢奋，顺势靠在杆子瘦削的怀中，用手环绕住对方的脖子，万般妖媚地踏着舞步。

爵士乐的鼓点激越地敲响，酒精燃旺了血液，燃旺了激情，艾敏疯狂地摇胯扭臀挺胸甩臂，就像蛇妖般竭力扭动，长发在背后蛇一样摇来摆去。

宋宇跳到她面前，迈着职业舞蹈家的步子在跳疯了的艾敏面前灵活得像只猎狗，他仰起头，兴奋地碰撞着蛇妖的各个部位，乐得张大嘴流着哈喇子。艾敏的长发时不时打到他脸上，仿佛蛇信子喷着毒液。

跳累了的艾敏倒在宋宇的怀里咯咯浪笑。

艾敏靠在杆子身边沉沉睡去的时候，宋宇对走进来的陈斌打了个响榧：“搞定！”

他把一盒录像带交给了陈斌。

陈斌向宋宇抱拳作揖。

“我说疤瘌哥，别忘记你许诺钱董的事哦。”宋宇拍着陈斌的肩膀。

陈斌先是一愣，随即醒悟过来，拼命表白：“哦哦，哦哦哦，没忘，不敢忘。等这事完后，立即去办。”

宋宇又打个响榧，扬长而去。

第十三章

岁月的流转不可预测。

2007 年被房地产业界称为“宏观调控落实年”，这注定是个让钱芷彤焦虑不安的年份。

农历正月，青山小城里新年的炮仗声还在热热闹闹响着，钱芷彤就召集中层开会。

半空里，一蓬蓬腾起的硝烟被冷风一刮，缓缓朝四面游散开去，有些呈秋菊怒放，有的水蛇般在高楼间滑行。忽而聚成奔马彩练，忽而散去棉絮样推拥着，弄得天空灰蒙蒙的。

她靠在汇富大厦二十一楼办公室的窗边仰望硝烟的舞蹈，脑子里想的全都是房地产的事。

1 月 16 日晚，国家税务总局刚刚颁布完《关于房地产开发企业土地增值税清算管理有关问题的通知》，3 月份，国务院下令要求实行最严格的耕地保护政策，坚守十八亿亩耕地红线。这对房地产业无疑是一道紧箍咒。

钱芷彤看着青山小城异常繁华热闹的街头，人流车流比平日明显多了几倍。那些在全国各地做生意的老板，年底前候鸟般飞回家过年，起码得过了正月十五才走。据不完全统计，青山市出外做生意的人口占总人口的百分之六十。什么概念？一家能干活的都走了，孩子要么带走，要么寄托在老师家里读书，只剩老人独守家门。

相信自己的判断力吧。她之所以没有被鼓动着往上海、杭州或者其他城市发展，就是看好青山市潜在的购买力，青山在 2004 年市民的总体平均收入水平就已达到小康了。青山人恋家，挣再多的钱，还得回家买房过日子。她确信，沉寂只是暂时的。

的确，从 2004 年 3 月 8 日，提高拿地门槛开始，国家调控正式启动。火爆的房地产市场犹如被一场冰雹砸下立时没了火星头。2005 年在土地和税收方面三令五申地强制，市场上更是一片荒芜。等 2006 年“国六条”和“国十五条”一出，国内国际的专家都以为中国的房地产走入穷途末路了。

大大出乎意料的是，房价竟然在 2006 年 4 月就开始涨，到九十月份形成了一个小高潮，到 12 月高潮涌起，新盘销售额与 2004 年最火爆的 2 月持平，二手房销售套数高出 2004 年 2 月的百分之五。这完全打破许多专业人士的预测，也令房地产商和炒房团们欣喜万状。

其实，究其根底，这和中国政府自亚洲金融风暴以来，鼓励老百姓积极消费的政策是密不可分的。江水关不住，毕竟东流去。

今年可就不一样了，据内部消息，上一年出台的政策今年都要一一落实下去，一个萝卜一个坑，绝不含糊。

“宏观调控落实年，啊，调控调控，头痛的调控。”钱芷彤揉着发胀的太阳穴，只能是骑驴看唱本——走着瞧咯。

虽然说上有政策下有对策，但面对国务院和各部委的通知啊、规定啊、意见啊，地方政府和各级银行不得不有所动作。才正月初六，钱芷彤就心急火燎地召开绿洲公司中层以上管理层人员会议，必须尽快想出一些对应的措施来。

小会议室里，钱芷彤扫了一眼在座的二十来个手下，表情严肃。

她的声音不大却非常有力量：“很抱歉，初六就把大家叫来开会，实在是形势对整个房地产业很不利。今天开会的目的，是让大家把对策和方案拿出来，怎么样在各种政策的缝隙里发展我们的事业。”

公关部宋宇首先发言，他嘴角挂着一缕讥讽的笑：“政府的政策从来就是雷声大雨点小。去年政策够多的吧，又是‘国六条’，又是‘国十五条’，限制住了吗？房价反而涨得更快。”

寒冰不屑地扫他一眼，在她眼里，宋宇就是个纨绔子弟，只会来一点花拳绣腿，没有真本事，根本不能和她这个国际外贸专业的硕士生相提并论。

她冷冷一笑，对着钱芷彤说："钱董，政府的政策就是另一只手，调控市场的力度非常强硬的。2006 年是个特例。"

"我赞同寒冰的意见。"

"从前几年的经验分析，国家打压一次，房价就涨一次。和皮球越拍越高是一个道理。"

会场里除了钱芷彤和文帅，其余的人分成两派，一派赞同宋宇的意见，一派赞同寒冰的说法，两派人争得面红耳赤。

钱芷彤站起来用严厉的目光盯着手下，会场顿时鸦雀无声。

她转头对着齐松树问："齐总，上面下令所有的开发商整改大套型，你对套型限制政策有什么想法？"

所谓套型限制是指九十平方米以下的小套型必须占建筑总面积的百分之七十，否则，不予审批。

齐松树把方案递到钱芷彤手里，再一一分到其他人桌前。回到自己的位置上后才开始解说：

"我们清水湾的项目研发，套型图已经出来了。套型的设计基本就是三类：一类小户型一百三十平方米，二类中户型一百八十平方米，三类大户型两百二十平方米。这是从青山市的人居习惯出发设计的，青山人喜欢讲排场，喜欢大，大显示气派，昭示富贵。"

销售部经理李靖大声附和："对的，青山人就是喜欢大，听说华丰集团的纯蓝天地楼盘最大的套型是两百五十平方米的。"

寒冰笑斥："废话，董事长让你怎么把青山人的习惯和国家的政策协调好。你说这些有用吗？"

一时间大家都沉默下来。

钱芷彤问大家："如果我们不把九十平方米以下的套型做到占总建筑面积的百分之七十以上，建筑许可证、施工许可证批不下来怎么办？那损失可是上千万甚至上亿的。我们不能坐以待毙对吧？"

这时文帅款款开口了："我说个事儿给大家听听，看行不行。"

一屋子的人眼睛盯住文帅听他讲出些什么高招。

“前两年,青山人去上海买房,他们嫌套型太小,于是在连着墙的地方买了两套房,然后打通墙,两套房合二为一。这样,一套房有了两个房产证。”

文帅说到这里停下来不说了,眼睛看着每个人的表情,微笑着。这是他的风格,他从来不咄咄逼人。

钱芷彤美目灼灼朝文帅点点头,他俩无论在性和生意上都是心有灵犀的。只是中间不知横亘了些什么东西,才使俩人刺猬似的无法真正贴靠在一起。

齐松树脑子慢一拍,眼白上翻仰头盯着天花板思忖了好一会,才一拍桌子高叫起来:“高招,高招,我怎么没想到呢?哈哈哈,这下问题解决了。一套房两个房产证,高招!”

许多人都跟着发出附和轻松的笑,宋宇似乎还没摸到头绪,张着嘴莫名其妙看着大家笑。寒冰鄙夷地一撇嘴:“就是把一百八十和二百二十平方米的在图纸上设计成两个小套或三套。实际出售的时候是一套。”

宋宇这才恍然,朝文帅竖起大拇指。他突然又想到一个问题:“慢着。那房产证怎么办?不是还有限购令吗?”

寒冰心里直骂宋宇蠢猪。

文帅解释:“房产证业主自己会解决的,关键在审批。我们为了迎合上头的政策,才这么做,实际上原来的规划没有变。怎么样拿到两个许可证,难度很大,也是最最要紧的。否则就像钱董说的,损失很惨。”

钱芷彤说:“这个问题由宋宇担纲解决。宋宇,你还要去解决清水湾土地出让金的问题,看看能不能通融再延缓一两个月。”

宋宇站起身,晃动着脑后的马尾辫斜睨一眼寒冰:“钱董,宋宇愿为公司肝脑涂地,可是不能让人看不起。有人在心里骂我蠢猪,说公关就是吃吃喝喝,没本事的纨绔子弟才干这活,白拿工资,你给正个名。”

钱芷彤笑,知道他和寒冰的那点腹议,及时送上一把梯子:“人才是多方面的,宋宇是公关交际方面的专家,这次的问题还必须宋宇出面解决。”

宋宇得意归座，寒冰不屑，鼻孔里喷出一丝轻笑。

宋宇刚来青山时，曾对钱芷彤大发牢骚，他半边屁股搭坐在窗台边沿，摇摆着大腿，一脸苦闷："钱董，我在青山派不上用场。"

"怎么呢?"钱芷彤笑问理由。

"青山的干部统统都是土包子，除了大杯喝酒，通宵搓麻将，别的都不会。喏，高尔夫不会，骑马不会，台球不会，简直土得掉渣!"

宋宇见钱芷彤笑，干脆立起身表演："喝酒必定要喝得胃出血，赌钱不把钱输光不罢手。"宋宇一会捧着胃表示胃痛，一会掏空口袋表示输光了钱。

钱芷彤大笑，见宋宇一脸哀伤模样更是笑得止不住声。宋宇见钱芷彤眼泪都笑出来还在笑，便跟着呵呵乐。

钱芷彤擦干眼角的泪花，收敛笑容，手点着宋宇说："喝酒你没问题。你必须马上学会搓麻将，融入他们的圈子，而不是让他们来适应你。给你一个月时间，否则，哪儿来回哪儿去。"

宋宇领命，请了当地麻将专家当师傅，专门培训麻将术，一个月内掌握了搓麻将的精要。起先上场他还需要师傅陪同，半年后在麻将场上就驰骋自如了，反正他的任务就是输钱，只要不是输得太低级、太露骨即可。

"我有问题。"销售部经理李靖举手，"限购令一出，我们销售部的工作就难做了，购二套房首付百分之四十，使许多人处在观望之中，小部分人也真的没有这么多钱。要不要加大广告力度?"

钱芷彤考虑了一下："我看在这时打广告，作用不大。一是有和政府对着干的嫌疑；二是，在这种氛围里，广告不起作用。是不是大家分头做工作，亲戚朋友那里互相传传口信，这是隐形广告。我们在房价上做一些内部下浮，把广告费作为优惠比较好。"

"优惠多少呢?"

"这样吧，具体优惠多少，姚总监和财务部的人拿出方案，要尽快。让他们把方案发到销售部。”

钱芷彤看看手表,时间差不多了,便准备散会:“大家还有问题吗?没有了,那好,散会。”

文帅跟着钱芷彤走出来,到了她的办公室,单独向她汇报马来西亚商人要来参股的事情。

“他投资多少?哦,六千万美元。按目前的人民币汇率,是四亿八千万多。”钱芷彤在计算机上按键读出数字。

“他要按美元结算。”

“那不行,必须按人民币结算,这是底线。投资时间必须在五年以上,房产的周期很长。而且,将来的形势尚不明朗。”

文帅沉吟了一下:“我再和他谈谈吧,不过最后签合同,还得你拍板。”

钱芷彤点点头,想了想问:“听说你过问旷达的事了?”

文帅笑:“消息真灵,我随便问问。”

钱芷彤乜斜着眼半真半假地说:“对背叛我的人,我一点都不留情面的。”

“我知道,这点你和劳国安很像。”

“知道就好。”

钱芷彤走向门口,软软地捏了一下文帅的手,回眸一笑招呼他:“走啊。”

俩人来到钱芷彤居所。一进门,一股属于钱芷彤的香甜气息汹汹朝文帅弥漫过来,裹住了他,他只觉着通体的血液在黑暗中陡然热起来,叽叽咕咕吵闹着,千万根金针扎进躯体里,勾出他的五脏六腑,经络发出咯咯的断裂声。他仿佛听见自己的灵魂在半空哀鸣。他一把从后面拥住站在门口的钱芷彤,吻她,啃她,在她的耳边嘟囔:爱你,一生一世。钱芷彤痒得缩回脖颈,一扭身坐到沙发里。文帅紧紧拥住她急切诉说:“痛,痛得难以忍受。”

钱芷彤闷声不响搂住文帅的腰,一起滚到铺着厚厚鄂尔多斯长毛毯的地上。

钱芷彤抱着文帅滚烫战栗的身体,灵魂猛然受到震颤,文帅彻骨的痛,那是一个生命对另一个生命的期许,愿意把生命植进另一个生命,生生世世相守的期许呀。这是对她的期许吗?至少现在是。她真的没有灵魂吗?不是的,她只是遭遇太多的挫折,心变硬了。此刻,她冰冻铁硬的心里乍然裂开一道缝,春水汩汩而出。

第十四章

五月的海滨小城青山正处在融融的春光里，钱芷彤拿着剪刀修剪花架上那盆莲瓣兰。青瓷的花盆里，兰枝立在冠状的泥土里，泥土表层被青苔覆盖。细长的蓝叶长短分散，婀娜潇洒，衬托着洁白如玉的八朵兰花。她一边细心剪着叶子发黄的尖梢，一边听郑百家讲话。

郑百家站在离钱芷彤三米远的地方："钱董，有人在调查绿洲的账目。"

"哦?"钱芷彤没有回头，脑子却飞快转动，会是谁？劳国安吗？

"是律师。"郑百家扶了一下眼镜，"听口音像是北京的。"

"知道了。"钱芷彤放下剪刀问郑百家，"旷达的事你都筹划好了吗?"

"差不多了。另外，有几笔贷款年底要准备续贷的，预先要交涉好。"郑百家犹豫了半天，不知道该不该向钱芷彤汇报，支支吾吾低着头。

"有什么事别瞒着我，你可是我最信任的人。"

"寒冰总经理和文顾问都来找过我，他们都要求看旷达的账目。"

"他们?"

"我拒绝了，我说查账的话，必须要有手续和资质。"

"嗯，处理得好。"

侯东跃弓着腰悄没声息地走进钱芷彤的办公室。钱芷彤不叫他时，他日子过得很悠闲，上午10点在福来悦茶馆喝茶，午饭后到天浩大酒店的棋牌室搓麻将，按月来公司里领工资，额外还有奖金。钱芷彤养着他是因为他有这个价值。

侯东跃身高1.75米，身材粗壮，走路却像猫，轻悄得没一点声息，经常走到你背后立半天，你却丝毫感觉不到。这是他在十年对越自卫战争中练出来的。

对越自卫反击战中，中国部队庞大的系统很难对付越军的精锐特工队，就像大船开进小河浜张网捕虾，横竖都转不过弯来。越军或三五人，或七八人一队，习惯丛林战、山地战，灵活得像山老鼠，自由出入我国边界，伤我边民，掠夺财产。我陆军为此组建了特种部队。

侯东跃被选入特种部队时才二十三岁。除了身体素质好，最大的优点就是有股硬拼的劲头，获得过训练标兵的称号。

侯东跃在部队里苦练猫步、猫眼、猫耳、狼鼻，后来又成为狙击手。他能够出其不意地出现在敌人的身后，夺其性命；能够在黑夜里看清百步以外的来人，像猫一样嗅到细微的气息而判明情况；更绝的是，他在百米外想要击中的敌人的脑门那一定是百发百中的。

凭着这些本领，侯东跃在后几年的自卫反击战中，立下一等功一次、二等功两次、三等功四次。直到被榴弹炮的弹片击中左胸，复员回家。

侯东跃复员回到青山县，没有如愿进入公安系统，只被镇政府招为编外的联防治安大队队员。没有任何势力背景的他，忍了这口气。在联防队干了几年，他干得轰轰烈烈、尽职尽责，逐渐树立了威名。那些外地流窜到青山的窃贼们恨死了他，怪他断了他们的财路。

一天夜里，他带着几个队员巡逻，刚巧碰到摩托车贼飞车劫包。两个戴头盔的男人沿着乐怡路的路边慢慢开着摩托车，开到两个女士身边，一把夺了一女士手中的名包飞车就跑。这女士紧紧拽住包不放，摩托车一直拖着她开出五十多米，拎包的背带才被扯断。女士满脸血迹，伤势严重，昏迷过去。

侯东跃目睹那个场面，五脏六腑都炸了，他操起手里的警棍向开摩托的男子掷过去，警棍像一支飞箭笔直射出去，咚地砸在那人的头上，那飞车贼身子一歪斜斜侧倒在地。后座夺包那贼见机不好，身体往前一跃捏住摩托车手把，脚一蹬油门，呜呜两声吼，摩托车呼地蹿出去，一拐弯逃得无踪无影。

下来的事情真是不可思议了，那个被电棍击中脑袋的开车贼，大脑严重瘀血躺在医院,很有可能成为植物人。那个与盗贼夺包的年轻女人腿骨骨折,面部神经受伤,住进医院。

侯东跃因为故意伤害罪被批捕。

舆论哗然!

坊间传言,某个帮派早就想拔了侯东跃这颗眼中钉,买通检察院批捕科的人,以故意伤害罪逮捕了他。刑期可能会在三年以下或三年。

侯东跃的老爹托了人情到钟杰那里,在全国娱乐界有名气的钟杰管不了青山市的事情,他带着侯老爹来求钱芷彤。

钟杰说:“芷彤阿姑你一定要帮忙。否则的话,以后谁还敢见义勇为,是吧?”

一脸沧桑的侯老爹扁着缺牙的嘴,一脸的愤怒,一脸的无奈,低着头叹气。

钱芷彤听完后凝神思索片刻,当着俩人的面就给北京方正律师事务所的所长打电话,让他派一个资深律师来。

兰成律师飞到青山。兰成四十岁,中等个子,肉墩墩的身量,提个黑皮公文包像机关里不起眼的小科员。只有那双黑精豆似的眼睛格外亮,在你不经意时亮亮一掠,就已把你的一切都摄进他的脑海里。

钱芷彤知道他是青山本地人,根基很深,他家的四个兄弟加上表兄弟、堂兄弟,都在青山的公检法税等要害部门担任重职,他的能量非凡。她伸出双手紧握住兰成的肉手使劲摇了摇:“拜托了,拜托了。”

兰成摄像头似的眼睛朝钱芷彤脸上一掠,看出钱芷彤的真诚不虚,也摇了摇她的手:“一定尽力。”

在他的多方斡旋下,最后,侯东跃被判了有期徒刑一年,缓期一年。

钱芷彤把侯东跃招募到绿洲,作为自己的特别助手。侯东跃视她如再生父母,随时随地准备为她拼命。

侯东跃弓着腰立在钱芷彤面前等候吩咐。

“有个外地来的人到了青山市,你去打听一下什么来头。去找郑百家他会告诉你详情。”钱芷彤又对着他的背影，“我等你的消息。”

“等等！”钱芷彤喊住走到门口的侯东跃吩咐他，“别打草惊蛇。”

侯东跃弓着腰哎哎应着退出来，然后迈着猫一样的步子走出绿洲的大门。有人看见他的眼睛像猫一样聚着光，耳朵耸动，攥紧的拳头咯嘣咯嘣响。

秦碧波打开家门的时候，钱芷彤在转椅上旋过来面对着她笑。

“你怎么进来的？间谍呀你。”秦碧波略显惊讶后调侃。

“我有你的钥匙。”钱芷彤举起一串钥匙扔在桌上，上次秦碧波在她办公室里睡觉时落下的，“我问你，你真的认为你能把赵勤民送进监狱？”

“他早就该进去了。”

钱芷彤接过秦碧波递来的柠檬水，喝着。

“我给你讲个故事，听完后再决定是否告他，好吗？”

“你说。”

“有个人欠债，被债权人绑架到森林里，剥光他的衣衫吊在一棵大树上过了一夜。这一夜他成了山蚊子的美食，从头部开始到脚趾都叮满尖嘴空腹的蚊子，奇痒难熬，奇痛无比。”

秦碧波笑：“活该。”

“他儿子得知消息赶来解救父亲，见父亲身上乌压压一批蚊子，穿了一件黑衣似的，伸手就要拍死它们。做父亲的赶紧制止：‘不可，不可。’‘为何？’儿子奇怪地问。父亲说：‘你拍死吃饱的，那些饿的不是又要飞我身上叮吗？还不如让这些吃饱了的留在我身上呢。’”

钱芷彤说完盯着秦碧波笑，看她是否听懂了。

秦碧波大笑：“有意思，有意思。不过，贪官不是蚊子，没有个饱的时候。”

“大凡手中有点芝麻绿豆权力的人，都是蚊子，这是天性。那些出事的人，大多是在人际关系上出了差错，飞扬跋扈得罪了人，才被人弄倒的。就像赵勤民没有安妥好你,你恨他要把他送进监狱是一个道理。"

秦碧波冷笑:"我有证据。"

"就算你有证据,你告倒了他,你心里就舒坦了吗?你能找回你的青春、你的爱吗?"

秦碧波咬了咬牙说:"我到时候养他。"

钱芷彤狠狠呸一口:"疯话!你准备吊死在赵勤民这棵树上呀?为他你已经浪掷了十几年的岁月,还准备为他付出一生吗?碧波,别傻了,赵勤民会恨死你的,他老婆、儿子会恨死你的。"

"让他恨去。"

"碧波,都是一个地方出来的,怎么说也相爱过,得饶人处且饶人。"

秦碧波突然眼里充盈着愤怒的光:"我不饶他!"

秦碧波一想起赵勤民心口就发痛,牙齿就发痒,他毁了她的一生。十八岁开始,他就给她写情书追求她,到底给她写了多少甜言蜜语都记不清了。他仿照徐志摩《再别康桥》写的诗,不知怎么的传得校园里人尽皆知,诗里有一句:"我愿做碧波里的一条鱼,生死相依。"同学背后就叫他"碧波里的鱼",简化为"碧波鱼"。轻信是所有女孩子的通病,秦碧波也一样,死等赵勤民娶她。可赵勤民大学毕业后却娶了县长的女儿,千哄万哄把秦碧波哄为情人。等到他地位升迁,有了漂亮的小情人,最后彻底把秦碧波甩掉。赵勤民是个十足的两面人,表面上是个文质彬彬的儒雅官员,坐台上论道论政,左右逢源;内心里却是唯利是图的小人,拈花惹草、受贿行贿一样都没拉下。慢说抛弃一个秦碧波,为了他的仕途妻子都可以不要,哪怕断他两根手指头也在所不惜的。

赵勤民那天和秦碧波在小树林里谈完分手的事,秦碧波平静地说:"好吧,那,能不能再拥抱一下呢?"赵勤民答应并张开臂膀把秦碧波搂在怀中。秦碧波忍住眼泪,张开鼻翼再次吮吸着这个男人熟悉的气息,狠下心趁机在他的臂膀上撕咬下一片皮肉来。赵勤民哇一下推开她,按住血淋淋的手臂望向这个小巧的女人:"你够狠,这下咱们互不相欠了。"

秦碧波的嘴角沾着血迹哈哈大笑，等赵勤民走远了，眼泪却哗哗涌出来，她恨透了自己。

俩人都沉默着，钱芷彤想了想又说：“你一定要那样做，别人也拦不住你。我希望你再等几天看看，考虑清楚了再做就不会后悔。”

秦碧波点了点头，钱芷彤还想做最后的努力：“爱情，是两相情愿的事。你如果当初不愿意，他能怎样？”

“他欺骗我。”

“是你相信了谎言。报复失去的爱情，是无赖的行为。碧波，你不至于这么低劣吧？这很让人看不起的。”

秦碧波像被针戳破的气球突然瘫软在沙发里，把头埋到膝盖窝里不动了。

钱芷彤走过去搂住秦碧波：“不要意气用事啦。赵勤民如果为官不仁，自有他的下场。你还是筹划一下自己的未来，放下过去才是真正原谅了自己。江为涛这人不错。你应该开始崭新的情感了，碧波。”

秦碧波抬起头，反复咀嚼着“放下过去才是真正原谅了自己”，这么说，自己不放过赵勤民，其实是对自己的惩罚，是对自我灵魂的鞭笞。简单的道理却被忽略这么久，自己真的是气昏了头。真的有必要做绝吗？秦碧波在心里问自己，眼睛里的怒火渐渐淡下去许多，她决定再细细想想。

过了两天，侯东跃向钱芷彤汇报说：“那人已经走了。宾馆登记的身份是——洪平，男，四十三岁，河北太原置业有限公司副总经理。这明显用的是假身份证。他去了银行，还去了税务局和土管中心。没有特别身份的人，去了也是白去。据调查，他可能是见到了想见的人，也看到了想看的东西。第二天下午乘飞机去了上海。”

钱芷彤朝侯东跃说：“很好，去财务室领奖金吧。”

侯东跃侧着身子弓着腰退了出来。

钱芷彤陷入了深思:这人到底是谁?他想干什么?

她感觉有一个魔影正向她袭来。

这个化名叫洪平的人,此刻正在向劳国安汇报去青山市调查绿洲和旷达房地产有限开发公司到底有什么瓜葛。他的真实身份是香港乐民律师事务所的律师阎和。

阎和说:"一般说,没有立案,账目是不允许看的,但我走了关系。从绿洲的明细账目看,上个月绿洲有一笔巨款转出,转到哪里就不知道了。同时,在香港注册的红杉国际置业有限公司的户头上就多了十个亿,不到一天,这笔巨款又分散到两百多个小账户上。而从旷达的账户上却看不出与绿洲的瓜葛。"

劳国安皱紧眉头,目光阴鸷:"能查到这些小户主吗?"

"这个要等到具体立案后方可细查。但我估计也都是假身份证开的假户头。"

"阴险啊,这女人真够毒的。"劳国安咬着牙,细眼睛里透出狼一样的绿光。

"劳董,这个具体操作的人才是个高手,估计是要把这笔钱弄得灰飞烟散了。"

"那接下来怎么办?"

"他们很警觉,我一到青山市,就发现被人跟踪。建议你还是少安毋躁,等待时机为好。"

劳国安送走了阎和,打电话给文帅,他对着话筒足足骂了一个小时,骂钱芷彤的话不用说很难听,连文帅也被骂进去了。

他如困兽咆哮,苦在被铁笼子锁住抓不到猎物。

"文帅,那娘们是什么东西?吃人不吐骨头的妖精,你别被她的妖媚迷惑住,别忘记了你的职责。"

听到文帅的解释，劳国安气得直喷唾沫："没忘记？那为什么妖精把绿洲的十亿都转账了，你却一点都不知道呢？难道预先一点都没有征兆吗？"

文帅捏着话筒不作声，心里抗议：十亿不是从你手里转走的吗？你都斗不过她，我有什么办法？

劳国安继续在电话里大发雷霆："妖精，我逮着机会，非剥她的皮抽她的筋不可！

"她不接我的电话，好，等忙过这阵，我去青山找她，看她往哪里跑！不用转告她，让她暂时得意几日。"

劳国安骂完，重重掼下电话筒，颓然倒在高背沙发里喘大气。

文帅这边听到话筒里嘟嘟嘟响，才轻轻搁下话筒，长长嘘出一口气——唉，真可谓不是冤家不聚首，钱芷彤啊！

三年前的那个下午，他如果不去元丰，去元丰如果没有碰到刚从青山过来的钱芷彤，也就不会有现在的折磨和痛苦了，可偏偏碰上了。

那个下午，他站在走廊的拐弯处等劳国安，见一女子着一身黑丝绒收腰连衣短裙，修长的玉腿迈着模特步，仿佛一株黑郁金香在风中朝他婀娜走来。丰胸雪肌，乌发拢在背后恰似瀑布奔泻，随着腰际的转动，仿佛喧哗出声。她走到跟前，翘翘的睫毛朝他扑闪两下，眼波里飞出晶亮的笑意。她敲敲门，又转头问他："劳董不在吗？"

文帅傻了，屏住气息傻盯着那两翼黑漆漆的睫毛狠看：哦，天哪，这不是琳娜吗？连睫毛都那么像，都在笑盈盈地跳跃。酷似琳娜的眼睫毛像蝴蝶的翅翼狠狠刮扇着文帅的心脏，那笑里到底藏了多少把金针呢？文帅被那笑给迷住了，她的笑飞出时，似有千万根金针撒出来，每一针都扎在文帅的胸口，勾住了他的灵魂，勾住他的五脏六腑，疼痛不已。忧伤夹着哀恸的回忆紧紧裹住他的听觉，他根本没有听清楚对方的问话，只在心里呐喊：苍天，苍天啊！

第十五章

县委组织部副部长老杨暗地里指使他的胖老婆来找钱芷彤买房。

钱芷彤欠老杨一个人情。去年上半年,老杨受了钱芷彤的托,帮她把她的一个表外甥从乡镇副职提到市府办副主任的位置上。看起来好像平调,实际上这里面的名堂很大。在市府办跟着领导,混个一年半载,出来就是正职。在乡镇当副职,如果没有背景,有可能就要在副职任上干到退休。

那个外甥人机灵,很是讨领导的欢心。领导和组织部一叽咕,今年 3 月份就被送到四大集镇之一的柳溪镇任代镇长,等到明年换届选举时,顺理成章就成为镇长了。

钱芷彤含笑对老杨的胖老婆说:"正好,我可以还了杨部长的人情。嫂子,这样吧,我看你还是买海滨别墅吧,价格不贵,三百万一套。"

老杨老婆的胖脸笑成一张猪脸:"别墅是好啊,可是哪来这么多钱呢?"

"钱的事你不必操心,只要付百分之五十即可,打折下来你只要付一百三十万。其余的算我还杨部长的人情。"

"我可不敢做主哟,被老杨知道要骂死我的。"杨夫人依旧假笑不已。

"这事你别告诉杨部长,我做主了,余款在这张卡上刷。"

钱芷彤在一张纸上写了卡的密码一并递给她,杨夫人推了几下也就顺势接了。

钱芷彤打电话喊来销售部经理李靖,对他说:"你让杨夫人去挑 B 类别墅的套型,打八折,付全款。"

老杨老婆签完合同如此这般向老杨汇报,老杨在那边哼哼着:"还算懂事。"然后啪一声挂断电话。

海滨别墅分 A、B 两种套型。B 类套型，密度高，套型小，严格说不是别墅，倒像农村里的楼房，两层一户，一共六层。精明的钱芷彤老早就划算好将 B 型别墅送人的计划，不费大血本，又不失礼数。市里要紧的领导，那都得半买半送，还有公安局、税务局、土管中心的要紧人等，都不能怠慢。

做账时不知内情的郑百家割肉般舍不得，无数次唠叨："哎哟，好大一笔钱哪，抵得上财政局半年的收入了。啧啧，钱董，哎哟，割肉呀！这是派了什么用场了？不能再少点嘛。心疼死了。"

钱芷彤被郑百家唠叨得心烦，冷着脸训他："你懂什么？舍不得孩子套不住狼，这上头的钱吝啬不得。如果被人穿上小鞋，我们的脚都得硌出血泡，那时候损失的可不是这个数了。别多嘴，你只管做账就是。"

钱芷彤在青山市的一切如此顺风顺水，当地政府部门支持力度不减，当初给地都是任她挑选，没有二话。拆迁户的工作政府帮忙去做，贷款办证那都是一条龙服务。没有她的"大手笔"，能这么到位吗？

她的金钱王国正在构建中。她要将资产积累到五十个亿，乃至一百个亿，成为完全属于她钱芷彤个人的金钱王国。像埃及女王格莱欧佩特拉那样，在自己的王国里呼风唤雨，享尽奢靡。这是她人生的理想国，价值追求的终极目标。

所有的人，都只是她手中的工具。她钱芷彤一切的付出，都要获得几倍乃至十几倍、几十倍的回报。岂有白扔的诱饵？郑百家再精明，也是看不透她钱芷彤的心思的。

郑百家只得低着头一笔一笔入账，心里冷笑不止：我不懂？哼，我不懂？哼哼哼……

童小辉的老婆来了，哭哭啼啼诉苦："钱董，都说你菩萨心肠，我守着个活死人，给我指点一条明路吧。"童小辉老婆来找钱芷彤是有目的的，她虽然没有捏着什么具体的把柄，但香港哥宋宇上过她家好几趟她是认识的，说了什么、做了什么她也听了一耳朵。如果钱芷彤识相,那就不去捅这个马蜂窝;如果不识相,哼哼,那就去纪委告她,反正都已经落到这个地步了。

钱芷彤端详着这个曾经富态风光的女人,童小辉出事后她一下老了十来岁,鬓角都长了白发。她明白童小辉老婆的来意,没让这个女人再啰唆,劝她不要买别墅,买清水湾住宅楼更合适,她给那女人打了六五折。那女人很聪明,心里一盘算,占的便宜不算少,马上采纳了意见,擦干眼泪走人。

她突然想到什么,拨了个手机号,对着手机:"哎,领导,你上回托我办的事,现在可以了。你把那个转我卡上吧,让你儿子过来就行。嗯,嗯,好,好,再见。"

钱芷彤打电话给秦碧波让她来买房。

"碧波,赶紧来买房,打八五折。我估计,不出两年这个楼盘会涨到三万一平方米,百分之五十的回报率。"

秦碧波问房产证怎么办。

"你过来我当面密授计策如何?"

秦碧波咯咯笑骂她奸商,钱芷彤笑着回应:"无商不奸,无奸不商,这是生存规律嘛。"

她又陆续拨了二十来个电话,说了与上面大同小异的话。

最后,她把电话拨到赵勤民那里:"那人答应过给你多少,我也给多少,马上兑现。"

胡立 A2 号地块被钱芷彤收购前,赵勤民曾经出面斡旋,被钱芷彤沉着脸拒绝掉:"这事你别插手,他许你多少,我给多少。"

赵勤民不知在电话那头说了什么,钱芷彤冷着脸应着:"好,好。"放下电话哼了一声,"黑!"

赵勤民要一套迪赛海滨的大别墅。

这时负责迪赛海滨别墅绿化工程的麻经理过来请钱芷彤:“钱董,大别墅今天要做绿化,你亲临现场指导一下如何?”

因为A类别墅的套型和空间都很大,光套内面积就有四百到五百平方米,还不算后院的空间。数量只有十几套,为方便起见,大家都以大小来区分这两类别墅。钱芷彤打算把它们打造成江南的经典院落,还原水乡小桥流水、杨柳烟雨的诗意画卷。

麻经理领着钱芷彤边走边看,他指着那条河道,几个工人正在垒砌河堤。

“按你的要求,河道起码五米宽,河堤一米半高,每户的后院要有七级或九级台阶通到小河边。河水是从外面的那条活水接过来的。”

钱芷彤制止麻经理:“等等,我们还是去别墅后院边看边说好了。”

一行人相跟着来到一栋别墅的后院,钱芷彤接过图纸仔细看了看说:“图纸上有的我就不提了,就讲图纸上没有的。”

麻经理赶紧让跟在后面的小姚掏本子记录。

“后花园的花架还是种紫藤的好,葡萄招蚊子。再种些红叶李苹果树,这里种一两株台湾垂丝海棠,还有樱桃树、梅花树,总之,四季都要有花香果香。”

钱芷彤蹲在河堤边指着两侧:“这儿,石阶的左边,植几蓬忍冬,春夏秋三季藤蔓伸到河里吸水,河水流动,那花就开得更旺,早晚可以用来熬药喝。右边,栽上几杆绿竹,不要多,这竹子繁殖很快,一两年就成了竹林,麻雀就会来安家,叽叽喳喳的添个热闹。”

钱芷彤直起腰,指着河道对面:“河床要铺上黑白大小鹅卵石,河底植水草,间隔要远。那里,河岸边种上垂柳和桃树梨树,春天一到,细雨一洒,翠绿粉红玉白全都笼罩在薄薄的烟雾当中,似有若无,朦胧有致。麻经理,我们又回到童年了是不是?”

麻经理赶忙拍一下手:“哎呀,那里再种一小片金黄的油菜花,细雨在金黄中落了脚又随了风跑开,跑到山顶上去,又远远跑回来,天地间全都金灿灿一片,做梦一般,哈哈。”

小姚在一旁有点小激动:“小河上再搭几座竹桥,只作景观不许走人。”

钱芷彤点点头表示赞同:“还有,青蛙是万万不可缺少的。夏夜,点上一盏暖黄的灯,灯下读书,大雷雨过后,听小河涨水,蛙鸣咕呱,我想,这样的景致,会有很多人喜欢的。”

麻经理却露出担心的样子:“钱董,你这倒是给读书人营造了一块清净的乐园,可他们买不起。买得起的人不一定喜欢,他们更稀罕大都市的繁华喧闹。我担心这大别墅,造价高,恐怕不好卖。”

钱芷彤瞭望一下四周的布局,拍拍手上的泥,和麻经理开玩笑:“你怕卖不出去?我还舍不得卖呢。我自己住,给朋友住。土地卖光了,别墅不许再造了,再没有江南、再没有这样的院落了。”说完一声长叹。

麻经理疑惑地看着钱芷彤,那副怅然若失是他从未见过的。她用心经营的这几栋别墅,不是为了赚大钱,倒像是要留住什么,又像是在这上面寄托着另外的什么东西。他一时看不懂她,便闭了嘴。

回到办公室,恰巧艾敏打电话进来,说有事找她。钱芷彤听出艾敏压着怒火在说话,火苗都快穿透话筒哧哧烧到她的发丝了,知道她肯定收到录像带了,便装作不知情,用轻快的语气回复说:

“好呀,好呀,我请客,晚上咱们叫上碧波去东州怎样?”

艾敏肯定不愿让碧波掺入这件事情的,钱芷彤听着艾敏的答复,爽快地应:“行,就俩人。你在东州大桥等我,好,一言为定。”

傍晚,天有点暗下来时,钱芷彤让宋宇开车,直奔东州大桥。

东州大桥,新版的公路斜拉桥。它的建造通车,改变了东州窘迫的交通困境,为东州未来的发展奠定了重要的基础。

青山到东州原来起码要两个小时,还要渡船过江。碰上落潮,渡船不能靠岸,只能等,这一等又没个准数,麻烦得很。现在半小时车程即可到东州市内。所以,钱芷彤大凡有贵客,一般都安排在东州的香格里拉饭店。

宋宇一声不响开车,钱芷彤坐后排看不清他的脸,偶尔有灯光滑进车窗,照亮他棱角分明的侧面。她问他:“到什么程度?”

“都醉成一摊烂泥,还能怎样,就扒了她衣服和杆子靠在一起。”

钱芷彤一声不响,过了几分钟吩咐:“让陈疤瘌自己来和她讨价还价。”

艾敏站在东州大桥的底下,江风吹掠着她额前的刘海时起时落,她叉着腰气呼呼像个凶神。听到汽车轰鸣转过身等着钱芷彤。

宋宇留在车内,钱芷彤先下了车。

“艾敏,干吗挑这个地方?”钱芷彤话音未落,艾敏就把一个录像盒摔在钱芷彤的脚下。

“这是什么?”钱芷彤装作毫不知情。

“罪证呀,有什么条件提吧?”

“我糊涂啦,你到底在说什么?”钱芷彤轻轻问。

“宋宇和陈疤瘌挖陷阱,让杆子请我喝酒,趁机灌醉我,拍了我和杆子睡一起的录像。陈疤瘌拿这要挟我,让我放了他兄弟。我宁可辞职也绝不姑息。这事,你会不知道?”艾敏竹筒爆豆子那样一口气说完,在时而划过的灯光中瞪大眼睛盯住她,胸脯气得一鼓一落。

钱芷彤厉声叫宋宇:“宋宇,宋宇,你给我下来。”

宋宇健朗的身影立在两个女人面前,他微微摇晃身子,雪茄烟在嘴唇边一亮一暗。

“怎么回事?”

“陈疤瘌想救兄弟,艾局不肯配合,只能这样啦。不过杆子不知情,艾局别怪他哦。”

“下三烂的行为!”艾敏骂。

宋宇依旧摇晃着身子,吸了口烟说:“还好啦,你要不是钱董的同学,我们会把你的裤衩都扒掉。”

"你,无耻!"艾敏气急中拔出枪对准宋宇。

钱芷彤瞟了一眼艾敏,严厉地命令宋宇:"让陈疤瘌立即过来。"

艾敏见宋宇打电话,及时收回了枪。

陈斌站在艾敏面前,细眯眼瞪大好几倍,气昂昂说:"是你逼的,我给你台阶下你不下,认死理,我也没法子想了,只能这样。"

艾敏咬着牙恨恨地说:"休想! 陈清这个败类、人渣,必须枪毙!"

"那你也玩完!"陈斌跳着脚大嚷。

"在所不惜!"艾敏冷笑。

钱芷彤见俩人陷入僵局,便出来打圆场。她说:"陈斌,你这样的兄弟早就应该伏法,还有什么好说的。"

陈疤瘌扑通跪地,大哭:"我那老娘为了陈清,日夜不思茶饭,都快死了,救救我老娘吧!"

钱芷彤拉着艾敏走出几步外,轻声细语和她商量:"你看这样行不行?死罪可免,活罪难逃。陈清在逃,四年了也抓不到他,如果让他自己投案自首,不是可以判死缓吗? 法律允许这样做对不对?"

艾敏"嗯"了一声。

"这我早就和陈疤瘌说过,如果自首,判死缓。他不肯,他要判无期。这根本不可能。"艾敏说着说着声音高起来,"这是在中国,社会主义法治国家,岂能乱来?"

钱芷彤走过去对陈斌说:"就照艾检说的,让陈清投案自首,判个死缓,然后再作道理。"

陈疤瘌尚不死心,钱芷彤板下脸:"你自己和艾检约个日期,别不知足。"说完狠狠剜了陈斌一眼,拉了艾敏开车去了东州市里。

陈清在预定的时间里,到青山市检察院投案自首,结束了四年东躲西藏的逃亡生涯。马自立接案,一星期后审讯结束,一月后,陈清被判处死刑,缓期两年执行,押往晋江监狱服刑。

“7·15”大案在艾敏手里圆满结案，市里上报省里，为艾敏请得二等功。艾敏当年被提升为检察院副检察长。

钱芷彤也算帮陈疤瘌尽了孝道。当然，她也如愿买到南门的那块好地。

第十六章

谁知道,那张笑脸背后不是藏着阴谋?

钱芷彤考察了文帅很久,2007 年 9 月 21 日这一天,终于答应他去上海和马来西亚台籍商人张彼得签约。她相信,文帅的微笑背后应该没有阴谋。

张彼得投资的事项,说说也有一年多了。文帅和他洽谈过多次,钱芷彤在电话里也和张彼得聊过,所以,这次的签合同水到渠成,便也没有多少惊和喜。

张彼得走进来,无框眼镜使他看上去更像一位斯文的学者,五十岁年龄,只有四十出头的样子。他皮肤保养得很好,穿着也很有范,一件料作挺括的蓝白条纹薄西装,一条淡米色西裤,意大利鳄鱼牌黑皮鞋。

钱芷彤瞟了一眼那衣服的口袋领口处,蓝白条子镶接得天衣无缝,看得出是大师的手笔。她款款立起,笑眯眯伸出手,真心赞道:"张董,满身书香啊!"

张彼得一听对路,捏紧那只温润的软手昂头大笑,然后含情脉脉地盯着钱芷彤的脸:"钱董,彼此彼此。"

张彼得出身书家,祖籍上海。父母亲是新中国成立前夕被蒋介石"抢"到台湾的最后一批知识精英,后来成为台大的教授,一个研究哲学,一个研究历史。所以,张彼得自小爱读书,改行做了商人,还是更喜欢别人把他当作学者看待。

钱芷彤这个恰到好处的恭维,挠到了张彼得的痒处,不觉间和钱芷彤拉近了几分,心里竟生出丝丝不忍来。

文帅拿出合同,放到张彼得和钱芷彤面前:"合同是按两位的要求拟就的。张董的马来西亚华隆商行出资六千万美元,与香港元丰绿洲合作。"

因为中国大陆的调控政策,对外资的进入加强控制,可以说持基本拒绝的态度,审批手续很难,所以,华隆商行暂时作为元丰的后续资金追加,进入绿洲就没问题了。

张彼得笑着一挥手:“没问题。”

钱芷彤的脑子里挽了个疙瘩,问文帅:“作为元丰的追加资金,那掌控权不是在元丰手里吗?”钱芷彤想了想又说,“追加资金是作为元丰借给绿洲的资金,风险要绿洲独自承担的,这恐怕不合适吧。”

“所以,我这里还另有一份合同,是华隆和绿洲的真合同。说明上述情况,两家是合作关系,利润和风险共担。”文帅又拿出一份合同晃了晃。

钱芷彤盯着文帅的眼睛审视了半日,文帅也回望着她,那里面是一片无垠的天空,纯蓝如同绸缎,那对眸子时时在诉说对她的爱恋。钱芷彤不相信别人,但对文帅,这个用生命追随她的男人,她应该是可以信任的。

于是她接过那份附加合同仔细读了一遍,又反复在要害的条款处逐字逐句推敲几番,然后才点头:“行。”

合同签完后,张彼得邀请他们到台湾上海同乡会办的菜馆吃饭。张彼得的眼睛很真诚,着迷地看着钱芷彤的脸:“钱董肯赏脸,那是我张彼得一生的荣幸,如此才貌之佳丽,乃是南方一绝。”

文帅似乎有点醋意,赶紧插到俩人中间:“张董,今天肯定是我们请,尽地主之谊,地方都订好了,在东方明珠旋转餐厅。”

钱芷彤微笑,橄榄形美目放出迷人的光芒,柔柔地附和:“对的,旋转餐厅既可尝美食又可赏佳景,还有美女陪同,啊好伐?”她适时用了一句上海话,挑逗得张彼得浑身一阵酥痒,也就一口应承了。

寒冰走过来,轻轻挽住张彼得,香奈儿五号香水的幽芳淡淡熏着他,他感觉自己一下年轻了二十岁,步履矫健地走向他的劳斯莱斯。

郑百家的办事能力得到了钱芷彤的认可,她从上海回来后把与华隆商行签订的合同拿出来给他深究。

郑百家看完后眨着不大的圆眼睛对钱芷彤说:“合同没问题。但是,这中间如果元丰出事，或者华隆出事，就不好说了，肯定会有麻烦。"

"什么麻烦呢？"

"如果，我说的是如果。"

"你尽管说。"

"先说元丰，元丰如果从这份追加资金合同上要求绿洲归还华隆的六千万美金，恐怕也没有错。因为华隆的合作单位是香港元丰绿洲。"

"我们有另一份合同呢"

"是啊，这就要打官司，惹麻烦了嘛。"

被郑百家一点，钱芷彤愣在那里，半天没回过神来。她有点恐慌。

"再说华隆，华隆如果有一天想撤资，在元丰讨不到资金，他就直接可以起诉绿洲，逼迫绿洲还债，这也没有错呀。"

钱芷彤听到这里，心脏开始发抖，整张脸变得苍白。

郑百家安慰她："我说的是如果，不一定就会出事。"

俩人捏着合同又仔细看，郑百家突然问：

"六千万美金从哪里走？"

"从元丰走。"

"为什么不从红杉国际走？"

"张彼得坚持要从元丰走，他信任劳国安。"

"钱董，啊呀，如果劳国安扣下这六千万美元，你就惨了。"

郑百家这句话如同当头棒喝，震得钱芷彤心惊肉跳，哆嗦着声音问："那就要绿洲赔偿全款了，是不是？"

没等郑百家回答，她已经从座位上弹跳起来，打电话给文帅：

"我立刻要见你，马上到我办公室来。"

郑百家在文帅到来之前，离开了钱芷彤的办公室。

钱芷彤黑下脸责问文帅："张彼得合作的事，是不是劳国安设的圈套，让我钻的？"

文帅心里硌了一下连忙问："怎么会有这种奇怪的念头？"

“我问你,是不是?”钱芷彤两眼喷火,怒视着文帅。

文帅稳稳坐到靠椅上,为自己倒了一杯茶,平静地注视钱芷彤。张彼得的事是劳国安的儿子劳俊牵的线,劳俊和张彼得是剑桥大学的校友。

“说吧,有什么证据证明这一切是圈套?”

“六千万美元从元丰走,正好是送肉上门,劳国安正张着嘴呢,是不是?”

“不是。”

“怎么不是?就是。”钱芷彤的眼里伸出两把尖刀,朝文帅刺过去。

文帅用坚毅的目光挡住这两把利刃,四把利刃嚓嚓淬出火星。文帅收回目光露出些许哀伤:“你连我都不相信了?”

钱芷彤来回踱步,像只失去幼崽的母兽压低嗓音怒吼着:“我一想到六千万美元的债务,就手脚冰凉,我还能相信谁?我谁都不相信。”

“好吧,我这就回香港,盯着财务,直到把这笔钱打到绿洲的账户上为止。”文帅放下杯子,走了出去。他杨树般挺拔的身躯,在她眼里却成了一支火炬,每时每刻会点爆她、焚烧她。

钱芷彤越想越怕,上回劳国安被她耍了一下小计谋,十亿人民币从绿洲溜走,劳国安一直没有追究这件事。根据钱芷彤对他的了解,他绝对咽不下这口气。钱芷彤日夜胆战心惊怕他报复,原来他在这里等着她。

钱芷彤的心脏颤抖得厉害,她不能坐以待毙,文帅是劳国安的表外甥,根本信任不得。

寒冰接到钱芷彤的电话马上赶过来,一踏进门就吓了一大跳。只见钱芷彤脸色发白,眼睛闪着近似疯狂的光,整个人仿佛是一只点亮的纸灯笼,摇摇晃晃,一碰即燃。

钱芷彤一把拽住寒冰的手:“劳国安要吞了六千万美元,今番我们姐俩算栽他手里了。”

寒冰把她扶到沙发上,安慰她:“别急,想办法还来得及。”

寒冰咬着嘴唇思忖了一下,对钱芷彤说:“要么终止合同,要么写个补充合同。”

钱芷彤想到了什么,腾地从沙发上弹起来,仿佛沙发上插着削尖的竹签。她在房间里焦躁踱步,又颓然倒入沙发里,蒙着脸哭泣,嘴里时不时发出“完了,完了”的惨叫声。

寒冰知道,一个女人,赤手空拳,在男人堆里打拼,钱芷彤有多么不容易。如果安心做个太太什么的,有吃有喝享受生活也就没这么揪心。可是钱芷彤不甘心,上天赋予她美貌,赋予她智慧,她岂能辜负了苍天?她周旋于男人当中,八面玲珑,不惜用各种手段博得男人的欢心,达到自己的目的。在她心里,又非常鄙视男人,她会嬉笑怒骂那些急迫要和她上床的男人:“这些男人,就想着裤裆里的事。猪脑!”

钱芷彤对十八年前的事忌口不提,只是说要争口气。命运似乎要弄了钱芷彤,在她漫长的岁月里烙下抹不去的伤痛。让寒冰感到茫然无措的是,她看到一场新的厄运正降临到钱芷彤身上,而自己却帮不了她,只在一旁束手看她作困兽斗。

令寒冰十分惊讶的是,钱芷彤慢慢站起来立直了身,走到办公桌前,与刚才判若两人,疯狂的神色消失殆尽,脸上闪着剑刃般的一层寒光。她完全复苏过来了,像僵死的冬蛇被大地的温暖熏活,像一炷死灰里冒出的青烟,紧接着那簇新的火苗必定跃然而出。

寒冰暗自惊叹:生命力就是命运。

钱芷彤拨通了张彼得的电话,约好今天晚上在陆家嘴金茂君悦大酒店等他。张彼得在那头嗲着嗓音喜不自禁一口应承。

钱芷彤放下电话咬着牙根对寒冰说:“我们现在就去上海,今晚拼了命也要拿下这老色鬼。”

“你打算怎么做?”寒冰盯着钱芷彤,看样子她是会让自己上阵的。

钱芷彤凝着神看了寒冰许久,说:“今晚非你出马不可了。”

“他垂涎的可是你。”

“我的年龄不像小姐。”

寒冰点头，钱芷彤再怎么显年轻毕竟也有三十五岁了，内在的苍老是无法掩饰的。她于是像出征前的士兵等候指令那样看着她。

“你的呻吟声要大，要清晰喊出他的名字，做事时脸不要对着镜头，把他整个身子、脸部都拍进去，明白吗？”寒冰屏息点头。

“事成之后，提成百分之一。但必须成功。”

寒冰低头估算了一下，近五个亿的百分之一是五百万，筹码不小。但和整个旷达公司的资产相比只能算皮毛。

寒冰忽闪着假睫毛，眼睛认真地盯着钱芷彤：“姐，我不要提成，我要旷达的股份，现在就要股权证。”

钱芷彤不认识似的迅速撩了一眼寒冰，她知道自己的眼神肯定很可怕，充满仇恨。她竭力控制住情绪，打电话给郑百家：“拟一份旷达的股权证立刻送到我办公室。百分之一。”

寒冰坐到椅子上，俩人一时无话。

郑百家送来股权证，钱芷彤让寒冰过目后，准备锁进保险箱里，说：“事成之后再给你。”

“不，我现在就要。”寒冰发出似铁器刮擦的声音，钱芷彤拿钥匙的手哆嗦了一下，心里直骂。但没有办法，今晚的事只能靠她，而且必须成功。她转过身的时候，满脸堆笑，把股权证递给寒冰：“小妮子，出息了。行，快去准备一下，傍晚前我们必须赶到金茂君悦。”

张彼得来赴约时，上海已是灯火璀璨的夜晚了。坐在金茂君悦的临江套房里，黄浦江对岸各色灯光明艳灿烂，有的落进江水里，江水变得有色有情起来。张彼得左右搂住两位美女，望着窗外的仙境得意大笑：“我不是在做梦吧？”

钱芷彤丢个眼色给寒冰，寒冰领会，伸出纤细的手摩挲着张彼得的脸、脖子，娇声媚气地说："张董，我们继续喝酒。"

张彼得摇晃着手说："嗨，喝高了，喝高了，不能再喝了。"

寒冰摘下张彼得的眼镜，坐到他的腿上，喝进一口伏特加放嘴里含着，嘴对着嘴喂给张彼得。张彼得浑身酥软哪有力气抵抗，一口接一口咽下喂进嘴里的烈酒，啊啊叫着辣得闭不拢嘴。没过多久，他就舌头发僵，两眼眊醉认不清人。

钱芷彤见火候已到，和寒冰一左一右把张彼得扶到床上。剥掉他的衣裳，钱芷彤对寒冰做了个手势，退了出去。

第二天中午，张彼得醒来时，尿急，酒意未消的他翻身下床。

"醒了？"钱芷彤正坐在窗下的小桌前喝咖啡。张彼得被她吓了一跳，赶紧拉过一条浴巾遮羞。

钱芷彤咯咯笑，笑意未散却唰地黑下脸说："等张董洗漱完，我们谈点正事。"

张彼得疑惑地点点头，不知这女人要干什么。

钱芷彤看了看穿戴整齐，浑身散发着书卷气的张彼得，微微一笑："张董，先来看看这段精彩的录像。"

钱芷彤一按键，电视屏幕里的张彼得一丝不挂坐在寒冰身上剧烈运动，大呼小叫。寒冰的呼叫声特别响亮清晰，压过男人的叫声：彼得，哦，彼得，我爱你。

张彼得抬了抬无框眼镜若无其事地问："钱董花这么大的力气，就是为了六千万美元投资的事？"

"聪明！"钱芷彤轻轻击掌。

张彼得浅笑："不妨直说。"

"这是一个圈套、阴谋。劳国安设计的，他想借你的手，从绿洲挖走五亿人民币。"

"我们订了两份合同，别人不可能插手，钱董多虑了。"

"劳国安等你把钱打到元丰的账户上，他就截留这笔款子，而债务却由绿洲承担,对不对?”

“没有发生的事情,伐好乱讲的。一切以事实为依据,对伐?”张彼得无辜地眨着眼睛反问。

然后他不屑地一笑,指着录像机:“你这一套对搞倒大陆的官员有用,对我没有一点影响。对一个有钱的商人来说,和女人睡觉很正常呀,就是嫖娼也可以理解的,对伐?”他说完还耸了耸肩,深表遗憾的样子。

钱芷彤也淡淡一笑:“好呀,张董如果觉得这个对你不会有一点影响,那我立刻派人把它寄给你的夫人和你的父母。啊,好伐?”

张彼得发家靠的是夫人的家族,为了掣肘张彼得,张彼得的岳父制订了许多约束他的条款,其中一条就是有关嫖娼的约束。一旦发现张彼得在外嫖娼,立即剥夺股权,扫地出门。他那有文化的父母,也绝对不可能接受儿子的下三烂行为。

张彼得顿时变了神色,随即又大笑:“聪明加狠毒,张某佩服。请提条件。”

“解除合约。”

“不可能了。”

“那就将款子从红杉国际的账上走,而且,合作的单位不再是元丰绿洲,而是旷达房地产有限公司。否则,解约。”

张彼得不禁认真盯视钱芷彤,这个女人不但美丽绝冠,而且聪慧超人,劳国安设计了这么长久的计谋,竟然短时间内被她识破,不简单,确实不简单。

他微微一笑:“可以的。但我的律师今天不在。”

“必须是现在。”

“也可以,但,你必须做我的情人。”

钱芷彤的美目炫出一波光亮,在张彼得脸上欻地划过,嘿嘿一笑:“我不做任何人的情人,不受人制约。”

张彼得也嘿嘿一笑,伸一个懒腰立起身:“那就免谈。”

“性伴侣。”钱芷彤咬住牙不松口。

张彼得重新坐下嘻嘻笑问:“情人和性伴侣有啥个区别? 称呼不同罢了。”

“有区别,精神层面的区别。性伴侣是平等的,不带任何依附色彩,我要保持人格的独立。”

“哦——好吧,女权主义的主张,尊重你。签完合同我就……”张彼得吸了口涎水,得寸进尺提出要求。

钱芷彤咬紧嘴唇思忖,权衡再三后,觉得值,举起咖啡杯露一个浅笑给张彼得:“祝合作愉快。”

张彼得斯文的脸上露出一丝获胜的得意:“一定愉快!”

尽管张彼得没有抖搂出劳国安的底细,但举止表情都已明白地告诉了她,这一切的确是预设的陷阱,报复她转移十亿资金的行为。钱芷彤的牙齿咬得咯嘣响,仇恨入骨。

钱芷彤把重新订好的合同锁进手提箱,再把手提箱交给寒冰保管。

回到张彼得的房间,钱芷彤从专门送来的酒里,挑了瓶“香槟贵妇”,倒了两杯,递一杯给张彼得:“没想到张总也喜欢克里科夫人。”

“是啊,这是个了不起的女人哪,二十七岁就成了寡妇。但抱着对香槟事业的钟爱,独揽大局,创作出许多经典的品牌。而这款香槟贵妇就是为了纪念凯哥家族中这位最卓越的女性凯哥夫人而酿造的。”

钱芷彤的脑海里出现一个一袭素衣撑着一把黑色小阳伞的法国名门寡妇形象。

张彼得抿了一口酒问:“口感不错吧? 有蜂蜜、干果和花的芳香。”

“我更喜欢她追求完美的处事风格。她有一句名言:不能放弃,唯有前行。我奉为圭臬。”钱芷彤款款晃着杯子,让白色的气泡追赶着往上冒。

张彼得突然不说话,看着她似笑非笑。钱芷彤领会,放下杯子,去浴室冲了澡出来。

她躺在床上,张彼得坐在床边细细抚摸她洁白无瑕的身体,赞不绝口。

这是一笔交易,这一刻钱芷彤觉得自己在卖自己。她心里充满仇恨,对劳国安,对文帅,对张彼得。

张彼得阅美女的身体无数,钱芷彤的身体绝对是上品。欧洲白种女人,骨骼太粗,肌肉的纹理稍显松弛。褐色女人的皮肤光滑如豹皮,但色泽影响审美习惯。张彼得还是喜欢亚洲女人。

钱芷彤看着张彼得:这是她的第 N 位合作伙伴,她会给他什么样的态度和报酬?

张彼得专心欣赏,从她的脖颈开始。

他先看她的背,背脊笔直,顺背脊下来的直线一直连到翘起的圆臀上。张彼得拍拍圆臀让她翻过身,边抚摸便赞叹:“艺术品,找不出一点点瑕疵。”

钱芷彤轻笑,她抬起一双美足:“有瑕疵,看这里,有两个朱砂痣。”

张彼得握住钱芷彤的足细看,惊叹万分,突然一口吻上去。

文帅在香港半个月一直未回。钱芷彤一直到张彼得的华隆商行把款子打进红杉国际,然后又顺利进到旷达后,才把他从香港叫回来。

文帅瘦了一大圈,钱芷彤陪他到海南度假,顺便解决一下他们之间的问题。

在三亚天涯海角金黄的沙滩上,文帅的头枕在钱芷彤雪白的大腿上,闭着眼睛听着海潮在风里一浪一浪地鼓荡,右手摩挲着钱芷彤的肌肤。钱芷彤僵硬不动,文帅奇怪,抬头看她。

“不想告诉我香港的状况吗?”她发出冰冷的声音。

“不想。”文帅重新把头搁到她的腿上,闭着眼咕哝一声,手沿着大腿一直摩挲着。

钱芷彤拍了一下那手,冷下脸,站起身朝屋里走。

文帅追到屋里紧紧抱住钱芷彤:“爱你,一辈子不够,两辈子、三辈子。”

钱芷彤挣脱了文帅的拥抱,气哼哼坐到一张高脚圆凳上,橄榄形的黑眼睛里寒光闪逼:“我问你,如果华隆的款子从元丰走,你真有把握从老虎嘴里抢出肉来?”

钱芷彤的突变让文帅傻在那里,对她的问题一时未反应过来,只摇头:“我听不懂。”

“我再问你,劳国安设计的圈套,你参与了吗?是不是打算做他的帮凶?”两把闪着寒光的利刃又凶凶捅过来。

文帅蓝黑的眼睛起了波澜,但还是摇头,不知怎样去解释这件事。说不知道或参与了陷害,都不是实情,只能默默回望着她。

钱芷彤勃然作色,她眼放绿光,一股股愤怒的火喷到文帅脸上。文帅闭上眼睛。他感到自己的整个身子被戳成血窟窿,直往外喷血。

“男人,没有一个是真东西、好东西!”钱芷彤轻轻地像对着自己的心在耳语,说完后换上衣服拎着包走到门口。

文帅突然不顾一切发飙,指着她的背影大吼:“你,你这个女人,没有灵魂。你被仇恨蒙住了心,恨劳国安,恨男人,包括我。恨你母亲,甚至恨青山所有的人。”

钱芷彤停住,扭过头,吃惊地张大眼睛望着文帅。他竟然毫不费力挖出她深藏内心的秘密,用一把尖刀挑开她的疮疤,让她再次面对渗血的伤痛。

她索性回转身,目光如锥,皱紧眉头责问他:“难道不应该恨吗?

“我母亲在最关键的时刻,扔下全家人企图卷款潜逃,把所有的责任推给我父亲,闹得家破人亡,而她自己却成了疯子,什么都不知道的疯子,缩进那张壳里躲起来,把痛苦统统丢给别人承受。”钱芷彤的脸颊烧出了一团火。

“劳国安虐杀了我的骨血,欠我一条命。你,”她指着文帅,“就连你,口口声声表白用灵魂爱着我的你,一生一世守着我的你,也欺骗我,陷害我,难道这不应该恨吗?”

钱芷彤最后几乎在喊,喊完后,终于热泪喷涌,就像积攒了一个夏天的乌云,在瞬间化作暴雨如注。她哭得地动山摇,站立不住蹲到地上哭,心里铁块一样坚硬的苦,烊化在喷涌而出的眼泪里。

文帅吓得不轻,愣愣地看着她哭:这完全是另一个钱芷彤,柔弱的,像一朵梨花被雨打蔫垂下花盘,又像一个哀痛欲绝的少妇。文帅的肋骨深处隐隐作痛,有一只拳头在使劲捣他。他蹲下来把她搂在怀里,轻轻拍着她的背,一言不发。他多么想永远这么扶着她,让她依靠他,不要这般强悍,这般固执。

钱芷彤哭够了,推开他站起身,红肿着眼睛问他:“你真的爱我吗?还是为了琳娜?”说完在文帅惊愕的目光中向外走。

文帅望着她的背影,万箭攒心,神情十分哀楚,声音低而凄凉:“琳娜死了,死于车祸,我现在只有你——琳娜的美目像流星永远陨落,我永远找不回来,而你的黑瞳却照亮了我灰暗的人生。”

钱芷彤的心被强烈地震了一下,脚步却没有片刻迟疑。这个坚硬孤傲的女人,这么决绝,全不顾先前的情义,竟然往文帅的伤疤上狠捅一刀。文帅抱着头颓然蹲坐地上:你恨吧,恨吧,终有一天,你会后悔的。

第十七章

钱芷彤有了张彼得的六千万美金的加入，陡然间长了威风。她长袖舞空，风生水起，在整个房地产市场低迷的情况下，游刃有余，不急不缓按着自己的节奏走。

她估计一年后，房地产市场必有一波反弹，她不打无准备之仗，蓄势待发。到那时，盆满钵满，金钱水流一样环绕着她，她就是自己金钱王国的艳后，克里欧佩特拉女王。

她每星期到上海和张彼得幽会一次。

张彼得在外滩有一套三十一层的海景房，她每次端着酒杯，站在观景阳台上，俯瞰黄浦江的波浪和夜游的芸芸众生，感觉自己是幸福的、成功的。她现在什么都不缺，人生中应该有的全有。

张彼得作为一个台湾出生的上海男人，又出身书家，精致至极。无论性爱和生活小细节，都让钱芷彤无可挑剔。

张彼得自从得了她的肉体之后，尝到了千万分的爱意，沉浸在帝王般的飘飘然中。钱芷彤浑身上下美得毫无瑕疵，尤其是她的脚，白嫩如同奶油，摸上去纤巧无骨，五趾狭长玲珑，挨个短下来，嫩姜芽般排列着。更绝的是，钱芷彤的两只脚心靠近涌泉穴的地方，各长了两颗小红痣，像小小的精灵挑逗着张彼得的情欲。

成功的男人对女人很挑剔。张彼得就有个癖好，他爱美足，对女人的脚很有研究。他挑女人先挑脚，他的兴奋点在女人的脚上。

钱芷彤靠在摇椅上，张彼得捧着她的脚反复欣赏揉捏，戏称“玩脚”。她笑问：“听说你夫人相貌平平，但却有一双维纳斯的美足？”

张彼得一缕头发挂到额面上，正低了头吻钱芷彤的脚背，听问摇头：

“不，维纳斯的脚不好看，食趾长。你的脚比她好。”

张彼得对着手里的脚像得了稀世宝贝，啧啧赞叹：“像这样精美绝伦的脚，真是罕见，比鹅卵石还要光滑。”张彼得说着揉着捏着，血液滚沸起来。钱芷彤便默契地迎合他，让他欲醉欲仙。

张彼得已完全信任她，把这笔巨款放在她手上再不过问，等于抱着金鸡下金蛋，坐等收利就是。

每当与张彼得交欢时，文帅的影子就会潜进来，在钱芷彤心里滑过，留下一道深痕。和张彼得是交易，可以用“欢”来形容。欢——停留在浮浅的表层，人走茶就凉。而文帅对她，却是用整个生命在熔铸，熔铸灵魂和谐的交响乐，哭和笑都是扯动心肺的，二者无论如何是不能同等而语的。而她，却始终没有把自己融进去——文帅要求的灵魂大合唱，她知道自己不配，生活欺骗了她，伤害了她，她要报复。对不起，文帅。

这一天是2008年9月15日，一年一度的中秋佳节。

张彼得一星期前就去台湾过中秋节了。

钱芷彤去爱雅家探望疯掉的母亲，中饭后，特地开车去了城北表舅妈家。黑皮走后，表舅妈家变得冷清，钱芷彤喝着山水泡的茶，劝老两口搬到山下去住：“房子都替二老准备妥了，选个日子搬进去住吧。”

表舅抚了抚瘦削的脸颊，摇摇手：“等黑皮复员后再议吧。”

“也好，等他回来，娶了亲再来接二老。”

晚饭是在表妹莉亚家里吃的，子灿因为拍电视剧没回。

心情不好，她每次回家都会这样。看到母亲花白的头发和痴呆的双目，心里揪着般疼。真不知道人生途中还有什么事情在等着她，让她去承受。

她想起季羡林说过的一句话：我知道，未来的路并不比过去更笔直，更平坦，但我并不恐惧。

钱芷彤喃喃低语：我会恐惧，但我没有人可以依靠。

好久没有联系的文帅，却在9月16日清晨6点钟从香港打电话给钱芷彤，声音嘶哑，他告诉钱芷彤："劳国安中风了，在香港医院抢救。"

钱芷彤马上猜到了原因："雷曼兄弟公司破产了？"

"是。"文帅在电话里迟疑了一下，"你最好来香港一趟，有些事面谈比较好。"文帅心里放不下她，关键时刻总要帮她，他知道自己病入膏肓。

"好。"钱芷彤挂断电话，心脏开始悸动，胸骨勒紧心脏，喘不过气来。她猜测着劳国安的中风会给她带来什么样的牵累和后果，感觉到胸腔里有股浊气蛇一样盘踞不去。心脏的毛病是十八年前种下的病灶，只要一有事，心律就像鼓槌一样擂击，她都能听到砰砰的敲击声。

她喝了杯咖啡压下波动的情绪，坐到沙发上低低念了十分钟的佛经。

三亚决裂后，文帅和钱芷彤再没联系，恨和爱似乎有了了断，其实未必这么简单。

文帅明显憔悴许多，嘴唇边一圈黑胡须楂，蓝黑的眼睛雾蒙蒙，一个大黑眼圈挂着。他疲惫地倚在竹藤椅上，低头喝着刚端上来的台湾高山梨花茶，浑身的热血又在叽咕吵闹，五脏六腑隐隐作痛。他克制着自己，用喝茶掩饰着。

钱芷彤又点了几样清淡的小吃，用竹签挑了一块凤梨酥递给文帅，默默看他。恍惚间不知身在何处，对这个男人她真的恨不起来。

文帅喝干杯里的茶，钱芷彤又给续上。半壶茶水下去，又吃了几样点心，他才舒出一口长气来，换了个坐姿，把头靠到椅背上，摊开手脚闭上眼睛。

钱芷彤屏住呼吸，坐在一旁翻着报纸，最后怕吵他，干脆就合了眼养神。

大约过了十来分钟，文帅突然坐起来揉搓着眼眉鼻耳："好了，恢复了。"

钱芷彤按铃，让服务生拿了热毛巾给文帅擦脸，又叫了两份姜丝粳米粥。

上好的绿粳米熬出香味、熬出劲道，再撒上一层用十种佐料腌制的老姜丝，绿汪汪黄澄澄的非常养眼，更有生津止渴补肾的疗效。钱芷彤端起滚烫的粥，嘬一小口放在嘴里慢慢抿着，一股糯而奇怪的味道直入肺腑，又抿一口，神情不觉清爽起来。等到喝完，她的鬓角竟有些许微汗，脸颊绯红，这才觉得盘踞在胸腔里的浊气排泄出去了。

文帅的精神也因为喝了粳米粥恢复过来。

他递给她几张照片，指着其中一张："这是雷曼兄弟公司在曼哈顿纽约时报广场附近第七大道的总部门口，9 月 14 日晚的情形。"

钱芷彤看照片，有一张人来人往，员工陆续走出来。有几张是雷曼兄弟公司的员工，有的捧着大盒子、大手袋，有的拉着行李箱，有的回眸留恋，有的低声哭泣，有的相互拥抱道别。

"劳国安在雷曼兄弟公司宣布破产时，立刻晕倒在老板椅上，不省人事。"

"难道之前一点预兆都没有吗？"钱芷彤把照片放在茶几上。

"其实，劳国安一年前就有预感。他从迈歇尔手里买进迷你债券后，迈歇尔就失踪了。劳国安深知情况不妙，想脱手，根本就没办法可想。

"中间，华尔街方面也有一些救助雷曼的消息在传，但是等到美国财政部长保尔森拒绝救助雷曼，美国银行放弃收购雷曼，韩国人的救助也彻底化为泡影，劳国安知道回天无力，但还是硬撑着、熬着，等着奇迹出现。15 日凌晨，雷曼兄弟正式对外宣布破产，没等听完新闻，他一口气没上来，晕倒在老板椅上，中风了。还好我和缤秘书都在旁边，立即送进医院。"

钱芷彤想了想问："破产了，总应该还能拿回一些吧？"

文帅咽下嘴里的茶，挥一下手："雷曼公司破产，其股权价值化为泡沫，债务价值大幅度缩小。因此不管大的金融机构，或者持有雷曼公司股票或债券的个人，几乎等于手里捏着几张废纸啦。你想，元丰买了三十亿迷你债券，三十亿的废纸，劳国安岂有不中风的道理？"

钱芷彤忧虑重重，她在想着绿洲剩下的那些资产的命运。

“我一直跟在旁边，今天他儿子到了，我才脱身出来。”文帅的眼睛犀利地盯着钱芷彤，“绿洲要做好赔偿的准备。”

“方案拿出来了？”

文帅说：“劳国安出事前，已经做了预警方案，绿洲是要为元丰做出牺牲的。他估计绿洲有三十亿资产。”

钱芷彤咬着嘴唇不响，心里骂道：老贼，人都中风了，还要拖死我，没这么便宜的事。

她接住文帅的目光反问：“绿洲有多少资产，你不是最清楚吗？”

“我最清楚有用吗？曼亚是财务总监，她是劳国安的耳目。而且，劳国安早就派乐民律师事务所的人在调查你了。”

“调查出什么结果？”钱芷彤冷冷地问。

“劳国安说，你用计谋骗取了他的签字，转移了绿洲的十亿资产，他要告你。”

钱芷彤的心脏一揪，哼哼冷笑：“证据呢？他都中风了还想诬告我？”

“你做好准备吧，这件事恐怕不会善了。董事局的人不会罢休。”文帅收起照片放进内衣的表袋里，随带抚了抚胸口，那里正在隐隐作痛。

钱芷彤握了握文帅的手，轻声说：“谢谢你！”

“我的忙只能帮到这里，有什么消息我会及时通报给你。”

文帅硬了硬心肠才说出这句话，他料定她将来会有大麻烦。只要她说一声“文帅我需要你”，哪怕赴汤蹈火他也在所不辞。可这个狂傲固执的女人，金钱迷了她的心窍，全然不知脚下是一个深渊。地狱的狗已经在狂吠，她却听不见。唉，她不需要他的爱，这个实用主义者和拜金主义者！

文帅已经走到门口了，想了想回头问她：“去看看他吗？”

钱芷彤应：“好吧。”

香港医院重症特护室，劳国安还没有醒过来。钱芷彤隔着厚玻璃向里看去，劳国安躺在病床上，鼻孔里插着输氧管，腰间挂着漏尿袋。看样子一时半会儿还醒不了。

钱芷彤和坐在小客间里的几个董事局的人打了招呼，眼泪汪汪地表现出心疼万状的模样。钱曼亚拎着一袋食品走来，她走路稍稍有点不稳，那是腿骨被打断后留下的后遗症。她没看见钱芷彤，或者说装作没看见，径直走进病房。

钱芷彤对几个董事局的人表态："还是让我留下来陪劳董吧。"

几个人碰了下头，回复说，不用陪了，劳董现在未醒，等日后需要再说。让她回去打理好青山市的绿洲即可。

话外之音，再明显不过。钱芷彤的手脚发冰，她知道这次摊上大事了，心脏开始悸动不停，恐惧的事情终于来了。她得赶紧回青山市找个高人商量对策。

第十八章

钱芷彤把郑百家叫到办公室。

郑百家的眼镜滑到鼻尖上,听完她的叙述,一时也慌了神,拿不定主意。他不停地推着滑到鼻尖上的断腿眼镜,鼻尖上渗出油光光的汗珠。

他用迷乱的眼神瞟一眼又瞟一眼青了脸的钱芷彤,心里非常后悔。他双手微微抖着,反复将一团纸揉成团又摊平,毕竟,他是没经过大事的人。

钱芷彤失望地叹口气,郑百家这个男人也依靠不上。她定了定神,吩咐他一些事情。

"你的账里能看出什么名堂吗?"

"哦。"郑百家回过神看着钱芷彤不知她在说什么。钱芷彤又问了一遍。

他则反问她:"绿洲转账到红杉国际,这是明的。问题是红杉国际的十亿款项转到几百个散户那里,你经得起拷问吗?"

钱芷彤直愣愣坐在那里。

郑百家又说:"问题不在我,我是你私下聘请的会计,只要你不说出我,我肯定没事。而是你自己,你怎么解释清楚十亿款项的来龙去脉?"

钱芷彤盯着郑百家,没想到这小男人的思路还算清晰,她要考虑的是为十亿的款项找一个合理的解释。

最后,郑百家提了个建议:"钱董,我看你应该找律师商量一下,能不能在法律上钻钻空子。"

钱芷彤六神无主,又找来侯东跃。侯东跃微微弓着身,低头听钱董告诉他,她可能遇到大麻烦了。

他倏地抬头,机灵的眼睛射出一道凶光:"谁找你麻烦? 我废了他。"

钱芷彤苦笑:"你陪我去一趟国清寺吧。"

奔驰 S65 停在山脚,钱芷彤让老马在车里等,自己和侯东跃进去找了清方丈。

一个戴眼镜的光头和尚远远从丰干桥朝他们走过来，钱芷彤觉得他的身形很像二哥，停住脚步等他走近细看。和尚面容清瘦，除了戴眼镜之外，钱芷彤在和尚身上没找到二哥当年的影子。她疑惑地盯着和尚的背影，看他拐过墙角消失在围墙后面，半天没有挪动脚步。

过七佛塔经寒拾亭，走过丰干桥，进得山门。钱芷彤带着侯东跃匆匆走到方丈的住处，方丈在静室里等着。钱芷彤与方丈算是有缘，曾晤面两次，国清寺塑观音金身时捐过十万块钱。

了清方丈从静室出来，他刚开完全国佛教会议回到寺里。听完钱芷彤的诉求，便亲自领她到观音殿礼拜后求签。签筒摇晃十来下后，一支签掉在地上，方丈拾起：第五十九签，下下，关公败走麦城。把签单递给钱芷彤时，了清方丈睿智的目光电光般闪了一下："施主恐有大麻烦。"

钱芷彤未等读完全签，"啊呀"一声扑通拜倒在地："方丈救我。"

"阿弥陀佛，救人自救，一切皆由心起，天堂地狱皆由心造。"

钱芷彤一想到自己将有关公那样惨死的命运，不禁心惊肉跳，长跪不起："方丈，救救我。度过此劫，我将皈依佛门。"

了清方丈沉吟片刻，款款说："阿弥陀佛，救人一命胜造七级浮屠。9 月 19 日，观音菩萨成佛日，你可在那天做一场消灾法事。结果如何，全看你的造化。"

了清方丈说完又念了一声佛号，兀自告辞。

钱芷彤从国清寺回来，了清方丈的话久久在耳边回响，对的，一切皆由心造，心就是智慧。智慧可以改变人生，可以改变既定的事实。

想到这里，她立刻打电话给北京方正律师事务所的兰成，自侯东跃那事后他们成了好朋友。钱芷彤如此这般讲了前因后果，她请他明天务必飞一趟青山市。

兰成审查完绿洲房地产开发公司的所有资料后，神情异常严肃地看着对面的钱芷彤，告诉她："毫不夸张，按目前的情况看，你得坐牢。"

钱芷彤的心脏突然又狂乱悸动起来，她轻轻按住胸口，美目无光，花容失色，问："就没有办法了吗？"

"办法有两个。一是，你把转移走的十亿人民币如数奉还。二是，改变绿洲公司的性质。"兰成精光铮亮的眼睛紧盯着钱芷彤的脸看她的反应。

"如数奉还？万万不可能！我辛辛苦苦挣下的钱，半分都不给。"钱芷彤咬着牙根一字一句吐出来，让她退钱，还不如直接去坐牢。

"那好，我们就来操作第二个办法，使绿洲公司和香港元丰公司成为母子关系。只有这样，你才是独立的法人代表，绿洲的资产才和元丰毫无瓜葛。否则，判你个无期不为过。"兰成狠吸了口烟，把剩余的碾在烟灰缸里。

钱芷彤紧张又狐疑地盯着兰成。

他指了指营业执照："你的营业执照上写着香港元丰绿洲房地产开发有限公司，这表明绿洲是元丰的附属机构。但绿洲的执照又是'企业法人营业执照'，而你是法人代表，这是很有趣的现象。"兰成禁不住咧开嘴笑，"而绿洲的内部组织结构及操作流程又完全是独立的。这就是你的一点点运气所在。"

"怎么讲？"钱芷彤的目光紧锁住兰成。

"绿洲是独立纳税人，根据这一点，在执照和工商局留底的册子上动一下手脚，把绿洲确定为元丰的'子'公司，而不是含糊其辞的'分'公司。那么，就是上法庭，你也是固若金汤的。"

钱芷彤稍稍舒一口气："明白了。"

"劳国安当初何曾料到有今日。他以为你完全在他的掌控之中，他让绿洲独立纳税，以为省去不少钱，又错误估计了你，如今看来他真是因小失大了。"

钱芷彤有点担忧："工商局能同意让我们改吗？"

"这事我来想办法。"兰成的目光露出自信，他拎着包边打电话边往外走。他突然转过身走到钱芷彤跟前，压低嗓音："这事要绝对保密，不到万不得已，这张王牌是不可出手的。记住了？"

钱芷彤拼命点头，看着他宽厚的背影，长长舒出一口气。

一个月后，劳国安苏醒过来，但半边身体瘫痪，意识模糊，连话都说不清楚。他瘫痪前锁在保险箱里的那份预警方案不翼而飞，元丰陷入了一团混乱中。

董事局召钱芷彤到香港述职，文帅打电话告诉董事局这个决定时劝她："如果没把握就不要来，劳俊比他老子还毒。你在青山，他的手再长，伸到那里也是强弩之末了。"

钱芷彤却答得干脆："我一定准时到。"

她带着侯东跃飞到香港。

香港元丰大会议室，劳俊坐在董事局总裁的位子上，二十个董事分坐两列。文帅作为助理，坐在劳俊左后侧。

劳俊的眼睛时时冷觑坐在下首的钱芷彤：哼，死到临头了还不知觉。劳俊早就撒下大网，但等钱芷彤前脚踏进大门，立即扣住她逼她还钱。他看着这只瓮中之鳖，嘴角隐现着嘲讽，一边竖起耳朵听她读述职报告。

钱芷彤读完述职报告，平静坐下。

侯东跃叉腿立在钱芷彤身后三步远的地方，双手戴着白色透明胶皮手套，两手交叉放在背后，腰背笔挺，目光机警，雷达般不断扫射在场的每一个人。他在元丰门口就被拦下搜身。搜罢，一彪形大汉拿起对讲机汇报："报告总裁，来人没有携带任何武器。"得到指示后他一挥手，"放行。"

劳俊对身旁的文帅阴笑："钱芷彤死定了。"

文帅咧了咧嘴没笑出来，脑袋里有一万只虫子在爬动，他在想着搭救钱芷彤的一千种方法。

侯东跃脸无惧色，他的两个外衣兜里装了许多五分面值的硬币，手里也握着一把。只要他朝着目标掷出去，硬币便如刀刃插入对方的胸腹或心脏，如果被涂上毒药的硬币击中,必死无疑。

劳俊的国字脸上没有一丝表情,他盯着自己的手,不看坐在长桌那头的钱芷彤。这个女人曾是他父亲的最爱,自己说不好是讨厌她还是恨她或喜欢她。他要好好审一审这个女人。

“钱董,从你们财务的账上看,你们绿洲在2007年4月23日转走十亿人民币到红杉国际,仅过了一天,就将十亿转到两百多个散户头上,可有此事?”他像问自己的手那样问着钱芷彤,苍白无力的声音在会议室里游走。

钱芷彤扫了一圈虎狼般盯着她的董事们,平静地回答:“是的。”

嗡的一下,董事们都炸了窝。钱芷彤发现劳俊在桌子那头冷冷盯视着她,像一头冷静的狼等着防卫严密的猎物露出破绽。

劳俊碰上钱芷彤的眼睛时及时移开,看着窗外提问:“解释一下。”

“投资和纳税的需要。”

嗡的,董事们又炸了窝。

“你不懂《公司法》? 不懂法律呀?”陈董事一拍桌子气焰嚣张责问钱芷彤。

“你用色情诱骗了劳总裁的印鉴,是不是?”又一董事拍案责问。

钱芷彤答:“无稽之谈。”

“叫缑秘书。”

缑秘书走进来,涨红着脸把当时的情况说了一遍。钱芷彤淡笑:“缑秘书并未亲眼所见,这些只是你的猜测对吧?”

缑秘书的脸又一红,想起那对洁白的乳房,僵立在那里不知所措。

这时会议室的橡木门打开,钱曼亚推进坐在轮椅上歪着头的劳国安。劳国安的手抖个不停,眼睛死鱼般瞪着钱芷彤,哦哦叫着:“妖、妖、妖吕(女),屁子、屁子……”一连串哈喇子顺着脖子急速淌下来。

钱芷彤轻蔑又厌恶地看着这个男人,然后把目光看住劳俊。

劳俊暗示钱曼亚推走劳国安,转回头盯住钱芷彤:“钱董,还有什么可狡辩的?”

“哈哈哈……”钱芷彤大笑,笑完突地拉下脸,怒声责问,“够了,这是审讯犯人吗?”

“我先请各位搞搞清楚,绿洲和元丰到底是什么关系?”

众人不解,看着她。劳俊答:“总公司和分公司的关系。”

钱芷彤冷笑:“错,是债权和债务的关系。劳总裁当初答应借我四亿启动资金,借给我元丰的牌号,仅此而已!”

钱芷彤目放寒光,悲苦的往事忽地如泉水般涌上来,一时心血灼烈,不禁提高了嗓音:“四亿启动资金如今已经归还三亿。向劳总裁借的四亿人民币,从2001年开始我每年都要付给他四千五百万的高利,算一下是不是三个亿。我万万没料到,劳总裁自己栽在雷曼兄弟公司上,还企图拉上绿洲陪葬。”

“胡说!”劳俊怒不可遏拍响桌子跳出座位,与钱芷彤怒目对视,“钱芷彤,不要太猖狂,元丰绝不饶你,坚决告你,我要让你下地狱。”

钱芷彤一昂头,橄榄形的双目逼出一束寒光:“我等着。”说完拉开橡木门走出去。

门口,铁塔似的杵着俩保安,伸出警棍拦住去路,警棍嗒嗒叫着放着电光。

钱芷彤回身盯住劳俊:“想扣押我?”

劳俊叫嚣:“必须把十亿人民币归还到元丰。否则,就扣押你。”

钱芷彤坐回椅子里,看了侯东跃一眼,扫视一圈虎视眈眈的董事,哼哼冷笑:“这要问问我们绿洲的侯东跃主任答不答应。”

侯东跃上前一步,摸出一个五分硬币举在手中,眼睛扫了一圈在座的人:“各位,我手里的这只硬币有毒,它碰上谁,谁一星期后浑身溃烂,三年后不治身亡,根本查不出死因。谁如果不怕死可以试试。”那些董事都下意识地缩了缩脖子。侯东跃嘴角露出轻蔑地笑,嗖嗖朝门口甩出两枚硬币,两个铁塔保安哗啦就逃,幸好逃得快,硬币插进木头门框只露出一条银边在外面。

侯东跃尚不过瘾，又抓出一把硬币朝玻璃大窗甩过去，哗啦一声，正面的那面玻璃窗哩哩啦啦碎裂下来。

钱芷彤哼了一声问劳俊："劳总裁，我可以走了吗?"

劳俊气得脸孔煞白，干瞪着眼看着钱芷彤走出去，侯东跃阴鸷地逼视劳俊一眼后，一扭身跟着跃出会议室。

一群人就这样眼睁睁看着钱芷彤从这里走出去，似乎听见十亿人民币咚地掉进水里。

文帅看着这个局面，始终不动声色，他没料到钱芷彤这个女人有这样的气势。

侯东跃的出现确实震慑了董事局的这些人，彻底粉碎了董事局想扣下钱芷彤的阴谋。当侯东跃说完话将一把五分硬币随手一撒，整扇大窗玻璃哗啦碎裂，继而变成一个空框子时，文帅知道钱芷彤赢了。

他转头望着没有了玻璃的大窗，天空漂浮的云团伸手可摘，大地却又像深渊，跌下去再无法爬上来。那些董事个个脸色土黄，他们相信，侯东跃会为了钱芷彤把他们从空框子里扔出去。

文帅的心情非常复杂，他深爱这个女人，但她似乎像钻进泥洞里的黄鳝，根本捉摸不到，又像高空的白云飘浮不定。她有自己的人生哲学，她藐视传统的文化背景，到了唯"钱"是图的地步。她殚精竭虑构建着她的金钱王国。只要她想要的，没有办不到的事情。

她打电话给文帅，要他想尽办法销毁劳国安的预警方案时，他竟然毫不犹豫地答应了她，真是见了鬼了。

元丰指望钱芷彤的绿洲还债的梦想已经化作泡影，她行事周密，替绿洲筑起了一道严密结实的防火墙。文帅知道她是得了高人的指点。那么，元丰面临的将是和雷曼兄弟公司同样的结局。

劳俊托着头颅像一尊泥塑木雕，董事们傻了一样坐在位置上，个个脸上布满失败的哀伤。

文帅长长地嘘出一口气。

第十九章

2010年9月。

一辆黑色的囚车疾驰在高速公路上,囚车开往某监狱。钱芷彤坐在囚车里看着窗外连绵的群山,往事在脑海里乱成一堆泥浆。

钱芷彤在元丰大厦与劳俊和元丰集团的董事一番较量后大胜而归,并做好了应诉的准备。

出奇的是,香港元丰竟然没有起诉钱芷彤。劳俊不知出于什么考虑,竟然咽下了这口气。

钱芷彤接到文帅的电话,说劳俊暂时把这件事情搁下了,她的心脏总算可以平缓跳动了。

兰成打电话祝贺她获得了胜利,钱芷彤客气地感谢兰成。但心里的得意却是溢于言表的,一句话,她认可了命运对她的褒奖。

和元丰这一场战斗获胜,使钱芷彤产生了错觉,她真以为她的美貌和才干是天下无敌的。在这个惊险的世界里真有一只手在帮助她处处化险为夷。她经常独自冷笑,嘲笑那些猪一样蠢的男人,只要她一掀裙摆,没有不跪倒在她裙下的。她堪比埃及艳后,已然站在金钱垒砌的权力顶峰。

自此,她高调行事,骄傲自大,刚愎自用,视旁人的意见为吹风。做完两件事后,她终于把自己送进了监狱。

第一件事,把业主购买绿洲产品的三亿人民币,拿到海外炒股,股市大跌,血本无归。文帅因为钱芷彤和劳俊翻脸,绿洲事实上已经和元丰没有任何关联,他也就没有回青山的必要了。没有了文帅,钱芷彤失去了正确的思维和判断力,以致犯下如此不堪的错误。

由第一件事又引起第二件事,她想用张彼得的六千万美元去堵那个黑洞，采用了各种虚假手段，欺骗张彼得，制造虚假负债报表，做假账。

张彼得获悉真相，告了她。

等到钱芷彤站在被告席上，她才意识到，她就是她娘的翻版。

钱芷彤想到这里暗自苦叫：“娘嗳，命运是会遗传的吗？”

囚车的小窗洞里闪过一点又一点的绿，她斜眼望去，贪婪地吮吸着扑进来的青草味、泥土味，说不尽的清新香甜。自2009年3月被捕，在青山看守所关了一年半，挤在那间十几人乱作一团、臭气烘烘的小屋里，此刻，从小窗洞里透进来的无疑是仙气。

金钱构筑的世界毕竟会塌，让她料不到的是塌得这么彻底，做了她的囚室。她辛苦积累的财产全部被没收。什么叫竹篮打水，什么叫一无所有，她现在就是。命运在远方诡异地操控着她。

那个嘴唇上刚长出茸毛的狱警，严肃地闭着嘴，双手握枪斜举胸前，圆溜溜的眼睛时不时盯一眼铁栅栏后面的钱芷彤，流露出万分惋惜、万般不解的神色。这么美丽的姐姐，怎么做了囚徒？

钱芷彤发现小狱警的怜悯神色，微凹的美目电波一闪，回他一个注目礼。小狱警的脸嗖地红到脖子根，立即扭转头望向窗外。

某监狱，依旧是旧的大铁门，二十年前的旧门涂上了厚厚的防锈漆，仿佛淌着暗紫的血。灰白的围墙砌高了一丈，老墙和新墙的接痕处有一条明显的裂缝。她娘吴玉秀，当年就关在这里。

钱芷彤又苦叫一声“娘啊”——一头跌进20世纪80年代的岁月里。

第二部分

金融风暴

第二十章

1985年3月。

吴氏钱庄。

吴玉秀家，装潢一新的会议室里坐满了来自东州市、青山县的各级领导，还有省市各大媒体记者，县里电视台、广播站的记者和通讯员。

钱小雅没去学校上课（钱芷彤当时叫钱小雅），被母亲强留在家里接待来宾。吴玉秀的四个子女中，数小雅长得出挑，遗传了她和老钱的优秀基因。十六岁的少女，水嫩嫩的，胳膊腿细长，胸前已鼓出两个小花苞。吴玉秀的心思，小雅将来要接她的班，这样的机会，自然是要让小雅亮亮相的。

吴玉秀从背后推了小雅一把，把她赶进人声嗡嗡闹的会议室，小雅像跌进火堆，浑身腾地一热，脸发烧似的烫。她低着头拎着热水瓶为每位嘉宾倒茶，吴玉秀则跟在后面笑盈盈介绍："小女儿小雅。"

有些领导和吴玉秀熟，当众啧啧称赞："小荷才露尖尖角，早有蜻蜓立上头。吴经理有福啦。"

听见赞扬声，全场的目光齐刷刷盯在小雅身上，小雅的脸一阵又一阵发烫，鼓起勇气飞快朝全场呼地一掠，梨花白的腮边立刻涌满桃红，两粒清亮亮的黑眸怯怯躲闪着，甩动油黑的短发，含羞带娇慌慌一鞠躬，转头逃也似的跑出了会议室。众人都被她惹笑了，吴玉秀咧开嘴笑，更显得意。

钱明和走到会议室上首，拍拍麦克风，嘴巴对着话筒轻轻试了试音，看了一眼吴玉秀。吴玉秀朝他点头。

"各位领导、各位嘉宾，热烈欢迎你们百忙之中抽空来吴氏钱庄检查指导。下面由经理吴玉秀向各位汇报工作。"

吴玉秀在掌声中走到发言席位置坐定，神采飞扬的黑眸子含笑朝全场每一位致意，拿出老钱写好的稿子。

“尊敬的各级领导及各位嘉宾，我文化低，初中没毕业，不会说什么大道理，我就把做过的事情说给领导和嘉宾听。”吴玉秀瞟了一眼写得密密麻麻的稿子，放到一边，脱稿发言。

“呈会，也就是聚会，是我们沿海地区的历史老传统。亲戚邻里朋友间，互通有无，互惠互利。比如一只半年单万会，十人组成。我做会主，出面负责收款，第一次收的款项由会主我薄利享用。急需用钱的会员排在前面，这样，他们办事有了资本，然后分期还款。排在中间的会员得息不高，但可以零存整取。最后的几个会员得款在末尾，但所得的利息却相当高。像参加会的老徐、老张，不但造了楼房，还办起了电器厂。”

吴玉秀扫一眼听得入神的众人，喝口茶抿抿嘴唇继续发言。

“我们钱庄，这样的会不少，我们还有五万会、十万会，正准备组织二十万会。我们的宗旨就是为了替那些创业做生意的人提供方便。前街村的老李是做电器生意的，一次订货会需要三万块钱，时间紧急，到银行贷款既要担保又要审批，没个十天半月的批不下来，还要有熟人，老李求爷爷告奶奶的都没摸到门。他到我这里，好，只半个钟头，一切搞定。”吴玉秀的话被掌声打断，她笑一笑，更来了劲头。

“后塘村的老陈，一次接到了在外地接货的儿子的电报，说铜料已定下，即汇四万元。老陈两手空空，急得像被抽打的陀螺团团转。我说别急，阿姐有办法。当晚筹足了钱给他送去，老陈是千谢万谢地说我们钱庄帮了他大忙。

“我们钱庄不分贫富贵贱、男女老少，只要需要，干的是正当事情，我们都借钱。前日小年轻补鞋匠来我这里借钱，说要办一个电器作坊。我连忙替他张罗，说不定他将来是个大企业家呢。”吴玉秀在热烈的掌声笑声中，结束了汇报。

领导开始讲话，肯定了吴氏钱庄在这座改革开放刚刚起步的沿海小城的重要作用：

“嗯，啊……改革开放，发展商品经济，让一部分人先富起来，最难解决的矛盾是资金供求的问题。吴氏钱庄敢于在传统的基础上创新，走在改革的前沿，既富裕了自己也富裕了大家，更重要的是为改革开放做出了贡献。很值得推广嘛。”

暴雨似的掌声哗啦哗啦响起。

领导的发言铿锵有力，气声很足：“为了弘扬改革的良好风气，表扬、肯定吴氏钱庄的做法，我们决定授予吴玉秀同志为‘东州百万金融家’的光荣称号。匾额日后制作好了再送过来。”

吴玉秀激动得满面红光，连忙向领导鞠躬致谢，头都磕碰到膝盖下面了。这等于为她的钱庄撑起一把大红伞，挡风遮雨，她吴氏钱庄要大发了。

紧接着，吴氏钱庄门庭若市，参观考察的、送款上门的，吴玉秀一时里成为这座沿海小城的风云人物。

为了接待贵宾，她和老钱商量后特地建造了一座别致的花园别墅，用来招待四方来宾。别墅占地半亩多，门口立着一对青石狮子。雄狮居左，雌狮居右，雄狮的右爪下踩着绣球，雌狮的左爪下雕有幼狮，寓意永保子嗣昌盛，生意兴隆。进大门一道照壁，上面雕龙凿凤。转过照壁，上去十几级台阶，左侧一个金鱼池，池中耸立着座假山，色彩斑斓的金鱼在碧绿的水草丛中嬉戏游乐。右侧沿山开出一条曲折通幽的小径，一直通往靠山的八角凉亭，亭四周奇花异草围绕。坐在八角亭上，低头可欣赏池中金鳞，仰头可观长青山郁郁树木，令参观者赞叹不已。

在幽静豪华的别墅花园里，仰慕吴玉秀的人凝神思索怎样学得她的“经验”，抓住改革开放的“良好”时机，赶紧让自己富裕起来。

吴玉秀常常从梦中笑醒过来。

第二十一章

1985年9月。

吴氏钱庄后花园,钱小雅和表妹莉亚在秋千架上荡秋千。大嫂开了窗大喊:"小雅,快来帮忙数钱,快点!"

钱小雅不理睬,只顾喊叫:"莉亚,推,用力推呀!"莉亚使劲推了一把,小雅双脚顺势一蹬,秋千晃得很高,她仰头望天开怀大笑。

母亲吴玉秀扭着水桶腰急匆匆走到花园门口高喊:"小雅,死囡,大嫂叫你没听见呀?快进来,莉亚你也来。"

钱小雅这才从秋千架上悻悻跳下来,拉着莉亚的手奔进屋里。她噘着嘴踢一脚堆在地上成捆的钱,白了一眼送钱来这里的许多陌生面孔嚷嚷着:"钱是你们自己要送来的,以后弄没了,不赔的。"

一个中年胖女人满脸堆笑:"哟,我们把钱送过来存你家钱庄里,是想多生钱子钱孙的,少了半分钞票都是不行的。"

另一个白发老汉嘶哑着嗓音:"你们吴氏钱庄厉害,每月百分之三的利息,还按时付息,比起银行好得太多了。"

"这笔账谁都会算的,一万元,放在吴氏钱庄一年可得三千六百元,放在银行才拿三百元,傻瓜才放银行里。"手腕上套着金链子的青年男子大声咧咧。

钱小雅哼他:"你做银背(中介),从亲戚朋友那里弄这么多钱放这里,弄没了不要后悔。"

青年男子粗着嗓门反驳小雅:"我们做银背也不容易。虽说低息拿进,高息借出,可我们也很辛苦的好不好。我们要担风险的。"

小雅看着他腕上的金链子撇嘴讥讽:"你辛苦,又要担风险,那你干吗还来做银背?再告诉你一声,钱弄没了不赔的。"

小雅的话音刚落，屋子里的人不愿听了，七嘴八舌说什么的都有。

吴玉秀恰好走进来，听见此话，朝小雅后背拍了一巴掌，骂她："死囡，叫你数钱，你话恁多?"随即转头对大家笑。

"小孩子家说话不知深浅，我给大家赔不是啊，哈哈哈……大家放一百个心，我吴氏钱庄，报纸登过，广播播过，电视亮相过，记者采访过。"吴玉秀拿出相册来，"喏，这是我和领导的合影留念，我这个'东州百万金融家'的名号，就是他封的。瞧瞧，这是省里的领导，这张是青山县财政局局长和我的合影。"

吴玉秀丰腴白皙的鹅蛋脸光泽闪闪，清澈的眸子喷出热情的火光，来存钱的人被她这么一调动，也就忘了小雅的话，兴致高涨、笑语朗朗起来。

瘪嘴老太婆奉承吴玉秀："阿秀啊，我们就是信任你。聚会的人很多，利息比你高的也很多，前日，阿英拉我入会，说月利五分，我都没入，我就是相信你。"

吴玉秀艳唇翻动，笑容可掬，扭着水桶腰拍拍这个，又拍拍那个："婆，放心。阿伯，放一百个心啊。阿婶、阿妹，大家尽管放心，我吴氏钱庄的招牌就是金子做的，金字招牌。咯咯咯。

"再加上，我这里有专门的会计做账，有专门的人员收钱、催款、发放利息，这个大家都清楚。少不了大家一个铜钱儿的。"吴玉秀说完又一阵咯咯咯地笑，存钱的人也跟着笑。

钱小雅听惯了母亲的这番宣传，嘟着嘴低头数钱，她拆开一捆钱数完后交给大嫂登记。莉亚学着钱小雅的样子做。

三楼卧室里，钱小雅低头靠在梳妆台边，手里翻卷着衣角。

吴玉秀满面怒容呵斥着："把手放下，站好。"

钱小雅嘟着嘴抬头瞟了母亲一眼，又低下头去，眼眶里噙着满满的泪水。平日里娇宠她的母亲，今日像个凶神。

"你个死囡，讲话不看场合、不分身份，迟早要吃大亏。"

“我讲的是真话。”小雅抬起头顶撞母亲。

“什么真话？屁话！”吴玉秀一拍桌子，这回她动真怒了。

“就是真话嘛。”小雅见母亲发怒骂她，委屈的眼泪终于冲出来一颗一颗往下滚。她用手背擦净流到嘴边的眼泪照旧还嘴。

“你晓得什么？没有这个钱庄，家里有钱造恁大恁气派的花园洋房？你有钱吃大鱼大肉，穿高档衣服，戴金项链呀？”吴玉秀用指头戳着小雅的额头，扯出她脖子上的金项链教训她。

“你还想读上海的复旦大学，没有钱庄，复旦的门槛你都别想进。”

小雅偏头躲开母亲又一次戳上来的指头，强硬回嘴：“我靠自己的能力考复旦。”

吴玉秀冷笑：“做白日梦，就你的成绩也想进复旦？”吴玉秀见小雅低着头不吱声，伸手搂过小雅的腰，软语哄着，“乖，听姆妈的话，别乱讲话，姆妈保证让你进复旦读书。”

小雅扭了一下身子，脱开母亲的手，涨红着脸说：“二哥每天念佛，他说，你和阿爸的做法不科学，迟早会出事的。”

“这个没良心的贼，雨伞骨里戳出啊。”吴玉秀气得大叫起来。

“二哥还说，他念佛是为了减轻你们的罪孽。”小雅两颗黑光发亮的眼珠躲在睫毛下偷觑母亲的反应，光洁的脸上泪痕斑斑。

“放他的大头屁！老娘辛辛苦苦，他白吃白喝倒来拆台？”

二儿子建国，光头，细长的脖颈上挂一串褐色檀香木佛珠，双手合十立在门外念了一声阿弥陀佛，走进来对吴玉秀说：“姆妈，不要骂小雅，这些话都是我说的。你和阿爸开钱庄，收进来的钱怎么处理的？”

吴玉秀瞪起眼睛骂：“怎么处理的用得着你来管吗？”

建国说：“除了小部分高利借给生意上急用的人，一部分自己用掉了，造花园别墅、旅游、请客吃饭、送人情，其余的都用来组建新会了是不是？”

小雅小心观察母亲的脸色，一边扯着建国的衣边示意他别再说了。吴玉秀木愣愣看着建国，这个平时闷在房里读佛经的儿子，对钱庄的事竟然了如指掌。

建国甩开小雅的手,脸对着母亲。

“你付给先入会会员的三分利息和会钱,并不是从运营产生的利润中得来的,而是从后入会的会员中收上来的。姆妈,这种游戏叫作拆东墙补西壁,青山县在清朝的时候就有人玩过,到最后亏空得一塌糊涂,受害的人不计其数。你和阿爸是在走他们的老路。”建国清澈的眼睛平静地看着母亲。

吴玉秀越听越惊讶越气愤,盯着建国的光头,噎得说不出话来。半日,她才缓过一口气,叫骂:“哎哟哟,气死我了!气死我了,家里怎么出了这么个秃头贼啊?你黑老鸹恁乱叫,家里真要倒运了。”

“佛经写道,贪婪之人永坠地狱。你和阿爸把青山县流传几百年的互助会,改头换面,用高利引诱人加入钱庄。而且你们的贪婪之心没有满足之时,会越组越多,种类越来越繁复。”建国手捻着佛珠又不紧不慢一一道来。

“什么一万会、十万会、二十万会、面子会、人情会。入会的人更是如蚁趋食,正应了一句老话,天下熙熙皆为利来,天下攘攘皆为利往。”建国瞧了瞧气得目瞪口呆的母亲,又补了一句,“离家破人亡的日子不远了。”

吴玉秀揉着发痛的胸口,指着建国尖声高骂:“你放屁!”

“花港镇独眼阿琴的百万会不是倒闭了吗?几百名会员损失惨重,都闹到县里了,独眼阿琴被公安局抓进去都关了快一年了。姆妈,她的下场就是你的下场。”建国的话句句如刀,扎得吴玉秀胸口流血。

吴玉秀简直气疯了,歇斯底里尖叫,扑过去用拳头捶在建国身上:“你滚,你滚——”

她尚觉得不解气,顺手捏起一只仿宋赭色花瓶对着建国的光头砸过去,建国身子一让,花瓶撞在圆柱上,哗啦一声脆响,落了一地的碎渣。

吴玉秀厉声长哭,跺脚顿地,整个人滑到地上:“老钱——看你教出这种吃里爬外的东西来啊!哎哟,气死我啦呀——”

建国双手合十,低眉顺眼,对着奔上楼来的父亲钱明和一鞠躬:“感谢二老的养育之恩,建国马上就滚。”

小雅赶上去拉住建国不放:“姆妈在气头上说的话不算数,你不能走。”

“我迟早是要走的。”建国手里捻着佛珠念着阿弥陀佛。

“反正现在不能走,我不让你走。”小雅紧紧拽住二哥不放。

夜晚,吴氏钱庄没有了白天的繁忙。三楼卧室里,钱氏夫妇和担任钱庄会计的大儿媳,还有坐在轮椅里的大儿子在开密会。

吴玉秀凌厉的目光扫了扫丈夫、儿媳和大儿子,重新整理了额上包扎的手帕。白天她被建国气坏了,犯了头痛症。她靠在枕头上叹气:“日里,建国说过的话,大家都知道了吧,想听听你们的看法。”

钱明和狭长的眼睛在黑镜框后眨了好一会儿,嗫嚅了几下嘴巴,最后还是没说出话来。

“你倒是有屁就放啊,闷葫芦一只。”吴玉秀白了丈夫一眼。她对丈夫从来就这么蛮横。

钱明和白净的脸上一阵愠色,拼命按捺住想吵架的念头,喉结上下滑动,咳嗽了几声后才开言。他低低的嗓音充满忧虑:“建国的话有道理。花港镇阿琴的百万会为什么倒闭?我们是应该好好吸取她的教训。”

“屁话!”吴玉秀一掌拍在床沿上,坐直身子骂丈夫。

“她跛脚阿琴是个文盲,进进出出的会账全靠她一只木头脑袋硬记,当然会倒闭。她既是会主,又是会计、出纳,百来只单万会,下面的会员发展起来有两千多人,她能撑得住吗?能和我们比吗?”

阿霞小心察看婆婆的脸色,插了一句:“听说,跛脚阿琴独自承担七八十只会的会员。每个月要拿出四五万的会款,哪里来这么多钱呢?”

钱明和闷声出言:“十只壶九只盖,当然会亏空。”

“你少阴阳怪气。”吴玉秀睁圆眼睛狠瞪丈夫。“明日和我一起去老柴夫妇那里,他们家的‘抬会’生意好得很。不妨去取取经。”

“要去你去,我不去。”钱明和脸色难看,抬高嗓门,“今年5月份开始,钱庄的资金流转全部封闭在各种会中,根本没有出借和投资。”

吴玉秀凶凶呵斥："借出去利润少，只能赚一点点，哪有聚新的会来钱快。投资，投资，你就知道说投资？万一亏了呢？不赔个精光啊！"

大儿子国庆坐在轮椅里，见父母吵起来，连忙对母亲赔着笑脸打圆场。没有母亲一手创建的富裕，他钱国庆怎么可能娶到阿霞这样相貌周正的高中生？

"姆妈，老柴夫妇哪里能和你比？他们能做的，你会做得更好，你是'东州百万金融家'，很有名声的。"国庆温温低低的声音恰好挠到吴玉秀的痒处，吴玉秀这才脸露喜色。

钱明和瞪了国庆一眼，怪他拍马屁也不看时候，这不是煽风点火嘛。

吴玉秀想了想，吩咐阿霞："你明日去吊眼翠英家瞅瞅苗头，听说她搞得非常红火，看她怎样收会款、放会款的，记住不要让人认出你。"

阿霞推着国庆的轮椅走出房门时，听见吴玉秀恨声自语："我就不信，我会输给他们。"

第二十二章

1985年9月。

这一日是吊眼翠英家最繁忙的日子:收放会款的日子。众多的中小会主拾着一袋袋钞票朝翠英家走去。

阿霞乔装了一番,装作来入会的人摸进门里。吊眼翠英的堂屋里外三层被围得密不透风。翠英的左眼尾稍生过疮,痊愈后眼角斜斜吊上去,背后人都叫她吊眼。

阿霞踮起脚尖,才从人缝里看见人群中央矮小丑陋的翠英,低头一扎一扎数钱、收款,又在纸上写了一张条子递给交钱的女人,那女人挤出人群。

阿霞连忙迎上去搭讪:"阿姐,你手里是收据吗?"

女人圆脸,捋了一把披散下来的头发往耳朵后一夹,咧开镶着银牙的嘴笑,她把纸条递给阿霞看,上面写着:"66盏,1985年9月13日,8个月,603000正,后9-10加上1206000,以后88个月应付会主每月201000正结束。小平,翠英。"

阿霞基本能知道个大概。但她还是有许多地方不明白,于是拉了女人坐到外面的台阶上虚心求教。

"阿姐,这个盏是代表什么?"阿霞指着那个"盏"字问。

"盏,就是扎,'66盏',就是'66扎钱'。翠英她没读过书,把这个'扎'字写成'盏',反正大家都明白的。"圆脸解释。

"那每一盏里面是多少数目呢?"

"哦,那不一定的。有的是一万,有的是九千,多的一万三。来往多了有交情,一万三改成一万两千五,但依旧照一万三算账。"圆脸说得很内行,"我的每一盏是一万。"

她又非常热心地指着纸条解释:"这张字条的意思是,1985年9月13日翠英收到我的一笔款，'66 盏'，就是六十六万元。下个月开始，她每月付我六十万三千元，连续付八个月。第9、10次即1986年5月和6月翠英就要增付一倍钱给我，就是一百二十万六千元。我从1986年7月开始就要每月付翠英二十万一千元，连付88个月，到1994年2月结束。听懂了吗？"

阿霞用手指掰算了一下，惊叫起来："啊，要八年零四个月时间，你要付给她一千七百多万。你哪来的钱呀？"

小平一脸诡异的笑："把收到的钱高利借出也就差不多了。另外可以再组新会，只要有人入会，钱就像水一样流来，就不会断。"

阿霞心里十分妒忌，这个圆脸女人一点都不起眼，一个月就有六十万的进账。

"阿姐你手下有多少会员？"阿霞装作要入会的样子进一步打探。

"你想入会？我可以帮你。"圆脸又不无骄傲，"你想，我一口气交了六十六扎，每扎一万，手下起码有几百人。"

"阿姐，你真是能人啊！我想好后再找你。"阿霞搪塞一番后，转身朝里面走去。这时人少了许多，她站在旁边看翠英如何收款。

翠英手里拿着一把市面上常见的竹子做的尺（老百姓叫市尺），对交钱的人霸气十足地嚷嚷："数盏不行，许多人的一盏里钱数不够，吃亏的是我。我要用尺量，十元面值的一万一是一尺，少十张就矮一分。二十元面值的一万一是五寸。"

翠英量着钱，不到尺寸的一般都被她扔出来："这里少太多了，数好了再交。"

这时又有个胖女人挤进来，恳求她："翠英，你再替我开一张总收据吧？"

翠英斜了她一眼："刚刚不是开给你了吗？"

"刚才开的是散的，再开一张总收据。求你求你！"胖女人求着。

阿霞见翠英犹豫了一下，还是开了一张三十五万四千元的收据给胖女人，却没有收回开出去的零散收据。阿霞心里大惊，翠英这不是明显亏空了三十五万四千元了吗？

她见许多人在旁边进进出出的,也跟了进去。这一跟非同小可,走廊上、佣人的房里、主人卧室的床底下全部堆着一捆捆的钱。吊眼翠英家,钱比卫生纸还不如。顺手拿走几捆,翠英根本发现不了的。

这时,翠英在堂屋喊女儿:"小红,小红,去隔壁阿婶家拿几捆钱过来。快点,人等着呢。"

一个十七八岁的姑娘应声而出,瘦精精的,领了旨意后,一甩辫子跑去拿钱。

哦,还把钱存放在别人家里。阿霞皱着眉头走出来,呆立在堂屋里。

吊眼翠英抬头见阿霞盯着她,吊眼向上挑了挑,语气里带着傲慢:"你是来呈会的?"

阿霞点头赔笑:"翠英姐真有本事,一个人就把这么大的场面撑下来了。"

翠英吊眼又一挑:"没办法,我这里每日平均有三四十万的现金进出,等于一个银行了。我老公是个哑巴,子女还小,一张一张数钱,忙不死也要累出病。只能靠尺量了,比起点扎数又准又快又省事。"

"哦呀,像这样的大笔巨款进出,至少要有四五个账房先生算账才行,你真有本事。"阿霞一再奉承她。

"唉!"翠英叹气,"钱见多了也就不稀奇了,不就是一些纸吗?"说完眯起吊眼格儿格儿笑。

阿霞离开吊眼翠英家时,心里充满嫉妒。这么个歪货,却有这么大能耐,钱多得成山了,还说出什么"不稀奇"的话来,真是牛皮烘烘。同时,她又无比兴奋,抬会原来可以这么干的。我们肯定比她干得好。

第二十三章

1985 年 9 月。

吴玉秀的鼻梁上架一副太阳镜，派头十足走进老柴夫妇正在收放会款的家里。

客堂门口一字排着五张书桌，每张桌上放着算盘、纸、笔，五个精壮男人正襟危坐。周围还有十来个年轻人维持秩序。

许多穿金戴银的妇女拎着各色袋子走到书桌后交钱。

吴玉秀被一个面容清瘦的高个青年迎住：“阿姐，看上去脸生，是来呈会的吗？”

吴玉秀点头。

“是哪个组的？”

“没有组，新来的，想了解一下情况。”

“白头——”瘦高个朝立在堂屋前的一男子高喊，“有个阿姐想呈会。”

白头走过来，吴玉秀注意到他的前额有一缕白发。他“嗨”了一声，算是打招呼，带吴玉秀拐进侧门，走到另一户人家的厨房里坐下。

“阿姐，你想呈短会还是长会？”

“都说来听听。”

“短会，会期三个月。如果这个月你交进一万二，接下去的连续两个月你会从我们柴会主这里每月得到九千，共一万八，会期结束。”白头停住嘴看着吴玉秀。

“我就净得六千元？”吴玉秀佯装不知。

“是，月利率是百分之四十。”白头笑了一下，“长会嘛，分两种，抬入和抬出。抬入的时间是一百个月，抬出的时间是十四个月。”白头怕吴玉秀记不住，起身去拿了纸和笔，回来边写边说。“抬入就是会员，比如，你第一月付给会主一万一千六,第二月起会主每月付你九千元,连付八个月。第10、11两月各付一万八,一共付你十万零八千。”白头在纸上写了一个大大的“收到10.8万元”,再在下面划了两道粗杠杠。

“这样,已经过了11个月,从第12个月开始,会员,比如还是你,就要付给会主每月三千元,连付八十八个月,共计二十六万零四千,会期结束。”

白头在纸上写了“付出26.4万”,又在下面划了粗杠,下笔太重,圆珠笔戳破了纸,戳到桌板上。

见吴玉秀盯着纸上的数字发呆,似有许多不解之处。白头又嘿地笑了一下:“不用担心,你可以用先得的十万八高息借给做生意的人,一般是月息百分之三十,足够你用来付给会主的钱了。你也可以用每月得到的九千元再去入会,这样来钱更快。”

“那抬出的话,会主先要付给会员,比如我,多少呢?”吴玉秀指着自己的胸口问。

“抬出,第一个月会主付你十一万,从第二个月起,你每月付给会主一万两千六,连付十三个月,共付十六万三,会期结束。”

白头在纸上写了一个减法算式:“16.3 - 11 = 5.3”,又指着“5.3”解释道:“好像你是多给了会主五万三,其实,你是在十四个月里凭空得了十一万元,真是天上掉金子了。教书的老师每月才三十几块工资,教上三十年也没有这么多。”

这时,交钱的人越来越多,黑压压站了一院子,吴玉秀草草点了一下,总有好几百人。

白头笑:“这些来交钱的都是中会主,小会主是没有必要来的。如果加上会员,总有几千人啦,哪站得下?”

吴玉秀转过脸问白头:“有件事我想不透。”

“你说。”白头手里晃着圆珠笔,二郎腿摇着。

“这些抬入、抬出的钱和时间,你们是怎么算出来的?”

“这个么……”白头放下摇晃的腿,盯着吴玉秀,“是柴会主老婆和一个数学天才一起算出来的，你不必担心的。”他指着门外那个年轻妇女，“那人的老公是副镇长。喏，还有那边几个，是小学老师和中学老师，靠桌子站着的是环保局长的老婆。你还不赶紧的，钱都被别人赚饱了。”

白头说得起兴，又说老柴夫妇原来根本没有一分钱的积蓄，还欠着外账。通过抬会，一月进来的会款有好几千万，从中得利多少，根本不能预计。短短一个月，他们不但还清了债务，还在老家造了三层楼花园别墅，平日里穿金戴银，吃香喝辣，风光享尽。

因为会钱进出数目太大，怕人抢劫，还从上海雇来身手了得的保镖，牵着大狼狗，二十四小时跟着老柴夫妇俩，不让陌生人近身。

吴玉秀妒忌得心里发痛，像她吴玉秀这样的能人，人脉关系通天，惨淡经营好几年，竟然不如姓柴的夫妻抬会一个月来钱快？

改革开放初期，一切百废待兴，很多政策在许可和不许可之间摆动。这对思维活跃、追求金钱高效的东州青山人来说是个发财捞钱的大好机会。人有多大胆魄，就能赚多少钱。吴玉秀在心里不断思忖，“胆大做将军”，古话说得一点都没错，是千真万确的真理。

吴玉秀恨不得飞到家里，立刻搞抬会，搞得规模越大越赚钱。哼，我不信，我会落在你们后面？

晚上，三楼卧室，吴玉秀召集全家开会。

小雅拿着英语词典在背单词。建国不来。

阿霞把在吊眼翠英家的情况一五一十向婆婆做了汇报。末了提了一点自己的想法：“姆妈，翠英的这种做法，我是万万不敢赞同的。成捆的钞票就这样堆在走廊里、床底下，堆得这么高。”阿霞比画着给婆婆看，“还有，把钱寄放在邻居家，不计数目，不打收据，这样子怎么说得清楚哟。”

钱明和阴阴地插了一句：“愚昧，盘古开天，就没有听说过数钞票用尺子量的。”

“少见多怪，以前地主家的账房先生收银圆就是用尺量的，书呆子！”吴玉秀瞪着杏眼叱骂。

钱明和哼了一声不再说话。

大女儿爱雅一声不响坐在门边织毛衣,她在登山鞋厂上班,那是她待的最开心的地方。

国庆拍一下大腿:“姆妈,还有更奇特的。”

“说来听听?”吴玉秀鼓励大儿子。小雅从字典上抬起眼睛盯住大哥。

“阿玉是银背,进出的款项总有上百万。可她是个文盲,只认得1到9阿拉伯字母。你猜她怎么记账的?”国庆卖着关子,乌溜溜的眼睛在每个人脸上转过去。

小雅耐不住催他:“啊呀,大哥你快说呀。”

“她竟然像原始人那样画符号。比如,她在一个圆圈里点几个小点,然后在旁边写个数字,这什么意思呢?喏,这表明,此人是个麻子,借了多少钱给她。”

笑声哄起。

爱雅抬头横了一眼大哥,双手织得飞快,钢针发出嗒嗒的轻响。她不笑,她觉得没什么好笑,穷人想发财,就要想出各种古怪办法来。

“她在纸上画了一朵云,再画几点雨丝,旁边写着‘30’。我问她这是下雨吗,她说这是指借给吴蕴三十万。吴蕴,乌云。哈哈哈。”

“还有,拐脚的,她会把一只脚画得长一点。纸上画了一长串圆圈套着圆圈,圆圈里写着‘2’,就是指从春连的女人那里借了两万元钱。反正,有各种各样的符号,只有她自己看得懂。笑死我了。”

国庆兴头十足的描述,被钱明和冷冷的话语打断:“还是想想自己吧。”

一时,房间里肃静下来,钱小雅见状捧起字典开溜。剩下五个人沉着脸不说话。

钱明和弓着腰在抽烟,阿霞低头剥自己的指甲。

爱雅在母亲的盯视下,捏着钢针的手僵在那里,眼睛看向漆黑黑的窗外。

国庆的眼睛在父母亲之间来回转动，观察他俩的表情，随时准备扑火。

吴玉秀瞪了丈夫一眼："钱庄一定要扩大规模。可以引进长期抬会和短期抬会的种类。以前我们聚一个会需要十几二十人，现在就是会员和会主一对一的关系，而且钱的数目大。"

钱明和扔掉烟蒂："我刚才和阿霞算过了，三个月的短期抬会，就是你刚才说的，抬入的那种，第一个月会员交给会主一万二，第二、三两个月，会主要付给会员一万八。"

吴玉秀很不耐烦："不是说过了？会员净得六千元，月利率百分之四十。你还啰嗦什么？"

钱明和做个手势制止想说话的阿霞，抬头盯着老婆："玉秀，会主收进的会费没有产生利润，付给会员的六千元利息哪里来的？"钱明和停了一下，"是从新入会的会员身上收取的，这就是建国说过的'拆东墙补西墙'。"

"阿爸刚才算过了，新吸收一个会员，到十八个月的时候，必须要有两万多名会员的入会资金才能实现资金的平衡。"阿霞耐不住性子慌忙插嘴。

吴玉秀突然涨红脸瞪圆眼睛："你们怕了？两万人怎么了？青山几百万人呢，除了青山，东州还有六县一市呢。除了东州，还有全国呢。愁没有人？愁六月没日头啊？"

吴玉秀哇啦哇啦一通牢骚，钱明和便低头不语，白净的脸上布满苦闷的愠色。秀才遇到兵有理说不清，说的就是他。钱明和是老牌大专生，因为贪恋吴玉秀的美色，糊糊涂涂和她结婚。岂料，这女人胆大，未婚先养，十八岁时就和别的男人生下两个女儿。知晓实情后，钱明和要和她离婚，吴玉秀寻死觅活死抓住不放手，老钱只得哑巴吃黄连，有苦说不尽。

吴玉秀是个泼辣货色，她处处压着钱明和，一张嘴上嘴唇碰下嘴唇说得比老钱快十倍，嗓门又高又响，句句话利剪一样戳进老钱的胸窝，钱明和心里淌血根本没有招架的份。他只好拼命喝酒、拼命抽烟，心里暗暗叫苦：老母鸡上房打鸣，就没有好事。

吴玉秀气哼哼下定决心："抬会一定要搞起来，我们钱庄有大红伞遮着，不用怕的。当然,账目要清,钱要入库,每个人管好自己的事情。能搞多大就搞多大。

“老钱的书也不用教了,靠你这点工资只能喝薄粥汤度日。爱雅的鞋厂效率不好,正好回来打下手。我明天就去各个地方发动。学校、医院、机关单位都有我的朋友熟人,我就不信,我会比他们差?”

钱明和只顾低头抽烟,阿霞看着婆婆点头领命。

爱雅紧闭着嘴一针一针织着毛衣,尽量不让钢针发出声响,她无所谓,这个家轮不到她发表意见,母亲的话就是圣旨。

国庆的脸上则露出钦慕的神色,他像仰望观音菩萨那样仰望着母亲。

第二十四章

1985 年 11 月。

吴玉秀拎着礼物到县公安局副局长陈圣田家里。

圣田的丈母娘和吴玉秀的娘是邻居。吴玉秀嘴巴蜜甜一口一个“姨娘”地叫。

“姨娘，钱放银行里不合算，放我这里，一万二，三个月就可得六千元净利息。我的吴氏钱庄你是知道的，表扬过的。你晚上和珍珍讲，我绝对保证她富起来。”

珍珍娘一口答应：“这么好的事情一定对珍珍讲，她明日休息，你明日再来。”

钱小雅的语文老师来找吴玉秀。吴玉秀把她领到小客厅，为她倒茶摆水果，拉着她的手问她：“黄老师啊，我们小雅让你费心了。高一是打基础的关键，你可费心帮我盯紧喽。”

黄老师的眼睛里闪烁出急切的光：“小雅姆妈，我今天来是为了抬会的事，办公室的同事托我来打听情况。外面都传得离奇，钞票好赚得很，我们教一辈子书都不及抬会一年来钱快。”

吴玉秀咯咯咯笑：“是的，有这么回事。海屿乡薛湾村朱峰、县里的柴氏夫妇是抬会的大角色。听说了吧？”

“嗯。你这里不抬会吗？”

“我们吴氏钱庄在这方面没有经验，试着在做一万两千元的抬入。”

吴玉秀的口风与前几日大变，显得很理性，这是钱明和连续几个夜晚以离婚为要挟逼她、和她斗争的结果。

她勉强答应先以一万二的短期抬入做一下尝试，看看再说。

黄老师眼睛里闪着奇异急迫的光：“解释一下，怎么个操作法。”

“一万二抬入，就是会员先交给会主一万两千元，第二、三两个月，会主共付给会员一万八。会期结束，会员净得利息六千元。”

黄老师一掐算，脸上立刻涌起潮红，喘气有点急，不用费任何力气，三个月就能得到这么多钱，是她三个月工资的六十倍。

“黄老师，你如果自己当会主，赚的钱更多，比中央、省领导都赚得多。”吴玉秀的声音充满诱惑力。

“怎么当会主？”

“你们学校老师不是很多吗？你先同和你要好的老师讲，让她们把钱交给你，你再把钱交给我，然后再把我应该给的钱分到他们手里。你从中可以得到一笔数目不小的钱。”

“就这么简单？”黄老师得到吴玉秀肯定的回答后，脸颊又一次涌满潮红，眼睛熠熠发光，犹如小酌后的微醺。吴玉秀清楚，金钱为这个年轻的老师勾勒出辉煌的前景，她已经被金钱发出的光芒击中。

吴玉秀下一个目标是在人民医院当护士的结拜姐妹琼花。她刚刚吩咐完做账的阿霞一些事情，转身准备去找她，不料爱雅领着琼花走进客厅。

矮小的琼花拍击着手掌麻雀样喳喳叫：“吴姐、吴经理，你发家了就忘了我了？”

吴玉秀握住她的手：“琼花妹，你来得正好，正要去你那里，省得我跑一趟。”

俩人说笑着挽着手臂走进小客厅。

一个月下来，吴氏钱庄的收获不小。吴玉秀任大会主，中会主有十六个，小会主有三十二个，会员一百多个。

吴玉秀坐在木头沙发上边翻看阿霞做的账，边发牢骚：“和他们比，真是虾米见大鱼啊。他们进出的钱都是以亿计算，会员有几千。”

钱明和当然知道吴玉秀口中的“他们”指的是谁，她对薛湾的朱峰和青山南门的柴氏夫妇眼红得要命，总是和他们攀比，于是忍不住敲边鼓，冷冷提醒:“你最好少动念头。”

吴玉秀终于忍受不了钱明和的压制,突然爆发:“我动念头怎么了?还不都是为了这个家?你看看,现在谁不在搞抬会?这么好的钱路,你却挡着我、拦着我,你是瘟神一只。”

“对,县城和五大集镇是在搞抬会。老师教书无心,医生看病不专心,机关工作人员一门心思想赚钱,工人、农民都在抬会。这是最可怕的。”

“有什么好怕的?几十万人都在抬会,难不成都抓去坐牢枪毙呀?”

钱明和沉下脸,语气少有的凶狠:“你听着,如果想保住钱庄,你就不要动心思。否则,我立刻搬学校里住,从此不踏进这个家门。”

吴玉秀望着钱明和修长的背影,咬着嘴唇气得没辙。钱明和这个糯米人,平时随她拿捏,却不料在这件事情上像碰到了鬼,死不改口。

她叹口气,还是去花港看看表妹吧。

表妹,就是莉亚的娘。莉亚娘不在家,邻人告诉她,莉亚娘去蹩脚阿琴家了。

“阿琴出狱了?”

“取保候审。”

吴玉秀拔脚就往阿琴家走。花港镇的大会主、刚从看守所取保候审的蹩脚阿琴,坐在厅堂里神气活现地高谈阔论:“呈会,民间就有的传统。我也是做个头,又没犯法,政府还能对我怎么样?”

莉亚娘问她要钱:“阿琴姐,我那天刚刚送给你会钱,你就被带走了,现在可以还给我了吧?”

“我都关在里面一年了,哪里还知道钱的事情?问政府吧。”阿琴脸不改色一挥手,把事情推得水洗一样干净。

“凭空就少了一半多的钱,冤枉死了。我还得赔别人钱。”莉亚娘眼泪汪汪憋着哭腔。

“别喊冤了,我好心做个会主,赔钱不算,还被抓去坐牢。你赔点小钱算什么呀?我明天就要从这里滚出去,房子被镇里拍卖了。”蹩脚阿琴坐了一回牢,倒像换了一副胆魄长了精气神,说起话来八面威风、滴水不漏。

吴玉秀和莉亚娘肩并肩走着。“玉秀,我猜阿琴没这么简单,她肯定藏钱了,要不她以后的日子怎么过?”

吴玉秀点头:“她胸有成竹,房子都没得住了,还这么镇定,后步路肯定踏好了的。”

吴玉秀皱着眉头说:“老钱胆小,不让我把抬会的规模搞大。阿琴被放出来了,这说明政府对民间的呈会活动也是没办法制止的,对吧?”

莉亚娘担忧地看着玉秀,不知该说什么,重重叹了口气:“阿琴不知什么本领,竟被放出来。而我们做会员的亏死了。”

“你一点点利息都没赚到吗?”

“没有。赚到钱的人倒很多,我是刚放进去钱,阿琴就被抓了。你刚才不都听见了吗?早知道这样,我不如放你钱庄里呢。”莉亚娘后悔万分。

“现在也来得及呀,你可以做中会主或小会主,拿钱到我钱庄里,三个月就可得六千元利息。不出半年,你就补回损失了。”吴玉秀揽着表妹的肩膀窃窃私语。

莉亚娘先是狐疑,后来慢慢心动,最后脸放红光,接受了吴玉秀的意见。

吴玉秀正一点点精心编织着她的金钱网络。

第二十五章

1986年1月。

青山县的民间抬会活动在这段时间里再掀高潮，星星之火，呈燎原之态，大有烧遍全国之势。抬会如一只怪洞将青山的民间资金吸纳吞咽得几乎殆尽，还累及东州六县一市及周边地区。

青山县的各界人等如醉如狂，着魔一般全副精神投入抬会当中。大家都认为不劳动可以获取高额利润，靠不烂之舌可以获得金钱，这是上天赠给青山人的福泽，是改革开放赐予青山人的机会，机不可失，时不我待。

于是，青山县的大街小巷穿梭着神色兴奋的各色男女，且呼朋唤友，召集周边县市的人一起癫狂，投入这场欺骗的盛宴中。

与此同时，中国人民银行省分行金行长的办公桌上，放着一份传真电报。传真是青山县人民银行支行发来的。

传真内容摘要如下：

抬会概念：抬，哄抬，抬高利率。会，原存于青山民间的一种互助会。会主为了空手获利，将入会的利率提高到月息10%—12%，最高时达25%—50%。

抬会发生的时间：1985年八九月间，发展势态极其迅猛，很难遏制。

抬会参与人数：重点在六大集镇十四个乡，累及东州六县一市，及周边等县，参与人数约二十万人。担任中小会主、银背的80%以上是文盲半文盲的农村妇女，20%是其他各阶层的妇女，男性会主占3%。

抬会的种类：1. 长会。抬入，“8年4”，会期100个月。数目不等。以1.16万为例。会员第一月付给会主1.16万元，第二个月起，会主付给会员0.90万元,连付12个月,计10.8万元。从第十三个月起,会员要向会主交3000元,连续交88个月,计26.40万元。会期结束。

抬出,会期14个月。会主第一月先给会员11万元,第二月开始,会员每月交给会主会主1.26万元,连付十三个月,共付16.3万元,会期结束。

2. 短会,会期三个月,数目不等。以1.2万元为例。第一个月会员交给会主1.20万元,接下去的连续两个月会主交给会员每月0.9万元,共1.8万元,会期结束。”

抬会带来的危害:

1. 严重干扰农村金融秩序。抬会猖狂时期的1985年10、11、12三个月,银行、信用社业务停滞不前,储蓄存款长期处于低谷。1985年全国、全省城乡存款大幅度上升,形势大好,而我县的城乡储蓄存款余额反而比年初下降565万元,下降18.6%。

2. 助长了不劳而获的拜金主义恶劣风气,产生了一批专门食利者。会主,利用信用活动牟取暴利。银背(中介),只要钱经过其手,即可赚取一定差利。这些人不需资本,不用纳税,无人管理,可谓无本经营的食利者。

3. 资产投向盲目,风险极大。参加抬会的、放贷者,只凭印象,根本不问用途不审查其资金状况,更不顾及社会效益,只要有利可图就入会就借钱。这就不可避免造成资产呆滞和倒账的危险。

4. 增加社会商品供应压力。据不完全统计,全县有十万元以上的大小会主近两千人。这些人手里捏着别人的钱挥霍无度,大兴土木,任意购买高档家电、金银首饰等。超前消费给商品带来的压力已经泛滥,造成物价上涨。

5. 将给社会带来不安定因素。会主、银背大多是文盲半文盲的妇女,根本不具备金融意识,管理能力极差。她们收款不点具体数目,数扎数，甚至用尺量，其中潜伏的风险极大。由于贪婪作祟，她们会中套会，大会带小会，雪球越滚越大，一旦某一环节出现断裂，整个体系就会即刻崩溃，后果不堪设想。

金行长读完传真，脸色变得很难看，立刻召集银行班子会议，商讨如何处理青山县抬会的事情。会议开了一个上午，在如何定性抬会这个事上，大家的意见并不统一。

老成持重的副行长龚铁提出："在沿海地区本来就存在互助会的形式，中央对民间金融市场如何看待也暂时没有结论，我们给抬会定性为投机倒把或诈骗是不是恰当？"

年轻的少帅副行长钟铭，上海财经大学硕士毕业，刚从国外进修回来。龚铁刚刚歇下话音，他立刻就开腔，而且火力不弱："国务院在年初，即1986年1月7日刚颁布《中华人民共和国银行管理条例》，其中第4、第28条明文规定：'个人不得经营金融业务。''个人不得私立银行和其他金融机构。'抬会进行大量存、贷款活动，显然违反了这一规定。"

另一个资深副行长行事比较谨慎，他提议最好请示一下总行。

会上的争论越来越激烈，争论到最后，问题的焦点竟然集中到如何管理民间金融资本和如何看待民间金融集资两大问题上。

龚铁显然对这两大问题研究较深，他侃侃而谈："东南沿海的人，创新能力强，他们会削尖脑子钻政策的漏洞。在金融垄断的情况下，民间的金融市场长期存在，可以说也是有一定原因的。"

"龚副，问题是，抬会不是合理的金融市场，它绝对是怪胎，绝对扰乱了国家金融秩序，危害人民的生活。所以必须要取缔。"钟铭针锋相对。

龚铁不再和钟铭争辩，好脾气地笑了笑："钟副似乎错解了我的问题，我没有否认抬会带来的负面效果。我是说要谨慎处理。某些问题要经过时间和实践的洗礼，方可见分晓。"

"对，我理解龚副的观点。"审批科科长崔亮站起来发言，她的眼睛盯住钟铭，“青山的抬会绝不会是个案，只要我们不给民间资本一个合理的出路，像抬会这样的事情，肯定会有市场。不仅东州人会这样做，其他地方的人都会这样做。”

有人赞同：“银行的脚步应该赶快跟上去。”

有人反对：“银行又不是自家开的，要服从中央的指示。”

最后金行长拍板：“就这么初步决定，青山县的抬会违反了国务院第 4、第 28 条规定，必须取缔。我把今天的讨论向省委书记汇报，然后再正式定性。”金行长扫了一圈在座的手下，“龚副和钟副讨论的问题涉及金融业发展的问题，很好。但是，未来会怎样，有待同仁们共同探索研究。基于我们的国情，只能走一步看一步，由不得我们个人的意志来决定。”

1 月 24 日，省委书记亲自在青山县发给省银行的传真电报上批示：“对出现扰乱金融的各种民间组织坚决要取缔，触犯刑律要依法制裁。”

随即省人民银行给青山县银行回复：“抬会情况查清后，按国务院(86)1 号文件，即《中华人民共和国银行管理条例》处理。”

第二十六章

1986 年 2 月。

珍珍匆匆忙忙走进吴玉秀的吴氏钱庄，拉着吴玉秀的手走进小客厅，随手关紧了门密谈。

没等坐下，珍珍就慌慌开了口："玉秀姐，看来县里要动真格的。圣田说省委书记都知道我们县抬会的事情了。而且做了批示，要严肃处理。"由于走得急，珍珍的鼻尖上沁出细密的汗珠。

吴玉秀的心里咯噔了一声，声音有些发抖："这么突然的消息？怎么处理？抬会的人这么多？"

"先处理大会主。薛湾村的朱峰、城南的柴氏夫妇，还有几个千万元以上的会主是首批清查对象。清查布告再过几天就要张贴了，千真万确。玉秀姐，圣田说，你赶紧收场，否则一样要处理的。"

吴玉秀紧捏住珍珍的手："你告诉圣田，我吴氏钱庄经营的是正常的业务，不是抬会。请他必要时一定在领导面前替我说话。"

珍珍答应："这是一定的，姐，你自己准备准备，不能让人抓到小辫子的。我走了。"珍珍说走，脚步却不挪动，吴玉秀看出她的心思。

"你放心，你放在我这里的钱一分都不会少，我是正常的民间借贷。"吴玉秀拍着胸脯送珍珍到大门口。吴玉秀的脑子飞快转动，她要攀住陈圣田这棵大树为她遮挡风雨，留住珍珍的钱是关键。

关了大门，她立刻叫了一家人开会。

她皱着双眉把珍珍告知的消息转告给家里人："看来，上头这回是来真的。"

阿霞看了看公公，又看了看婆婆："一万二的会收款和放款的日子快到了，是停几日呢，还是照常收放？"

吴玉秀心里不得不承认钱明和当初死命拦着她是有远见的，要不然由着她的性子，还不搞个天翻地覆。那样的话，今天的结局就不一样了。

想到这里，她感激地瞟了一眼闷头抽烟的老钱，一反常态声音异常谦和地问丈夫：“老钱，你看怎样好？”

一家人都奇怪地盯着她看，一向颐指气使的她，竟然会软语轻声询问被她呵斥来呵斥去的丈夫。

她知道家里人的想法，便涨红了脸佯装生气：“都盯着我干吗？还不快想个法子出来。”

钱明和掐了烟，坐直身子，扫了一眼大儿子、大媳妇和大女儿爱雅，眼睛就是不去看吴玉秀。他讨厌她的盛气凌人、口是心非，就算她今天服软，明天她老毛病照犯，移江山易，改秉性难。

“风声这么紧，再做，是顶风作案。必须要停止一切一万二会的经营。”他对着阿霞和爱雅款款道来。

性急的吴玉秀急忙打断钱明和：“那不乱套了？不行不行，还得收放，保密工作好一点。”

没等吴玉秀把话说完，钱明和忽地站起身，腰背挺得笔直，目光异常瘆人，矛尖那样扎穿她的身体。

吴玉秀突然有点紧张，她像不认识钱明和似的，结结巴巴：“你，你要干什么？”

钱明和长叹一声，无奈地收回目光，低声但非常有力地布置着任务：“我再强调一遍，必须停止收款放款，阿霞你们马上去中小会主家里，做好思想工作，统一口径，我们不是抬会，而是正常的民间借贷。”

爱雅、阿霞立刻站起身要走。

“慢着，让中小会主通知每个会员，做好工作，让他们不要急，等风头过后再结算，钱一分不会少。一定要稳、稳，明白吗？”

吴玉秀马上站起身：“我也去。”

钱明和叫阿霞拿来账本，然后做了一下分工：“十六个中会主分成三组，喏,阿霞你去这几个人家里,爱雅你到这里,还有你,这几个。口风要紧,不能走漏半点消息。”

吴玉秀见钱明和总算肯和她说话了,连忙答应着和阿霞、爱雅领命奔出。

钱明和自己跑去把账本全部收好,放到一个秘密的地方。

他突然觉得心绪很乱,信步走到花园的八角亭上,站在那里仰望苍灰的天空。天空什么都没有,连一只飞鸟都看不见。一股冷风从山背猛烈刮下来,卷起八角楼四周的落叶和泥灰,瑟瑟簌簌响着,纷纷向低处飘去。他嘴角不由得露出一丝苍凉苦涩的笑:山雨欲来风满楼。

果然如珍珍所言,青山县人民政府在 2 月 14 日发出禁止抬会、摸会的布告。吴玉秀从外面打探消息回来,一边咕咚喝水一边向老钱汇报情况。

“老钱,看来我们是太小心了,根本没人理睬布告的事,老柴家入会的人比上个月还多。”

钱明和的眼睛盯着一本线装书在读,半日才冷冰冰蹦出一句话:“肤浅。”

吴玉秀没听懂老钱的话,只顾自己说着:“听说薛湾村还要热闹,钞票放在箩筐里抬,用小舢板船从水路划过来的,手里拎的、背的,满街都是,朱峰家抬会的有三千人哪。”

钱明和抬起眼正色道:“你尽管出去探风,但必须记牢,你绝对不准再说一句与抬会有关的话,更不能动这样的念头。否则,下场很可怕。”

“有多么可怕?这么多人都抓起来还没地方关呢。”吴玉秀撇着嘴心里不服气。

“擒贼擒王,打蛇打七寸。一顶冲击国家金融管理秩序的铁帽子扣下来,必死无疑。”钱明和的眼睛在镜片后闪着阴冷的光,凶凶盯着吴玉秀,“你不准轻举妄动啊。你想害死一家人的话,你就再去干。”

“哼,胆小做不得将军。看看再说。”吴玉秀不服气,一扭身丢下话走了出去。看着一沓沓的钞票流进别人的口袋,她心里奇痒难忍,坐立不安。

钱明和追出来,拽住吴玉秀的衣领把她拖进小客厅,倒锁了门。吴玉秀气得暴跳如雷,高声大骂:"钱明和,你个窝囊种敢动粗?"

钱明和二话不说操起门边的扫帚朝吴玉秀的腿部打过去,咔嚓,扫帚柄断成两截。结婚都二十多年了,钱明和连骂都没骂过她,今天真是翻天了。

吴玉秀恼羞成怒,低了头撞击老钱的胸口,粗语恶言连声倒出。

钱明和身子一躲顺手一推,吴玉秀朝前扑去,额头磕在茶几的玻璃尖角上,立时碰出个瘀青大包,还渗着血。吴玉秀不顾疼痛,疯子一般扑向钱明和,撕扯他的衣服。

爱雅、阿霞在外面使劲拍门。

钱明和见目的已达到,开门走人,吴玉秀哪肯罢手,拼了命拖住老钱的脚,要和他厮打个一清二白来。一个走一个拉,闹得不可开交,爱雅、阿霞抢进来掰扯开俩人。

钱明和躲进三楼的书房,隐隐听到吴玉秀的哭骂声。爱雅跑上来责问父亲:"你是讨厌姆妈,恨她当初骗你?你外面有人了?"

钱明和狠狠斜了大女儿一眼:"听她放屁!这几天你们都看紧她,不准她再出去。她眼红别人赚了大钱,还想搞抬会,简直想送死。"

"那你也不用下此狠手呀。"

"这种人,见了棺材都不掉眼泪。不动点粗她岂肯罢休?!"钱明和咬着牙根说话。

"这样子,她走都走不出去了。"爱雅怪父亲。

"就是让她走不出去,关键时刻不能出半点差错。否则,前功尽弃。你这几天好好盯紧她,不许她踏出大门半步,出了事拿你是问。"

爱雅方明白父亲的用意,答应了一声转身下楼去抚慰母亲。

钱明和的担心是有道理的,他历经多次运动,政府下了决心的事哪次不做个彻底的。他料定,这次抬会最后的结局也会和花港镇的大会主阿琴一样,倒闭了事。

他钱明和,岂能不防患于未然?

第二十七章

1986年3月。

青山县政府一楼小会议室，正召开取缔抬会联席会。县四套班子各派出人员参会，加上公安局、工商局、银行系统、税务、打私办，司法局、人武部等主要领导，把个小会议室坐得满满当当。

一屋子的男人不像往日相互调侃取笑，个个板着脸，闷头不说话。三分之二的人在抽烟，飘起的烟雾蓝莹莹地缭绕在人们的头顶，慢慢散开去张起一张极薄的翼纱，人与人之间变得模糊、疏离。

县长黄凯扬严肃地环视了一圈情绪不高的下属，用笔敲敲桌面，幽默地开场："俗话说，狐狸再狡猾，也斗不过好猎手嘛。几个大会主躲起来了，没什么可怕的。"闷坐的人，纷纷伸直脖子看着黄凯扬清瘦的脸，但还是笑不出来。

"两次出击，虽然没有抓到大会主，但收获还是不小的。"黄凯扬指着公安局长，"卢宏业，你汇报一下两次出击的情况。"

卢局长是军人出身，他站起来，挺了挺敦实的身子，扬起一对粗黑的浓眉，声音粗重：

"3月5日下午7点，我们接到县政府办的通知，由公安局的陈圣田和工商局的老何带队，银行、打私办的有关人员参加，一起去查证花港镇三妇女从瓯江陵南镇背来一百三十万会款的事。圣田，还是你来说吧。"卢宏业冲陈圣田点了点头让他说。

"好。"陈圣田翻开笔记本，"当夜9时，我们到达花港镇三陈姓妇女的家里，三人均不在家，依法搜查后，一无所获。此时有人来报，说发现一可疑人往镇江镇上桐村跑，神色慌张，执行人员已跟踪。我听后，立刻带队赶到上桐村。"陈圣田的讲述紧紧抓住所有人的注意力，几十双眼睛一眨不眨盯着他的嘴巴，“神色慌张的人是去给上桐村的三陈姓妇女报信的。三妇女的娘家都在上桐村。我们立刻前去包围住其中一陈姓妇女娘家的住宅。突然一捆东西从楼上抛下来，打开一看，是钞票。知道这里面肯定有名堂，立马进屋出示搜查证进行搜查。三陈姓妇女正准备把两箩筐钞票转移掉，人赃俱获。第二天，县银行派员清点，整整数了一天时间，共查获八十多万现金。当即由工商局办理查扣手续后，暂存银行保管。

“我们连夜审讯，三妇女供认，她们是海屿乡薛湾村大会主朱峰手下的中会主，在薛湾与灵昆镇之间往来活动，参与抬会。汇报完毕。”陈圣田向大家鞠个躬后落座。

卢宏业扬起粗黑的眉毛，瓮声瓮气汇报第二次出击的情况，由于气恼不由得口出粗语：

“第二次出击，妈的，非常丢脸。县政府布置得这么详细，还召开会议让乡镇政府密切配合，结果四个组出击，几乎全军覆没。薛湾村的朱峰逃得无踪无影，只查扣了十四万元现金。搜捕柴氏夫妇住处也扑空，他们的新别墅地上全是撕碎的账本和单据，屋里名烟名酒满柜，妈的，还请了上海的保镖，养了一只大狼狗，简直是黑社会老大。据查，他俩一个半小时前还在，这分明有人给他俩通风报信。我敢肯定是出了内奸，必须要好好查查。”卢宏业使劲拍了下桌子，圆瞪了双目恼怒万分结束了汇报。

银行的人发言：“从最近几天各信用社、银行的储蓄情况看，抬会活动没有停止反而更猖獗。”

“不少会主散布舆论说，政府取缔抬会根本没有政策依据，民间的金融活动是允许的。”打私办的人说。

政法委章书记神色凝重：“各位，我们正面临着一场新的考验。青山县抬会的事情闹得沸沸扬扬，省里出名，全国出名，在海外也名气不小。我们能否取缔抬会，还青山县金融界一个正常的秩序，给全县人民一个团结安定的改革环境，就看我们这一届政府的能力和决心。这么多的眼睛在盯着我们哪。

“当然,治理抬会我们没有经验。但经验是在实践中积累的,能力是在斗争中变强的。”章书记话锋转到两次出击的焦点上,“两次出击的结果不理想,问题出在哪里,在战略和战术上有哪些不足,大家好好讨论讨论。取缔抬会的事情,是我们碰到的新问题,只要好好总结,总会想出良策来解决的。”

黄凯扬给参会的人分了组,讨论后集中发言,最后由黄凯扬做总结:

“同志们,取缔抬会是一场看不见硝烟的战斗。前两次的战斗失利主要在这两个方面:首先,酝酿时间过长,参加人员过多,涉及面太广,造成泄密;第二,抬会已经渗透我们机关工作人员的内部,为了个人私利,某些干部及家属利令智昏,给会主通风报信。

“鉴于以上教训,我们将会拿出一套切实可行的方案,出其不意,攻其不备,一定要在本月底彻底制止抬会风潮。我们取缔抬会的决心绝不动摇。”黄凯扬伸出一只拳头挥舞着。

会后,黄凯扬留下各个局的一把手连夜召开会议研究对策。

第二十八章

1986年3月。

第三次出击的时间地点还是泄露了。出击地点:海屿乡薛湾村。时间:3月21日下午。

雨从早晨开始下,一直淅淅沥沥不停歇。傍晚开始,变成中雨,雨中夹着零星的雪子。

吴玉秀得到薛湾村有事的消息,已是3月21日下午4点。她决定去看个究竟。吴玉秀换上大儿国庆穿过的一件旧棉衣,用一块黑布包住整张脸,蹑手蹑脚走出来。小雅喊她:"姆妈,天黑下来了,你去哪里?怎么这副打扮?"

"嘘——乖囡,别嚷,让你爸听见不得了。"吴玉秀回头小声叮嘱小雅。

"我跟你一起去。"小雅跑进去拿了围巾和雨具,跟着母亲。

"海屿薛湾,蛮远的。"吴玉秀迟疑地看着小雅红扑扑的脸不让她跟着。

"我陪你去,海屿薛湾我有同学。"小雅在前头走得飞快。

3月20日,朱峰家抬会送款的人约有三千人,会款是以各种方式运过来的,手里拎的,肩挑的、背的,车推的,小舢板船划过来的。

3月21日凌晨,会员们得到内部消息说公安局马上要来查封这批会款,天蒙蒙亮时急急忙忙赶在公安局前头,带了打手来找朱峰要回会款,然而朱峰和会款都不见了。

薛湾的各条街道尽是些陌生人,他们是中小会主及会员。另有一些脸上蒙着大口罩,手里捏着凶器的彪形大汉,是被雇来准备应付紧急情况的。

朱峰躲掉了,收放会款由他手下的两个亲信操控,一个老孙,一个老李。

老孙偷偷拉开窗户向外张望,只见四五百人围住他们的住屋,眼露凶光，像群兽围住猎物，随时准备破门而入。

他万分担忧地与老李商议："情况不妙，他们知道会款肯定还在薛湾，只是不确定藏款的地方。一旦动手抓住我俩动粗，我们肯定顶不住会说出去，钱如果被哄抢的话，我们俩都得死。"

老李向外看了许久，关上窗户，定了定神："行，我们从这里溜出去，报告派出所请求帮助。可是怎么出去？"

老孙想了想，叫来老婆，让她从后门出溜，去通知另外的几个朱峰的心腹，把这里的人引开："不管用什么办法，一定要引开他们，否则，大家都活不了。再找一条船在码头等我们，要快。"

老孙老婆急咻咻地跑出去找人、找船。

不一会儿，围在屋子周围的人群像听到命令似的，呼啦一下朝另一个方向涌过去。

老孙老婆从巷子口小跑着过来，她脸色发白对着老孙说："人被引走了，船在码头等你们，快走。"

尚垟派出所所长老朱听完老孙、老李的讲述，立即拿起电话向县公安局卢宏业汇报："卢局长，我得到消息，朱峰有五十七箱会款放在薛湾的某侨眷家中，现在众多会员纠集打手准备抢钱。"

老朱又亲自骑着摩托车跑到薛湾村察看，只见路上外地人行走匆匆，戴大口罩的彪形大汉、眼露凶光的人，三五成群，交头接耳，似乎在商量对策。他第二次向卢宏业汇报："钱虽未亲眼见到，但事实可信，形势相当紧迫，今晚天黑前如果不处理好，恐怕会出现哄抢、斗殴、凶杀，后果不堪设想。"

陈圣田在下午1点钟率公安干警三十人赶到薛湾。他在尚垟派出所所长和老孙、老李的陪同下，走进薛湾村一户侨眷的家里。一老汉引陈圣田走到三楼，打开隐蔽的一堵门，五十七箱钱赫然出现。老汉指着钱哀求："公安同志，赶紧把钱转移掉，几百、几千户人的身家性命全在这里，万一有个闪失，老汉我担不起这么重的责任啊。"

陈圣田派刑侦科科长带四人荷枪实弹守住楼梯:“不准任何人靠近。”他同时立即打电话给卢宏业:“五十七箱钱,大约有一千万以上,藏在一侨眷三楼的壁柜里。四五百名外乡会员和薛湾村当地几百名会员正在对峙中。我请求领导立即到现场指挥,同时请求武警担任警卫。”

紧接着,县委领导亲自到场指挥,工商、银行、打私办人员及当地乡镇领导纷纷赶到。

吴玉秀和小雅坐船踏上薛湾村的时候。薛湾村人山人海,剑拔弩张。

她俩在人群里穿梭前行。只听见人群里嘁嘁喳喳的言语在传递:“哎呀,上午不动手真是失策。”

“怎么动手?又不知道会款藏谁家里。”

“原来在胡老汉家。”

“冲进去,拼个鱼死网破。”

吴玉秀偷觑说话的大汉,见他满脸络腮胡,一双眼睛在雨帽下深得像口黑井,往外直冒杀气。她拉了小雅就走。

一群人推搡着从东面朝胡老汉家涌去,又一群人从南面涌过来,嘴里叫喊着:

“我们要拿回自己的钱。”

“我们被朱峰骗了。”

另一群人怪声怪气乱嚷:

“不能让公安把钱拿走。”

“钱是我们大家的,不能拿走。”

卢宏业急得红头涨脸,口中直骂:“妈的,妈的,想抢钱呀。”

他不顾旁人的阻拦,冲到门口,大声说:“大家听着,谁要是再往前走一步,我们就当罪犯抓起来。”

潮水似的人群停住了脚步,只一会儿,又朝前涌。卢宏业后面冲出二十来个持枪的公安干警,挡住涌动的人群。卢宏业站到高处,用半导体喇叭讲话:

“我们是来保护大家的财产的。大家尽管放心,会款将送银行代为保管，你们只要有入会的收据，政府会按原则退还给你们钱的。千万不要上坏人的当，要冷静。”

人群被公安干警的枪拦住，不再往前涌动，但依旧没有散去，策划者似乎在等待时机，瞅准机会下手。

陈圣田看着乌压压站了一地的人，十分担忧，给卢宏业提建议：“再给东州领导打电话请示吧，必须派武警来。靠我们这些人根本不可能完成扣款任务，一出这个门，钱立即会被哄抢。”

卢宏业急得团团转：“都打了三次电话了，一点回信都没有。”他突然急转身，目光锐利，“立刻请示县委书记，让他出面，集中边防大队和武警中队先到柳溪坐船待命，等东州命令一来，立即就赶赴此地。”

小雅从未见过这等阵势，拽住母亲的手微微发抖，她颤着声悄悄问：“会不会真开枪？”

“不会，吓吓他们的。”

“如果真往前走的话，也不开枪吗？”

“会抓人，但不会开枪。”

“姆妈，我们走远一点。”小雅拉着吴玉秀的手走到离人群几丈远的一个屋檐下，静观事态的变化。

3 月 21 日下午 6 点的时候，三只机动船靠在薛湾村码头，一百多名身穿雨衣的边防官兵和武警中队的官兵踏着齐整的步伐小跑过来。

人群一阵骚动。

吴玉秀对小雅说：“这下可好了，钱抢不走了。”

卢宏业、陈圣田连忙上前与带队的领导握手，经过一番商议，边防大队和武警中队负责守卫工作，战士分左右两列面朝群众站立，中间隔出通道运钱。守卫队伍从屋门口始一直到码头为止，不留任何可钻的孔子，彻底打消那些人的痴心妄想。公安干警则负责运钱装钱。

卢宏业急速眨着焦虑的眼睛说：“一定要先造好声势，以防万一。门外站着的人群里，有许多亡命之徒和不法分子，只要抢到一箱钱，这辈子就不愁吃穿的。他们为了钱会不顾性命的，所以，千万千万不能出任何意外。”

“明白。”武警中队中队长血气方刚，一声“明白”之后转身走到门外。

他目光严正，大喝一声：“全体立正！”武警战士动作麻利、步伐整齐地列队站立。

“同志们，今天我们到这里为了什么？”

“保卫人民财产——”整齐有力的声音如巨浪击石掀起波涛。

中队长接着造势，声音更加洪亮：“如果有人胆敢抢劫人民财产，我们怎么做？”

“人在财产在，人亡财产亡。”武警战士拼尽力气喊出口号，声音犹如滚雷，在夜空中隆隆碾过，留下嗡嗡的回响。

旁边有几个老太太竟然感动得哭泣出声。

边防大队长等武警中队长造势完毕，他走到中间整队，先用犀利的目光扫视了部下，战士们立刻挺胸昂首回视他。

“全体上枪！”一声响喝，接着是唰唰唰拉枪栓上子弹的声音。

“为了保护人民的财产，对不法分子坚决不手软。”

“明白——”齐整而充满力量的声音和手里的钢枪，那就是正义的承诺和铁的保证。

黑压压的人群肃穆静立，他们被这种威严所震慑、所感动，许多人欢呼出声。

戴大口罩的黑汉子和旁边的人低语：“来真格的了，行动取消。”

那人在人群里钻来钻去，把这个命令低声传递给准备参与抢钱的每个人。

钱小雅拉着母亲的手，非常激动：“姆妈，解放军就是厉害。”

母女俩挤在人群里，一直看着五十七箱钱，一箱一箱从侨眷家中运到码头，装船。

吴玉秀的心里遗憾得很，这么多的钱，如果都是她的，多好！

海浪拍着薛湾村的堤岸，跟随着运钱的船，跟了很远。

吴玉秀到这个月的月底，才真正信服钱明和的眼光。

3 月 21 日深夜及后几天，公安局先后出击一共收缴朱峰的会款三千万元。给抬会以致命的打击。

3 月 22 日，县政府发布关于清理会案公告的时候，吴玉秀终于明白，老钱打伤她的真正用意。

一个多月后，潜逃的朱峰和柴氏夫妇，经公安部批示，成全国通缉犯。4 月 30 日，朱峰落网。5 月上旬，柴氏夫妇相继被捕。

许多中会主被收审、逮捕。

至此，抬会风潮总算被遏制住，但清理会案令青山县县委、县政府领导颇为头疼。涉额十个亿的抬会让许多家庭妻离子散，甚至造成数起死亡事件。政府机关每天被要求解决问题的会员围住。工厂、学校因为取缔抬会而人心惶惶。

小城坠入疯狂中。

参与清理会案的人员感叹万分："清理会案，就像陈景润的哥德巴赫猜想，一道难解的数学方程式。"

吴玉秀的吴氏钱庄却没受到波及。

吴玉秀觉得自己真是命运的宠儿。

钱明和见吴玉秀轻狂得意起来，知道这个浅薄的女人无药可救。如果知道什么叫作"因果"，她就不会这么癫狂了。

第二十九章

1988年9月。

青山县此番对抬会的重击，并未扑灭青山县众多会员对金钱的饥渴。县政府虽然想尽一切办法补救，许多会员还是亏了很多钱，损失惨重。

惨重到什么程度？好比借出去十元钱，只拿回了三元或五元。那么借出去一百万，亏空就是五十万或七十万，这个深窟窿，按当时的月工资六十元计算，不吃不喝起码要九百多年才能积攒到这个数。如果这些钱都是自己的，那么也就算了，可这些钱是由许多许多户人家，几百几千凑起来的，一个圈套着一个圈。天真的要塌了，逼人的、被逼的事天天发生，一个个都活在火坑里、煎在油锅里。

钱哪里去了？被大会主挥霍掉了，被中会主卷走潜逃了，被小会主吞没了。这些会主得了钱死不开口，宁可自己当"烈士"，也要昧下黑心钱让子孙享福。状况林林总总，五花八门，应有尽有。

1987年初夏，"平会"金融风波又席卷整个青山县。所谓平会，就是平常的互助会，由十人或更多的人组成，数额大小不等，但利率却有三分或更高。"无利不起早"，这是青山人的生活准则。

后来，许多专家认定"平会"是抬会的死灰复燃，或者借尸还魂。会主还是那些会主，只是换了一个名称罢了。这些会主们要从油锅里跳出来，企图自救，于是变本加厉，又上演了一出拆东墙补西墙、滚雪球般的欺骗大戏。

吴玉秀这一次成为青山县的主角。

一日，阿霞从街上回来，脸孔阴沉，魂不守舍的样子。

"听到什么啦？"吴玉秀抱着六个月大的孙子问。

"吊眼翠英的女儿刚才被许多人羞辱，被逼跳河了。"阿霞生了儿子后，更加丰腴饱满，脸如满月，眼如水杏。

吴玉秀把孩子递给她："各人有各人的命，她摊上这么个娘，还能有好日子过？早死早解脱。"

阿霞郁郁的，眼前闪回刚才见到的画面：半疯的小红面黄肌瘦，衣衫破旧，捡着地上丢弃的食物充饥。她被一群半大男孩围住，烂菜帮破拖鞋不断击中她的脸和头，逼她讲出都有谁睡了她。小红挣扎着嘴里呜呜凄叫，被逼至桥头，咚一下跌进河里，像头落水狗，不一会就沉入水底没了声息。

"也没人去救她，不是抬会，她也不会被强奸……"阿霞见公公走进来，收住话头不说了。

"我就知道，吊眼翠英抬会时用尺量钱，乱开发票，乱放钱，哪里有好下场！这不，不但害自己，还害了一家人。"钱明和语气生硬，斜了吴玉秀一眼。

吴玉秀已经好长时间不和钱明和搭话，俩人分房许久。钱明和要吴玉秀稳放稳收，吴玉秀认为，前怕狼后怕虎赚不到钱，"胆大做将军，你个窝囊种知道什么"？

吴玉秀全然忘记了两年前靠了老钱的正确判断，才免去了一场灾祸，现在竟然恶骂起老钱来。

她以为自己见识了抬会始发和取缔全过程，摸透了政府的一套政策。再加上她命好，政策对她偏门独开，头上有大红伞，风雨日头横竖淋不着晒不到的。

她撇了撇嘴，轻蔑一哼，朝老钱嚷嚷："倒闭了又怎样？又怎样呢？大不了拿出一些钱折价赔偿呗。

"1984 年花港镇的跛脚阿琴百万会倒闭时，政府是这样处理的。

"去年的抬会案清理时也是这样处理的。吃亏的还是那些被骗的会员。谁叫他们想赚钱，入了这一行，就看你运气好不好了。"

老钱惊异地瞪大眼听着她的狂言。

"抬会大会主朱峰抓住了，怎样？政府找不到量刑的依据，朱峰在监狱里洋洋得意，等着政府无罪释放他呢。"

“还有柴氏夫妇,还不是一样吗?”

钱明和指着胆子贼大的吴玉秀,气得发抖,丢下狠话:“好好好,行,你胆大你去做将军好了。告诉你,一切后果你自负。”说完嘭地摔门出去,把自己关进书房,连晚饭都不出来吃。

吴玉秀哧地冷笑:“我虽是女人,偏要和男人夺天地。这个家,靠你老钱教书,能有这样的房?小雅能进复旦读书?哼,最多混个吃不饱饿不死的水平。”

于是,她再不管钱明和的阻拦,也不顾建国的“地狱威胁论”,展开手脚大干起来。

为了赚钱,她吴玉秀无所畏惧,无孔不入。

她利用摄魂的口才,还有两样老法宝,一是和各级领导的合影,二是“东州百万金融家”的匾额,这么硬碰硬、响当当的钱庄,当然会生意兴隆。

平会的规模越搞越大,数额从几万到几十万。会期从一年延长到五年、八年。会员从几十人增到几千人。区域辐射到东州及周边市县。

吴氏钱庄人来人往,热闹得如同银行。有了吴玉秀的嘴、政府的匾、领导的像,吴氏钱庄要想不发财也难。

珍珍这一日打扮得鲜艳光亮,带着一个陌生女人走进吴氏的花园别墅,珍珍在大门口就脆亮亮开喊:“阿姐,玉秀阿姐——”

吴玉秀听出是珍珍,连忙迎出去,满面春风,拊掌大笑:“啊哟,是珍珍哪,我还以为是仙女下凡了。呀,这神仙似的妹妹是哪位呀?”吴玉秀瞟一眼珍珍旁边的女人笑着问珍珍。

珍珍忍不住咯咯咯笑:“看你这张嘴,死人都能说活起来。这是张局长的夫人,找你有事。”

“来来来,进屋说。”吴玉秀轻轻挽住张夫人的手臂走进小客厅。吴玉秀早就看懂珍珍的动机,她至少带了十几位县政府机关的干部家属来她这里入“面子会”。

面子会，就是不用拿出钱，坐等收利的那种。珍珍多玲珑的人，她拉来许多干部家属入“面子会”，名义上是为吴玉秀寻找安全保护，实质上是为圣田的升迁拉关系铺路。

“阿姐，张夫人想入会。”

“欢迎欢迎。”

“面子会。”

“那还用说？当然是面子会啦，这是张夫人看得起我吴玉秀。咯咯咯，日后，只要夫人在局长面前动动口，能少得了我的好处吗？咯咯咯。”吴玉秀嘴巴抹油，一番掏心挖肝的话说得张夫人露出发黄的龅牙笑。

随即，张夫人的脸部表情复归严肃，又用嘴唇努力去包住露在唇外的牙齿。

吴玉秀飞快瞥了一眼那四个发黄的龅牙，心里哼了一声，这个女人纯粹是命好，出身局长家庭，老公娶了她后，也变成了局长。

阿霞替张夫人办了手续后，吴玉秀留俩人吃午饭，珍珍挽住张夫人的手玲珑一笑：“阿姐，张夫人会替你拉客户的。”

“张夫人可以自己做会主呀。”吴玉秀紧盯住那几颗龅牙说。

“知道，知道，阿姐，再会了。”珍珍一挥手臂轻巧转身，和张夫人肩靠肩走了。

阿霞翻开账本在小客厅等着婆婆，见她进来用笔点着账本：“连张夫人，我们家入面子会的人已有二十一个了。”

“这么多？”

“她们呈会的钱都要我们付，会钱却由她们收，每个人我们要亏空好几万。”

“啊呀，钞票不就是纸吗？我们家有的是。”

阿霞皱着眉头，这话听着怎么这么熟？对，是吊眼翠英说过的。呸呸呸，吊眼翠英都家破人亡了，真背时，呸呸呸。

“怎么啦?”

“没事。”阿霞捧着账本扭着丰满的屁股走出去。她心里起了惶恐,公公只顾教书,再不肯管钱庄的事;小叔子建国不是去寺里找和尚,就是在屋里念佛经;国庆是派不上大用场的人;爱雅没有主意,整天和那个无业帅哥偷偷厮混;小雅在上海读书,是个花钱的主。平会的资金链断裂是迟早的事,一旦钱庄倒塌,谁能撑起这个家?

阿霞思忖到这里大骇,呸呸呸,我这都想些什么呀?一会儿,她又呆呆坠入这个怪圈里:万一,有那么一日,我怎么办?孩子怎么办?还不如早点做手脚,为自己和儿子留条后路。

阿霞心善,只用儿子的名字立了两个户头,存了二十万元人民币。

她万万没有料到的是,吴氏钱庄倒闭得这么快,只过了一个月,仅仅三十天,她的人生冰炭两重天。

第三十章

1988年10月。

阿霞捧着账本走到婆婆房里。吴玉秀开了柜子门正在衣服堆里翻找东西,回头见阿霞走进来,还捧着账本,便关了柜门问她:“还不到10日,你捧着账本算哪门子账?”

阿霞低头不语,吴玉秀着急,夺过账本细看,问:“亏空很厉害吗?”

“深洞。”

“啊呀,到底多少嘛?”

阿霞抬起空虚的眼睛瞪着婆婆:“至少两千万。”

吴玉秀的手突然抖动起来,一屁股蹾在梳妆凳上,脸孔发白:“算……算……算……准……准……了?”

“算了三遍。”

“收进的款子,算……算进……了没有?”吴玉秀开始浑身发抖。

“那倒没有。”

吴玉秀陡地坐直身子:“至少有六百万。”

“那也还亏空一千多万。”

吴玉秀毕竟见过世面,她给自己倒了一杯水,咕咚喝光,平定了乱跳的心,在卧室里来回走,突然停下来,扶住阿霞的肩膀:“霞,现在就靠我们娘俩同心协力。你装作无事人一样,不得泄露半点风声,家里人一个都不得告知。有人来入会,你照单全收。我马上就去各处聚新会。”

“收款放款的日子还有五天,你能聚到这么多会吗?一千多万哪。”

“先把这几天顶过去再说,容我想想法子。你先去吧,我静一静。”

吴玉秀心里不是没有想过亏空的结局,但贪婪的欲望、挥霍无度的生活把她拽进这个亏空的黑洞,她想刹车根本刹不住。金钱带来的风光,那是和权力阶层对等的尊严。那些鼻孔朝天的各级领导、夫人们,无不对她笑脸相迎,视作财神爷,因为她给他们创造了财富。

玩钱就像玩毒品,会上瘾。看着上千万的会款在手中进出,那种滋味真的很好很好。

她当然想过结局,大不了把所有的房产折价赔偿,把一摊子烂账丢给政府来清算好了。反正,民间金融活动又不是犯法,双方自愿的。

三十六计,走为上,逃呗。不是许多大会主、中小会主都卷款潜逃了吗?

她叫来阿霞,严肃地看着她:"我们只有一条路,逃。"

阿霞眼里涌满泪水,低头擦了一把又低低哭泣。

"你把账本涂改了,等10号收了会款,立刻就走。"

阿霞哭出了声。

"要命的话,照我的话去做。"吴玉秀这时听见有人敲大门,她狠狠捏了一把阿霞的手臂,"来人了,你给我挺住。"

表妹莉亚娘领了同村的白发老太花婆来存钱。

"阿秀,花婆听说你的钱庄硬碰硬,利息也高,她想把钱存到你这里。"

老太白发枯干,生满黑斑的瘦手握着一个大布包,抖抖地放到茶几上,一层一层剥开来,露出颜色不一的钞票,都是些零票,新旧不等,理得整齐有序,一沓一沓码在一起。

"这是多少?"

"两万三。"老太见吴玉秀盯着她看,怕她嫌钱少不收,"别人利息三分,我只要两分五。行不?"吴玉秀似在考虑什么事情,有点走神。

莉亚娘暗地里扯了扯她的衣角,示意她到里面说话。

"阿秀,老太的钱都是讨饭讨的,所以呢,零零碎碎的。她不容易,老头病在床上很多年了,她要养活四个孩子。两万三,每月也有六百多元利息,就算我的面子吧。收下哦。"

阿霞从里面冲出来,对着老太大声吼叫:"这么乱的小票面,怎么收啊?赶紧收拾了回去,吴氏钱庄不收这样的钱。"

老太太紧拽住布包，一脸的羞色。吴玉秀和莉亚娘连忙跑出来，阿霞气嘟嘟地扭身进了账台。

老太求助般望着莉亚娘，又望着吴玉秀，吴玉秀咬了咬嘴唇："花婆，你还是……"

老太突然膝盖落地："阿秀，你千万别嫌弃，钱都是干净的钱。"

吴玉秀愣了愣，严厉喝令阿霞："阿霞，数钱。"

阿霞转过身，吴玉秀盯着她的目光很吓人，一切都在不言之中，你若露了马脚，死无葬身之地。

阿霞数完钱，给花婆开了印有吴玉秀图章的收据。老太太这才露出一点点喜色。

10 号很快就到了，这一日，吴玉秀可心打扮一番，脸上敷了一层珍珠粉，又打了点胭脂，精神格外饱满。她站在门口，满面春风迎接前来送款的各色人等。

阿霞也用厚厚的粉遮盖住发黄的皮肤，水杏眼被描得又黑又大，嘴唇涂了玫瑰色，两只耳环在雪白的圆脸边轻轻摇曳。她一如既往收款，然后让爱雅数钱、包扎，和存款人核对数目，再开出收据。

吴玉秀冷眼旁观，轻轻舒了口气。

阿霞抬头时偶尔与吴玉秀的目光相遇，那双大而黑的眼睛带着一丝冰冷的悲伤从婆婆脸上滑开去。

这天的收获不错。共收了十笔存款、二十笔会款，共五百八十五万。

第一笔是：第一小学的三十名老师拼凑了五十万元，她们是来放债收利息的。都是平时省吃俭用积攒下来的血汗钱，收点利息回去可以贴补家用。

吴玉秀轻抚着中会主乌老师的手背，贴心贴肉地说："把收据放好了，下个月 10 日来拿利息。"

第二笔是，县印刷厂的阿彩，她是银背。这也是个口舌生花的主，说自己儿子做生意需要钱，以两分高利借钱，印刷厂从看门的临时工到厂长都借钱给她。两百七十万,三分息放到吴氏钱庄,她抽取一分息,一个月可以从中得利两万七千元。

吴玉秀看着她喜笑颜开的模样,搂着她的肩膀送到大门外:“阿彩,万元户算什么名堂?你一年就可赚到二十万了。”

“玉秀,二十万对你来说,九牛一毛。你吃肉,我喝汤,啊,哈哈哈……”愉悦的笑声在大门外来回游荡。

另有散户,几万到十几万的都有。

平会的款子由中会主送过来,有到期应该收的,有新入会的,阿霞都一一入库,开具收据。

“马上就走吗?”阿霞靠在婆婆的大衣柜边,看着几箩筐的钞票问她。

“不走等死呀你?”吴玉秀狠狠白了一眼阿霞。

“国庆怎么办?”阿霞蜡黄着脸问婆婆,眼睛里烧着一股悔恨的怒火。她觉得自己掉在深渊里,再跳不出去了。

“国庆看家,我们俩必须走。”吴玉秀把两大袋钱递给阿霞,“喏,藏紧密了,今后过日子就靠它了,孩子先放你嫂子家吧。”

阿霞拎着钱袋闷声就走。听到她开大门关大门的声音后,吴玉秀才把国庆和爱雅叫过来:“国庆、爱雅,钱庄倒闭了。”

国庆用手不停搓着轮椅扶手,惶恐不安地盯着母亲。爱雅垂着头剥着指甲,额发遮住半边脸。

“这袋钱,国庆你藏紧密了,姆妈不能再照顾你了。”国庆哭。

“爱雅,妈知道你喜欢那个小混混。拿上钱去找他,他会保护你的。”爱雅一声不吭,也不拿钱,转身走了。吴玉秀张了张嘴想喊,但最后还是没喊出来。爱雅的性格像钱明和,闷葫芦一只,认准的事情十头牛都拉不回。

钱明和在楼梯口碰到阿霞,翁媳面对面站着。

“阿爸,钱庄倒闭了。”阿霞的水杏眼里包着眼泪。

“亏空多少?”钱明和抬了抬眼镜,神色镇定,看着阿霞手里的钱袋。

“两千万左右。”

钱明和“哦”了一声就往楼上走。

他站在门外听吴玉秀对国庆和爱雅吩咐事情，爱雅低头空手走出来，看见钱明和立刻就哭：“阿爸，姆妈准备逃，还带着会钱。”

钱明和拍拍爱雅的肩膀：“你到书房等我。”

“吴玉秀，赶紧去投案自首吧，省得害了一家人。”钱明和冰冷的声音铁锤般锤在吴玉秀的后脑勺。

吴玉秀转过身，双眉高高扬起：“你让我自投罗网？你真毒！”

“你逃不掉的。亏空的钱可以用房产抵押。”钱明和还是劝她。

“钱明和，这是我签好字的离婚协议，从此井水不犯河水。”吴玉秀把一张纸丢在桌上，拎起装得鼓鼓的钱袋就要走。

钱明和下死劲拽住她：“把钱放下，去自首。否则你会更惨。”

吴玉秀圆目怒瞪，紧咬牙关，一口唾沫啐到老钱脸上：“别逼我！”

她走出房门时被建国宽厚的身体挡住。建国手捻佛珠，目光悲哀：“姆妈，回头是岸，放下屠刀，立地成佛。”

吴玉秀撩起手一个巴掌扇过去，建国的脸上立时挂上五道红印。

“阿弥陀佛。”建国铁塔似的身子纹丝不动。

“谁要是再拦我，我就从三楼跳下去。”吴玉秀手指戳着楼下，直起嗓门尖叫。钱明和父子无奈退到一边。

走到二楼的吴玉秀扯起喉咙朝三楼喊：“我是死是活，从此与你们再不相干。”说完咚咚咚快速下楼，拔开大门的铁锁走了。

爱雅坐在书房哭。钱明和对站在面前的三个儿女说：“树倒猢狲散，我们今天就各奔东西吧。国庆你只能守家了，到时候你恐怕连这里都无法住下去。爱雅，这个存折是我的一点积蓄，你去找阿奇吧。”

建国不等父亲说到他，转身离去，他早就为自己选好了归宿。钱明和望着他消失的背影，长叹一口气，目光含泪，捧住脑袋责骂自己：“羞愧啊！做男人无法保家，枉做男人啊！”

第三十一章

1988 年 10 月。

吴玉秀失踪的消息像原子弹爆炸效应，把她手下的中会主、小会主以及会员们炸得血肉横飞，一个个都像神经病，没日没夜寻人，茶饭不思，铁青着脸怒气冲天跑进吴玉秀的家挖壁打洞找钱。找不到钱，砸匾额招牌，搬家具电器，敲碎她家里所有的灯泡、玻璃门窗，打翻门口的石狮子。尚不解气，有人拖过轮椅里的钱国庆痛打，钱国庆捧着脑袋吱哇吱哇乱叫："打死我也没钱。"

听说吴玉秀被某一中会主抓了，赶忙跑去找，扑个空。又听说被另一中会主抓去做人质了，赶过去，又扑空。

上千人都在寻找吴玉秀。

花婆跪在吴氏钱庄门口，干瘪的脸上挂着眼泪，哆嗦着苍白的嘴唇对轮椅里的钱国庆哭诉着："你娘真狠心，连我这两万块钱都吃。这些钱，是我顶着毒日头、寒风雨一分一分讨来的，攒了十年，真是挖了我的心肝啊！我还活着干什么呀？"

钱国庆直往后退，嘴里叫着："你想干什么？干什么？"钱国庆以为老太怀里掏出来的是炸弹。

"我死，做鬼我也要在这里讨钱。"老太喝下半瓶农药，一会儿工夫，嘴唇发紫，口吐白沫，倒地毙命。

钱国庆吓得丧魂失魄，坐在轮椅里昏厥过去。

乌老师家围坐着十几名会员，有的是同办公室的同事，还有一些是亲戚和朋友。吴玉秀逃跑后，他们放在吴氏钱庄的血汗钱不见踪影。

“乌老师，这钱我是放你这里的，现在吴玉秀逃了，你说怎么办吧？”叶老师哭丧着脸，语气依旧尖锐扎人。

“是啊，三万块钱我积了差不多十年，舍不得吃舍不得穿。乌老师，你说，钱是你帮我们拿去放吴玉秀那里的，你得还我们，一分钱都不能少。”陈老师耷拉着眼皮，话说得一清二楚。

另一名黑脸男人二郎腿跷着抖着，粗门大嗓：“表姐，你是人民教师，说话一向算数，此番你看咋办？我那些钱都是亲戚朋友那里凑的，他们都还等着要利息呢！不还钱我就坐你家吃喝啦。”

乌老师的大女儿萍萍从屋里冲出来，气愤地嚷着：“当初是你们求着我妈入会的，利息拿得也很开心，现在一出事就来逼命。我家的钱全让吴玉秀骗走了，东西全被搬光了。”

乌老师头发蓬乱，失神的眼睛近乎疯狂，她看了看逼钱的会员：“我去寻吴玉秀，问她要钱。”

黑脸男人豁开嗓门：“吴玉秀人早跑得没踪影，家里就只剩下空壳，你哪找去？”

萍萍拽住乌老师的手臂不放：“你去哪里寻？自吴玉秀逃跑那天起，你没睡好没吃好，连脚跟都站不稳，怎么去找？”

萍萍回头盯住坐等不走的会员：“你们逼命是吗？”她嘭地一下敲碎一只玻璃瓶，把尖利的锋口对准自己的喉咙，“把我的命拿去，拿去，可以了吗？”

一会员也尖叫：“我们要钱，还我们钱，谁要你的命？”

乌老师苦着脸嘶哑着嗓子哀求：“各位，各位放心，寻不着吴玉秀，拿不回钱，我会卖了这座房子还清你们的债。”

乌老师的二女儿也嚷：“又不是你欠他们钱，凭什么你还？”

乌老师把女儿拦在身后，努力挤出笑容：“各位请回吧，我一定会还钱，一定的。”

“好，有你这句话就好。”

“我们明天再来。”

乌老师十来天头发就变得花白，学校的课也停了，日夜都在寻找吴玉秀及吴玉秀的家人。她咳嗽得厉害，基本上没好好吃一顿像样的饭，身上瘦得只剩一张皮。这天，她穿过国道线时，一阵眼花头晕，耳朵像被棉花塞住，一时间天旋地转起来。

一辆载满泥沙的拖拉机突突突朝她开过来，来不及躲闪，拖拉机车头撞倒她，前后轮从她身上碾过去，乌老师的头颅重重击在路面上，眼珠努出眶外。

一个老女人在众人惊呼中，大着胆子伸手去探乌老师的鼻孔，对围观的众人摇摇头："没气了。"

"没气了也要送医院。"有人喊道。

开拖拉机的男人此时醒过神，连忙跳上驾驶座，押车的和众人急忙扒平车上的泥沙，把乌老师抬上拖拉机。

医院太平间，乌老师的几个女儿扑在床边哀号，萍萍痛呼："妈哎，你死得好冤，你都是叫钱害的——"

"妈哎——妈哎——你苦啊——死得惨啊——"

"妈啊，你一走，我们怎么活啊——"

乌老师仰躺在木床上，头发被剃光，头颅被撞凹进去，看上去有点恐怖。她双目紧闭，眼角挂着一行未干的泪痕，在死前的那一刻，她一定哭过。

老兰夫妇在乌老师的灵床前先是相互指责，后来动手打起来。老兰指着老婆恶骂："你这个蠢婆娘，这下完了，人都死了你找谁要回两万块钱？"

"我借钱给她，你不是同意的吗？"老兰老婆指着灵床上的乌老师回骂。

"你个蠢货，看你拿什么赔给别人。"老兰一巴掌掼在老婆脸上。

老兰老婆扑上去揪住老兰的耳朵："我死给你看，死给你看。"

众人赶紧上来拉架，老兰老婆一屁股坐在地上哭起来。

乌老师的大女儿萍萍哭肿了两眼，她被亲友扶着，对老兰老婆说："表姨，你放心，我妈死了，还有我们姐妹，你的债我们还。现在，你先出去，让我妈安息。好吗？求你啦。”

萍萍挣脱扶她的手，跪倒在母亲灵前哀哀痛哭。旁边的人都叹气：都是“平会”给害的。好好的一个家就这样散了。

青山县的县领导桌上，放着这样一份报告：

> 印刷厂的阿花卷款潜逃。
> Y 镇十三个大会主和银背出逃。
> L 镇八个大会主和银背出逃。
> B 镇四个大会主和银背出逃。
> W 镇八个大会主和银背出逃。

潜逃……潜逃……潜逃……
巨款……巨款……巨款……
为了讨回入会的钱，会员几近疯狂。
私设公堂、扣押会主及家属、强奸、凶杀。
正义被绑在暴力和复仇的战车上。

第三十二章

1988 年 10 月。

吴玉秀双手被反剪着绑在猪圈的一根木柱上，十几个会员手握铁器气势汹汹拷打她，逼她交出会款。如果她那天顺利出逃的话，也就不会遭这样的罪了。

那天她正准备乘青山到杭州的车，已经坐到车位上，被十几个会员冲上去拉下来，拖到这里，逼问拷打了两天两夜。一盏玻璃风灯照着她的脸，她的眼睛肿胀得只剩下一条缝，牙齿被敲碎五颗，满嘴流血。他们逼她交出他们放在钱庄里生利息的血汗钱。

“吴玉秀，上千万的钱你打算一口生吞了？”

“还我们的钱。”一记粗木棍狠敲在她脑壳上，啪地断成两截，立时，额角的血流淌到面颊上。

“白纸黑字写得明明白白的，你休想抵赖。”

“还不还钱？”

“钱藏哪里了？”一问敲一木棍，不答再抽皮鞭。

吴玉秀被打得浑身血淋淋，几次昏厥过去，被冷水几次三番泼醒。她起先还嘴硬抵赖，实在痛得熬不过了，才求饶说：“别打了，我讲，我讲，钞票藏起来了。”

“藏哪里了，快讲，饶你不死。”凶恶的充满希望的喝问声。

“藏在，花园里……金鱼池……左边的……石板下。”

留一人看守吴玉秀，其余会员都拎起钢钎、尖嘴镐、锄头直奔吴氏家中。

吴玉秀飞快地思考，要抓住这个短暂的好时机，说动看守她的老汉放了她，赶快逃命。花园里根本没有钱，等那群被骗的人回来，还不活剥了她的皮吗？

她透过眼缝斜睨老头问:“阿伯,你还有多少钱在我账上?”

“还有十一万。你能还我钱?”老头走近她,眼睛盯住她的嘴。

吴玉秀低头叹了一口气:“我大儿媳妇不是你的族侄女吗?我们是亲眷,亲眷打断骨头连着筋。别人的钞票我没办法管,你的钞票我一定还。”

“几时还?”老头一听血汗钱有了着落,一双眼睛猎狗那样闪闪发光。

吴玉秀环视四周,神秘地压低嗓音:“我有点钱藏在后山的坟洞里,快点带我走。人一多那点钱就不够分了。”

“不骗我?”老头侧着头不太相信。

“我们是亲眷,你不想要回钞票,那就算了。”吴玉秀故意靠回到猪圈的柱子上,闭上眼睛,心里却在念着阿弥陀佛。

老头终于答应,替她松了绑,跟在她后面一起向后山走去。刚走出百来米,后面一群人狂叫着追过来:“吴玉秀,大骗子!”

“吴玉秀,混蛋!还在骗我们!”

吴玉秀拔腿就跑,咬牙忍痛拖着残身沿着后山跑,她连爬带滚往树林里钻,钻进树林里就安全了。她身后的老头愣了一下,急忙紧脚跟去,一把揪住她的胳膊:“吴玉秀,你还在玩鬼把戏呀!”

“嘘——不想要钞票你就叫吧。”老头有私心就不响了。他俩往山里逃,钻进一个坟洞躲起来。

后面的人拎着风灯、亮着电筒逼上山来,一个个恶狼那样嗷嗷着:

“七老头,鬼迷心窍了?”

“吴玉秀给你什么好处?”

“七老头,你赶快爬出来,你不想做人了?不想做人你就和吴玉秀穿一条裤子好了。”

“老头,四处路口都有人把守,你得了钱也走不掉的。”

七老头听了弓着身子从坟洞里爬出来,指了指里面。几个人伸进木棒就乱戳,吴玉秀禁不住哇哇讨饶着从里面爬出来。一阵乱棍暴打,吴玉秀呕呕吐血,恶臭流了一腿,倒地昏死过去。

天快亮时，吴玉秀被冻醒，发现自己赤身裸体躺在坟洞里，她伸手摸去，摸到一只骷髅头，忍不住尖叫起来。

吴玉秀在雨夜里逃出坟地。

第三十三章

1988 年 10 月。

阿霞把两袋钱挖坑深埋后，回到家里，草草整了些衣裤，抱起儿子。临走时，她甚至没看国庆一眼。

阿霞躲在村外树林里，等到天暗下来，才抱着儿子闪进住在城北山上的表舅家。

她哭泣着：“表舅、舅妈，阿霞遭大难了。”

表舅示意老婆倒水，边问：“你婆婆呢？”

“逃了，全部散了，家没了。”阿霞神情恍惚。

“收进的会款呢？她全部带走了吗？”表舅紧张地盯着阿霞流泪的脸。

阿霞迟疑了片刻，还是迎着表舅疑问的目光点点头。

“啊哟，她这么狠心呀？连我的钱也吃？”表舅一拍桌子跳起来。

阿霞连忙把孩子塞给表舅妈，扯紧表舅的衣袖往里间走：“表舅，别生气，我有话说。”

阿霞摸出两万元钱放在桌上：“你的钱我给你私下偷出来了。其余的利息等风声过后我再想办法。”

表舅这才松出一口气，阿霞求他：“会员们得知我婆婆倒会逃走，明天就会四处抓我们家里人，我必须逃。我儿子只能先放你家，等我稳定下来后再来接他。”

“你进来时没人看见吧？”

“我天黑后进的村，绕小道，应该没人注意。”

表舅点了根烟抽，没说话。

阿霞又摸出一沓钱递给表舅：“这是孩子的生活费，你收下。”

表舅不接钱，只顾抽烟，阿霞求他：“表舅，阿霞知道你为难，但我也没有办法,你就只当是救孩子一命。”

“阿霞,你婆婆卷款逃走,这是夺了会员的血汗钱,要了人家的命根啊!你把孩子放我这里,万一走漏风声,那些会员肯定饶不过孩子的。”

“孩子才七个月,会员应该不会对他怎么样的。”

表舅狠吸几口烟,掐灭,抬眼盯着阿霞:“1986 年抬会倒闭的时候,会员为了钱什么事都做得出来。你听说过的,对吧?”

阿霞咚地跪在地上磕头,大哭:“表舅,你帮阿霞度过此难,你就是我的再生父亲。”

“我尽力,有什么万一,你千万别怪我。”表舅想了想终于答应下来。

阿霞又连磕了三个响头,站起来,跑到外间,在熟睡的儿子脸上咂了一口,回身就隐进黑夜里。

第三天晚上,阿霞突然又溜进表舅家。

表舅妈回身见到她,惊呼:“你不要命了?会员到处找你家的人。我这里就有四五拨人来寻过你了。”

阿霞晦暗的眼睛布满血丝:“很难逃。每个路口都有人,汽车站日夜有人把守。”

“也是,青山人对付会主很有一套的。”表舅妈又上下打量了阿霞一眼。见她圆脸瘦削,杏眼失神,毕竟年轻,姿色不减。

表舅妈十分忧虑:“阿霞,那些男人都急得无处撒气,恶狼一样的,你千万小心。赶快沿着山路逃吧。”

阿霞的脸上像铺了一层冷霜淡淡应道:“随命吧。”她已铁下心做好最坏的打算了。

阿霞接过孩子拼命亲着,这时忽然听得院墙外人声喧嚣,表舅的哑嗓门传进来:“我家里没有人。”

一个尖嗓子叫:“有人亲眼看见吴玉秀的儿媳妇走进你家了。”

“不要乱说。”

“让我们进去搜一下不就知道了。”

表舅妈赶紧从阿霞手里夺过孩子，脸色煞白，上下牙磕得咯咯响：“赶紧……赶紧……从后门逃。”她一手抱孩子一手拔开后门的门闩。一股冷风凛凛冽冽刮过来。

阿霞猛地打一个冷战，咬紧牙关定定神，塞了一把钱给表舅妈，哽咽哀求：“孩子全靠你了。”

表舅妈来不及答话，关紧后门，抱了孩子躺到里间的床上，用被子盖住，全身哆嗦个不住，嘴里咕哝着：“都是钱害的，罪孽啊，罪孽啊，阿弥陀佛。”

砰一下，院门被重重捣破，一伙人冲进来。

几个会员跑进来四处搜寻，大声责问：“老太婆，是你放跑阿霞的？”

“阿弥陀佛，罪过，罪过。阿霞没来过。”

“你躺床上干什么？藏私货了？”

表舅妈赶紧半坐在床上：“阿弥陀佛，我头痛发冷。”

几个人盯着她看，欲上来掀被子，这时后门传来叫声：“阿霞逃走了，快追呀。”

慌乱间，表舅妈没拴紧门闩，西北风狠劲一刮，薄门板在黑夜里乒乓摇晃，几个人冷风一般旋出去，呐喊着去追阿霞。

阿霞黑天黑地摸索着逃命，脚下一打滑，一屁股礅在地上，一块尖利的小石子硌在屁股尖上，疼得她嘶嘶吐气。她转头盯住后面，十来盏手电筒鬼灯一样刺破石块般沉重的夜，隐约听到叫喊声，有人追来了。她咬着牙站起身，她必须逃，她没办法，她手里的这点钱根本解决不了问题。她只能听天由命。

命运，似乎在她一出生就已经注定好了。她家极贫，父母贪财，二十岁那年逼她嫁给瘫子国庆，她至死不肯。

父亲逼她，母亲泪眼汪汪劝她：“有吴玉秀这样能干的婆婆，别说这辈子，就是下辈子、下下辈子都不用愁，只管吃喝就是。”

“正因为国庆是瘫子，才肯娶你。不然，哪轮得到你呀。”嫂子的娘是媒婆。她豁着一张大嘴，说得起劲。

吴玉秀的手段很到家，彩礼是镇上一流的好，金器从头到脚一应俱全，从金耳环到金脚镯每样双副，绫罗绸缎、呢子大衣、毛料裤子，从上海带最好的，家用电器倒贴。阿霞家里的老人小孩每人一只金戒子。

阿霞在物质面前意志软化，割断与高中同学的初恋，嫁给钱国庆当老婆。

“这种做派，只有华侨才有的，够体面的吧。”媒婆豁着一张大嘴，唾沫星子四溅，朝看热闹的邻里四舍吹嘘，“生女儿就要生阿霞这样漂亮的。”

结婚那天酒席六十桌，很多领导都来捧场。阿霞的虚荣心膨胀得犹如吹胀的气球，在半空中悠悠漂浮。

什么叫作幸福？金钱不能改变国庆的瘫子现状，金钱不能买回夫妻恩爱。金钱不等于幸福。

进了这个门，阿霞才发现，吴玉秀只是外面光鲜，内里却是空壳子。她当上吴氏钱庄的会计后，恐惧感攫住了她。1986 年，青山县抬会全线崩塌，会员为了讨钱，做出种种不堪举止。她每夜做噩梦，心泡在冰里后又在火上烤，总惧怕自己也会遭到不善的下场。

婆婆的确是个能人，一张嘴能把死人说活了，她交际广泛，巴结领导，出手大方。越是这样，阿霞越是害怕，她觉得自己站在一层薄薄的沙子上，底下是个漆黑的大窟窿。沙子正在一点点漏光，她即刻就要掉进黑洞里。

婆婆却不管阿霞的劝告，为了填补亏空，到处哄人入新会，连花婆的钱也敢要，真是黑了心肠。

没想到的是，崩塌来得这么快。

她知道，她一旦被会员抓住，下场就和小红一样。她准备好了，万一被侮辱，她立刻就死。只可怜了她那幼小的儿子。

阿霞在黑夜中，来不及哭，一脚高一脚低朝着深山中拼命逃窜。

后面的人声和电筒光突然消失了，阿霞停下来，这才发现腋下、背脊全出了汗，贴肉的棉毛衫冰凉砭骨。她坐在一道凸起的土坎上喘气，四周围伸手见不着五指，冷风掀动山间的草木波浪般哗叫着涌过来，没过她的头顶，向远处滚动。

阿霞呛了冷风，拼命咳嗽，咳嗽得弯下腰肢，蹲到地上。待她张开眼打算直起身的时候，十几支电筒强光逼射住她。那一刻，她觉得自己像千年的蛇妖，被法海的钵盂法器罩住，不得动弹。

“绑起来。”

“不用绑，我不会逃。”阿霞抚了抚吹乱的额发，镇定地说。

电筒光后面的十几双眼睛绿莹莹像鬼火，她对着光亮后面的黑暗露出一丝苦笑：“都是乡亲，高抬贵手。”

“把吃进的钱吐出来，立马放了你。”

“吴氏钱庄要我们的命，拿钱换命。”

“不要装蒜，你是钱庄的会计，钱的去向你最清楚。”

领头的一记巴掌重重甩在争辩的阿霞脸上，怒喝：“坏女人，还狡辩，押回去慢慢审。”

立刻有几只粗胳膊钳住阿霞的手臂，推搡着下山。阿霞早存跳崖的心，一边走一边看，瞅准捏胳膊的手稍稍松弛，便忽地往旁边黑洞洞的深崖一头栽下去。几只粗胳膊慌忙间扭住她的肩，几个人都已经滑到悬崖边上。

恼羞成怒的领头一把撕破阿霞的内衣，捏住蹦出来的雪白的丰乳：“想死？没这么容易。平日里看你那傲劲，眼珠子都不转我们一下，今天……上，弟兄们，我们的钱都在这里了。”

阿霞知道，小红的下场即将在自己身上重演……

她锐利吼叫，拖着撕破的衣裤朝深谷跳下去。

阿霞被强奸的消息，清晨的时候，山村里的人全都知晓了。

表舅沉着脸,闷声不响抽烟。表舅妈一边流泪一边用汤匙舀起粥汤喂孩子,一边嘴里叨叨着:“这可怎么活啊?怎么活?唉唉,女人到这一步,唉唉……罪孽啊。”

表舅瞪起眼睛吼:“烦不烦?不知人是死是活。据说是跳崖了,村里人去寻,又不见尸体。”

“万一阿霞死了,这孩子怎么办呀?”表舅妈哭出声来。男人最见不得女人的眼泪,表舅呼地背起手朝门外走去,丢下一句话:“孩子以后姓姜。捡来的孙子。”

表舅替男孩取名姜石来,长大后绰号“黑皮”。

第三十四章

1988年10月。

夜,墨黑。

钱小雅借着夜色的掩护猫在小巷的暗洞里,时不时伸出脑袋尖,惊惧万分地瞄一眼五十米远的那幢三层楼带花园的大房子,那是她的家。

几日前还是金碧辉煌、神秘霸气的吴氏钱庄,现在变成了一座破屋:大门、二门全被砸烂踢破;门口那对仰天长吼的石狮子头顶被敲去一大块,翻倒在台阶前;那块白底黑字的金招牌被踏烂成碎木片撂翻在大门的一侧;玻璃窗十扇有九扇被敲碎。屋里好像有许多人,奔上奔下,吵吵嚷嚷,歇斯底里的吼叫声和砸碎东西的乒乓声很响地传到钱小雅耳朵里,又模糊听见大哥的哭诉声。

她的心脏随着刺耳的声音骤然紧缩,哆嗦不停,她把手伸进衣服里松开内衣的一个扣子,这才悄悄舒出一口气。

东边的巷子里猛然又涌出黑压压一群人来,拎着锄头、尖嘴镐七嘴八舌吵吵着朝她家奔去。钱小雅忽地缩回脑袋屏住呼吸,恨不得把自己拉成一页薄纸往暗洞的砖壁上贴。这伙人直奔花园里,七八支手电筒在那里乱晃,粗细喉咙吵吵着:这里,这里,是这里。挖呀,挖得深一点。锄头、铁镐掘地发出的沉闷声捶击钱小雅的心脏。

她暗暗叫苦:妈哎、爸哎,你俩造的什么孽哦。把人的钱骗来都弄哪里了呀。

掘地声响了个把小时,钱小雅躲在废弃的门洞里,冷汗沿着她的脊背蛇一样爬下来。漫长,漫长得仿佛过了一个世纪。

毫无所获的人群骂骂咧咧从她边上走过,说回去要好好审审吴玉秀这大骗子,下手再狠点,不怕她不招供。

她知道母亲被这群人关押在一个秘密的地方，酷刑恶打下受不得苦就胡乱瞎指。这群人是来寻找放在钱庄里生利息的钱的，这都是他们的血汗钱、活命钱。钱小雅滑坐到地上，靠在墙壁上小声哭泣：完了，一切都完了。

吴氏钱庄倒闭的消息她是前天得知的，二哥把电话打到她学校，电话里传来二哥粗重的喘气声，好像有人在他后面追赶：姆妈被“会脚”抓走了，阿爸前两天逃得不知去向。钱庄亏空两千万。钱小雅一听到亏空两千万，脑袋轰的一声炸裂，浑身冰凉，耳朵里嗡嗡嗡有个机器在轰响。二哥还在电话里说了什么，她根本听不见。

二哥在电话里一个劲地讲着：“会员们都疯了，到处抓人想尽办法找钱。小城里的会全部倒塌，政府已出面干预。你赶快逃，会员们要来上海绑架你。我在临县给你打的电话，只有大哥逃不动，大嫂和大姐都逃走了。咱家是彻底完蛋了，不知道往后的日子怎么过。”

二哥说话语无伦次，钱小雅张着嘴听，脑子一片空白，只听二哥说了句“赶快逃”，电话里便传出嘟嘟嘟的忙音。她不知道自己是怎么放的话筒，怎么回的宿舍，霹雳轰顶，天塌地陷，嘴巴里苦得发涩。她像被雷电击中，脸色发乌，呆滞的神情让宿舍的同学吓掉了魂。三四个人上来七手八脚把她安置到床上，一个忙着跑去叫她的恋人南海，另几个揉胸敲腿，猜忌到底发生了什么事。

南海挤到她的床前，抓住她的手唤她：“小雅，小雅，你怎么啦？醒醒，醒醒呀。”

“刚才出去还好好的，接了个电话回来就这样了。”秦碧波绞着手绢眼泪汪汪地说。

钱小雅见是南海，便哇地哭出来，哭得震天动地，四肢抽搐，旁边宿舍的女生都围在门口张望打探。南海对宿舍里几个女生嘀咕几句，她们都走了出去。南海关严了门走到小雅床边搂住她轻声说：“现在可以告诉我了，到底发生了什么事情，嗯？不管什么事说出来才能想办法解决，对不对？”

钱小雅泪如泉涌摇着脑袋说：“没办法解决，没办法解决的……”

“怎么会没办法解决呢?”南海的语气更温和了,“说出来听听好吗?”

钱小雅哽咽着:“我们家钱庄……倒闭了……亏空了……亏空了两千万……”

南海的脑袋随即嗡地一下炸裂开,愣在那里,有一个东西在他心里粉碎了:他和钱小雅的出国梦算是做到头了。小雅的母亲吴玉秀答应过南海,只要他好好爱小雅,她会出资送他们出国留学,现在一切都破灭了。

钱小雅抹着眼泪看着南海说:“我们家完了! 彻底完了! 你帮帮我吧!”

南海眼珠白愣愣地、傻傻地盯着她,不知她要他帮什么,嗫嚅着嘴巴解释:“你知道的,我们家没钱。”

“我要回家看看,你得帮我瞒着,代我向老师请个假。”钱小雅抽泣着。

南海一听松了一口气拼命点头。钱小雅的眼泪又哗啦啦倒出来,拉住他的手问:“南海,我现在只有你了,你还爱我吗?”南海目光游离慌乱点着头,钱小雅感激地抱住了他。

钱小雅乔装一番,坐后半夜的车从上海出发,清晨 4 点到了小城。她在山里的荆棘丛里躲到天黑,趁机摸到小巷的暗洞里候着。从昨晚起她就发烧,心里面闷着一团火,口干得发苦。她坐在地上舔了舔开裂的嘴唇,竖起耳朵听外面的动静。

挨到下半夜,估摸家里吵闹的人都走光了,她四顾无人,嗖地钻进洞开的家门,影子般落在大哥的轮椅前。轮椅被粗绳绑死在立柱上,大哥的头歪在一边好像睡着了,血迹糊住了他的左眼,头发直立,面容狰狞。钱小雅蹲在轮椅前,惊恐的眼睛闪出绝望的光,随即伏在大哥的膝盖上低声啜泣。

“小雅?”大哥张开血眼见是小妹便惊呼出声,伸出血迹斑驳的手握住妹妹,“你不要命了? 赶快关灯。姆妈被抓,阿爸、阿霞都逃了,爱雅去找阿奇,建国肯定当和尚去了,咱家算完了。”大哥小声说着,小雅哭。

“作孽啊。”大哥长叹,“都说因果报应,没想到报应得这么快,短短四年就崩溃了。”

大哥悄声告诉妹妹:“整个县城都乱了、疯了,几千几万的会脚们都疯狂了,借出的钱血本无归,许多大会主、中小会主卷款潜逃,会脚们整天嗷嗷恶叫,见人就抓,私设公堂不算,强奸会主家的女人,杀人放火抢劫样样事情都做得出来。乱,乱得一塌糊涂。政府?政府当然出面了,但是涉及面太大,一时没办法控制啊。”

大哥用手推着小雅:“你立刻走,说不定会脚们已在半路,他们日日来家里翻箱倒笼,掘地三尺。你让他们抓到,他们可是什么恶毒的事情都做得出来的。我就这个命,由着他们出气吧。你快走啊!”大哥推开小雅,又拉住她,“小雅……走得越远越好。哥恐怕再见不到你了……”说完又用力一推,“走,赶紧从后门走,快!”

钱小雅擦干眼泪,顺着楼梯下到花园,开了后门走到一条窄巷里,沿巷子出去就是玉溪——一条百来米宽五六米深的河。突然身后传来杂沓沉重的脚步声,还有人嚷嚷着:“我亲眼所见,吴玉秀的小囡昨晚回来了,回来取钱的。追,追!”

钱小雅沿着玉溪岸边向北跑,北边有一群人朝她追来。她折身向西,西边原来有一座桥的,却被封死了。

“别让她跑了,这是条大鱼!”疯狂的喊声追上来,钱小雅想,如果被抓去受尽百般污辱而死,还不如跳河的好。她看着越来越近的人群,快步跑上桥面,一头扎进河里,河水哗啦一声响,溅起巨大的白浪。

“跳河啦,跳河啦!”钱小雅的耳膜被水鼓着,最后听到的是这几句话,像在做梦,随即飘散开去。她的身子已经触到河底的软泥了。

钱小雅觉得心脏鼓胀透不过气来,心,疲倦至极,迷惑至极,像块重石沉入水底,所有的记忆退隐到脑频之外,消失得很远很远……

她的意识告诉她:死神来了。

第三部分

女 囚

第三十五章

关进青山看守所的钱芷彤被民警送往女监。刚踏进牢房,一个瘦骨伶仃的女人先是盯着她,又跳下通铺贴上来细看,突然拍着手掌龇出黄牙叫起来:“我认识你,你是‘英才工程’的钱董。我在电视里见过你的。”许多嘲讽的怪笑从阴暗角落像蚊蝇那样飞出来。黄牙瘦女人走到一个斜靠在被褥上的女人前面请求:“老大,老大,她是好人哪,帮助许多读不起书的孩子付学费,我们村就有一个,现在都读到研究生了。钱董还出钱收养好几个弃婴。就让她睡铺上吧?”

啪,瘦女人脸上挨了一记重重的巴掌,踉跄着朝后跌倒在地,身上又被几只脚乱踢一气。一声恶浊的拖腔在狭小的空间里响起:“什么钱董?这里只有嫌疑犯,按老规矩办——”

钱芷彤第一晚按规矩被罚站厕所,有了所里民警的干涉,才免去一顿毒打。她站在那里闻着恶臭,脑子里想着瘦女人提到的“英才工程”,那是她到青山后烧的第三把火,是她人生的得意杰作。

1998年香港回归一周年,在这样一个举国同庆的日子里,她突然出现在青山市的招商引资电视节目里。她那时二十八岁,着一身蜜色维多利亚女王短裙装,修长的大腿露在短裙下,被天鹅绒丝袜紧紧裹住,玲珑至极,再加上那双被粗黑睫毛密密围着的黑瞳,美得光艳四射。更令人倾倒的是,她手握巨资,以香港元丰总代理的身份,来家乡投资开发房地产。青山人的血液一下子滚沸起来,都以为她十年前溺水身亡了,怎么又这般光鲜亮丽地出现了?领导的政绩、百姓的需求,男人、女人都对她各怀心思。

钱芷彤因为初来乍到,摸不清水的深浅,为了扫清障碍,她到青山率先放了三把火。

第一把火,请吃送礼。

她跑到赵勤民办公室,借华侨饭店奠基开工的便利,央求他出面,请市领导及各局一、二把手吃饭。

赵勤民是青山北门人,他是钱芷彤高中时的同门师兄。赵勤民这个本地出身的市委副书记,许多时候比外来的一把手管用多了。

"赵书记,我想请市委、市政府领导,各局的一、二把手吃个饭,你帮忙安排一下可以吗?"

赵勤民的宽脸上展出笑意,几条皱纹水草般浮在精瘦的面颊上:"哪有叫你破费的道理?你是我们青山市请来的大财神,我们的城市化建设靠你了。"

"师哥,你就帮忙吧。一来表表我的诚意,二来请各位多照拂。"赵勤民看了看钱芷彤橄榄形的眼睛,盈盈笑成一弯新月,眼珠子被浓密的睫毛遮着,黑幽幽地盯着他。

"也好,这些人当中大多是你的熟人。政法委书记是你高中时的班主任,教育局长是我们俩的校长,组织部付部长是高你三届的校友。哎,叫上南海吗?他是外经贸局的一把手,下届副书记的人选哦。"赵勤民看似无心地问道。

钱芷彤的心里麻了一下,随即爽朗大笑:"叫上,凡是应该叫的,全都叫上。那就这么说定了。时间就定在我们元丰绿洲公司华侨饭店项目动土的当晚,酒席安排在东州王朝饭店,人员你定,具体细节拟好后我派人送给你批示。你看,这样行不?"

赵勤民呵呵大笑:"你算盘打得真精,原来是为了你的动土仪式,好好好,支持,全力支持。"

那天晚上,王朝饭店龙凤豪华大包厢被绿洲公司包下,市四套班子和市局一、二把手六桌,东州和青山电视台、《青山日报》、侨联的占了三桌,还有领导们的司机及闲杂人等也有两桌。钱芷彤目光所及,没有看到南海,哼了一下:料你无脸见我。

钱芷彤着一件临时租赁的黑色晚礼服，更显高挑婀娜，丰胸雪肌，笑容犹如月季怒放。两圈茅台喝下来，她更加脸若云霞，目光晶亮，引得一屋子男人坐立不安，蠢蠢欲动，变着法子和她套近乎，碰杯喝酒，顺带着捏一捏嫩手，摸一摸细腰。

政法委书记和教育局长坐在上桌的首席，俩人因辈分高只得佯装不见，只顾低头吃菜，时而交谈几句。他们得空偷觑一眼被男人围成一朵墨菊花蕊的钱芷彤，男人们是墨菊的瓣，层层叠叠，挤挤挨挨，她那张醉红的粉脸，是黑瓣中的那撮艳蕊。

钱芷彤被秘书寒冰扶着，醉眼乜斜，咯咯娇笑，她举着倒满茅台的青花瓷酒杯，甩开寒冰的手，提高声量说话：“在座的各位是我的校长、老师、校友、乡人，今晚我高兴，喝多了。有一句话却不是醉话，我，钱芷彤，是来创业的，来赚大钱的，请各位多多关照。有兴趣一起赚钱的呢，加入我们——”

她弯腰鞠躬，抬起身脖子一昂，啜尽杯里的酒，把酒杯底亮给大家：“来，感情深，一口闷。”又朝着四个方向连连抱拳作揖，一片叫好声似惊飞的雀群从四处扑啦啦飞起，在香烟缝里盘旋几圈后嗖地钻入人缝里消失殆尽。

等声音完全安静下来，钱芷彤又让寒冰给酒杯注满白酒，踉跄着踏上大包厢的小平台：

“香港人有句话，爹亲娘亲不如钱亲，爹娘有钱不如兜里有钱。在家靠父母，出门靠朋友。来，喝酒！感情铁，喝出血。”脖子一昂，酒杯见底，又是一片哗啦啦的叫好声。

政法委书记侧身问教育局长：“校长，这句话是香港人说的吗？我怎么觉得非常耳熟。”教育局长夏建明原是青山一中的校长，凡青山一中出来的学生都这么叫他，以显示嫡系门派。

夏建明哑着烟嗓嘎嘎笑：“是青山人的俗语，她说醉话呢。”

俩人看钱芷彤，见她两颊着了火似的，步履不稳，笑的声音像是坏了刹车片的汽车一路乱闯，便指着她一起乐呵：“这妮子真的喝高了。”

赵勤民怕钱芷彤喝醉了不好收场，赶紧叫寒冰扶她去小包厢休息。

“寒冰，把你们的纪念品发掉，时间差不多了。”

纪念品早就按不同的身份、级别准备好了的，而且都在外包装上写着名字，寒冰亲自督促着一一分发到各位手里，分毫不差。

寒冰推门进来，见钱芷彤坐在小包间的沙发上，目光清明，毫无醉意。她已换上自己的一套便装在喝茶。

“你没喝醉呀？”

钱芷彤鼻子哼着不言语。她海量，根本不会醉，而且海量的人再做些手脚，和醉字就更搭不上边了。她对自己当晚的表演相当满意——

一个只追求金钱利益、没有政治头脑的妖冶女人，香港老板的走狗，这个形象牢牢刻在这些官员的心里。

第二把火，利用一切关系，和青山市的官太太们成为好姐妹。

她从香港带回各种礼物，亲自上门拜访这些女人。搞定她们就等于搞定她们的丈夫，枕边风比任何风都管用。被虚荣心烧坏脑子的这些女人，得意洋洋，对她无不言听计从，穿着打扮，一应效仿。

她走进南海的办公室，解决与他的隔阂，一番话烫心烫肺，说得南海差点弹出泪来，前嫌冰释。

她说：“南海呀，我请你喝酒你不来，只得负荆请罪来了。”

南海嗖地涨红了脸，想起当初自己在她落难时，不接她的电话，她想借一百元钱，自己都不肯，臊得连话都说不出来。

钱芷彤又说：“那不是你的错，是我的命，总算还能见着你，这辈子没枉活。”钱芷彤的声音雾蒙蒙带着湿气。

南海的泪腺陡然涨满，赶紧起身倒茶，哽咽了许久才说：“你坐……坐……”

当然，她和南海的妻子也成了知心朋友。

第三把火，就是设立“绿洲助学基金会”，后来改为“英才工程”。

基金会规定：户籍在本市的贫困生，凡考上省重点中学——青山一中，均可得到基金会三年学杂费及每年三千元生活费的资助款项。凡考上重点大学的，可得到基金会在大学期间学费及每年五千元生活费的资助款项。

这把火，把青山市的犄角旮旯都点着，烧红了青山的整片天空。接连好几年，电视屏幕里经常出现钱芷彤拿着红丝带拦腰扎好的钱，一沓一沓递到排成队伍的学生手里的镜头。那神态说不尽的内敛优雅，一时变成青山市的热议话题，男人女人以一睹她的真人为幸事。青山市的贫困学子个个都把钱芷彤看作伯乐，学子的母亲们更把她尊作活菩萨。

“英才工程”之夜，是巅峰之夜。现在想起来的确太闹也太过了，那样的高调场面，恰恰为自己埋下了祸根。

青山体育场，镭射灯制造出琉璃晶莹的梦幻世界，红绿蓝黄紫的光束直射夜空，观众手里的荧光棒与台上的灯光相互呼应。在迪斯科音乐的轰鸣中，钱芷彤坐在花篮里从天徐徐降下，衣袂飘飘千般风流。她手握麦克风，女王那样俯临台下，祝贺第一届英才们考上大学，希望他们以后从大学毕业，回到青山报效社会。掌声雷动，台上台下一片光海。

多少人羡慕？多少人嫉妒？

钱芷彤从得意的往事中抽回思绪，想到现在自己身陷囹圄，整夜罚站厕所边，将来的命运又不知如何，不由得暗恨自己：早知今日，何必当初？

钱芷彤的睡铺紧挨厕所，夜夜被臭气熏得睡不着觉。那晚，不知吃了什么恶浊的东西，臭气在胃里一阵搅拌，直想呕吐。爬起身呕吐了几声，只吐出两口黄水，回到铺前，她的位子被旁边的大胖子女人占了。胖女人肚皮上的一堆肥肉都摊到她的铺位上，手臂叉开睡得很死。钱芷彤侧了身子挤进缝隙里，后背贴着墙壁，前胸被胖女人的手肘顶住。过一会儿她往胖女人那边挤一点，又过一会儿，又挤一点，慢慢地挤出可以束手仰躺的位子。还是想呕吐，她摸过两团纸塞住鼻孔，臭味倒是嗅不到了，但必须张大嘴巴吸气。一只蚊子在她嘴边嗡嗡飞，一吸气呛在喉咙里，大声咳吵醒了胖女人等几个人。胖女人一咕噜起身抡起小钵子样的拳头就砸，一边骂着：

“死不要脸的骚货，半夜不睡觉，穷折腾，皮痒了。”

“揍她，贱货。”

“揍,揍。揍残这骚货。”

几个女犯压上来拳脚相叠一顿狠揍。瘦骨伶仃的女人上来拉架,被踢翻在角落里。钱芷彤抱着头捂住脸蜷作一团左右翻滚,咬着牙齿任由打骂,拳头落在身上痛在心里。

她躺在铺上苦思冥想,突然醍醐灌顶,想清楚了命运究竟是个什么东西。命运就是一只古瓷碗,捧在手里是稀世宝贝,砸地上却是一堆碎片,一分不值的碎片。

她是怎么把自己的古瓷碗砸地上的呢?“贪婪”二字概括得尽吗?

三十六章

张彼得靠在床头，含笑怂恿钱芷彤：“想不想把事业做得更大一点?”

一听这话，钱芷彤的心窝像被捣了一狠拳，灼灼发烫。2008 年开年，房地产行情就走了下势。房产“拐点论”很闹人心，中央对房地产的调控依旧，赚大钱的好时光似乎已经消逝，钱芷彤正发着愁呢。

乍然间，一股热流从心窝涌上钱芷彤的脸颊，眼睛也随即发出奇亮。她一个鲤鱼翻身坐起盯住张彼得，仿佛在审视自己未来金钱王国的蓝图。

张彼得嘿嘿一笑，他知道自己点中了钱芷彤的命脉，戴上眼镜迎住她黑亮多情的眸子，仔细看那双眸子里自己变形的脸孔。

“怎么做大?”

“妙招。”

“几成风险?”

“没有风险。”

张彼得的淡定让钱芷彤的疑惑更深，她靠回床头哼一声：“不会设了陷阱让我跳吧?”

“我老乡在 GH 银行香港分行做事。是不是陷阱约他谈谈不就清楚了。”

钱芷彤颔首。

会面的地点约在一位资深企业家的高级私密会所。会所在上海最繁华的地段，张彼得携钱芷彤拐进一条侧路，走到一座雕花铁门前，摁铃，出示会员证。

进门，下了台阶，穿过点着夜灯的长甬道。甬道铺着黑色仿古石砖，夜灯从广玉兰和夹竹桃浓密的缝隙里幽幽放出白光。

一位靓丽可人的年轻女人从亮着白炽灯的高台阶上婀娜迎下,旗袍的开衩处时掀时落,隐出一段修长的白腿,嘴里吐出连串糯糯甜甜的上海话。

“张董,侬起啥地方了呀,想煞我了呀。”

张彼得拍拍那只伸过来的白手软语调笑:“啊哟哟,暖暖,侬伐要哄我好伐,害我得相思病。”张彼得说着做出一副得病的怪相,逗得年轻女子咯咯咯娇笑。

她朝钱芷彤笑一下,问张彼得:“辰光早,先参观一下下,好伐?”见张彼得点头,便转身轻摆着腰肢走上台阶。

张彼得将嘴巴贴着钱芷彤的耳朵,声音压得很低:“小秘,打理会所的。”一抹讥讽的笑挂在钱芷彤嘴边,不说也看得出,这个女人是靠着什么生活的,她有点悲悯这个女人。

暖暖姓白,上海本土人,服务生喊她白姐。

暖暖的高跟鞋小心踩在雪白的大理石台阶,台阶朝下盘旋,绕了一个大圈,一阵鼎沸的人声和着丝竹音乐灌入钱芷彤的耳内——到了地下酒吧。

俊秀的男服务生一见到暖暖,以为是一般常客,便闪着漂亮的眼睛机灵迎上来:“白姐,我来吧。”

暖暖做个回绝的手势,扫了一眼大厅,客人不少,凑在一起喝酒谈事,她叮嘱:“要保证每一位客人都满意。”

俊小伙鸡啄米似的点头。

钱芷彤见大厅里摆了十几张黑紫檀小圆桌,桌子周围有四张低矮的沙发椅,是当时上海酒吧流行的格局。她暗暗冷笑:真是糟蹋了这个好地方。

张彼得拉了一把钱芷彤,原来暖暖又摆着腰肢领他们走上另一侧的盘梯,直接上了三楼。

在三楼参观了一圈,他们又沿着窄窄的楼梯下到一楼,服务生进来告知:“白姐,2号准备妥当,请客人入室。”

2号是一楼一个小小的房间,私密性很好,里面陈设简洁,放着一张长形小茶几、三把藤靠椅,一盏白色水晶吊灯犹如开放的丁香花,一只碧绿色水晶蟾蜍不断朝外吐出丝丝白色的香气。靠窗有一张圆形红木小饭桌、三把高背红木椅，简洁精致。

到这里来的起码都是亿万以上身家的老板，在这样的屋舍里谈生意、论政治或者讲调情都是一种品位。人挣钱有时就是为了买一个虚名、图一个品位。这是有钱男人的主流意识。

坐在2号里的男人见他们进来，瞟了钱芷彤一眼，迎上来哈哈笑着捣了张彼得一拳，讲了一句台湾话："水哦。"张彼得仰头爽笑。

钱芷彤听不懂，但确知两个男人的话题肯定是她，她佯装不知，脸上含着浅笑静立一边。

张彼得为双方做了引荐。他指着那男人对钱芷彤说："华光明，GH投行香港分行私人银行客户经理。"

那男人不等张彼得给他做介绍，伸出胖墩墩的手笑吟吟看着钱芷彤："钱董对伐？久慕大名。叫我华仔。"

"华仔，别来虚的，把好事给钱董说说。"

华光明微笑，他问靠在沙发里的钱芷彤："钱董知道GH投行吗？"

钱芷彤点头："略微知道一点，在全球金融界赫赫有名，在中国有许多大手笔。"

"对，对，太对了。"

华光明为自己斟满一杯台湾高山梨花茶："家乡特产，纯手工制作，我带了两袋，彼得和你各一袋。"

钱芷彤欠身道谢。

华光明圆脸上有一双精亮的眼睛，此刻他专注地看着钱芷彤："钱董想把企业做到多大？是上市呢还是短期套利？"

钱芷彤谦和一笑："小本生意，没有上市的想法。"

"你的规模不小，彼得和我说过。不过先做短期套利也行。我这里有一款产品，热门得很，我给你介绍一下。"华光明抓了张纸，用笔在上面写着说着。

华光明介绍的产品英文名叫 Accumulator，累积股票高息认购票据。这种与股票挂钩的高息票据是非常复杂的衍生品合约，说白了，是收益有限风险无限的“剧毒”衍生票据，港交所前非执行董事韦伯曾呼吁投资银行停止发行，免得荼毒投资者。这是后话。

然而此时，华光明口吐莲花，引诱钱芷彤一步步踏入陷阱。

“钱董放心，香港的证券市场非常正规，绝没有欺诈交易、黑幕交易，这你是知道的。我们这款产品是专门为有钱的大客户设计的，保证金额最低五百万港币，时间一般是一年或两百五十个交易日。你若购买，我立马给你打折。现在股市已经下到这个点了，不买还等何时？”

钱芷彤好奇：“股票也有打折？”

“有。买入股票当日，我们投行会给你百分之十五的折让价。比如 GH 控股当日价一百四十港元，打折后一百二十港元，每天买入四百股，每天可赚八千港元。一年可赚多少？按两百五十个交易日计算，就是两百万港元。”

张彼得在边上叫起来：“喔唷，乖乖，百分之四十的年回报率，是银行半厘息的八十倍。”

华光明微笑不语，眨着精光贼亮的眼珠观察着钱芷彤。

钱芷彤的脸上已泛起阵阵潮红，橄榄形的双目透出一股攫取猎物的奇光。但她依旧很好地控制着情绪，端起茶杯慢慢嘬了一口。

华光明知道这仅是表面现象，她内心肯定已经欲火熊熊，正在掐算投资股票可获得的利润。这样的人，他见识得太多了。不过还需要在烈火上再浇点油。

“钱董，一年两百万港币的收益，仅仅是一个户头。如果投十个、一百个、一千个户头呢？那收益又是多少呢？”

钱芷彤盯着华光明，两腮俨然开出两朵桃红，这是欲望有望得到满足的快感带来的效应。她双目微眯，看向窗外，似乎看到一条由无数个两百万港币筑成的城堡，踏上去，那种感觉绝妙无比。

突然，她回过神来，让意识清醒了一下，端起茶润润干裂的嘴唇，淡淡一笑："这样的好事，华经理怎么就想到了我？"

"我负责中国的业务，量很大，买的人很多。再说了，你不是彼得的最爱吗？我和彼得是兄弟，肥水还能流入外人田呀。"华光明呵呵呵笑着说。

"彼得投了吗？"

"彼得在股票市场早就赚得流油了。"华光明抢在张彼得面前答复。

钱芷彤想了想问："这个 Accumulator，哦，阿 Q 产品，它的风险在哪里？"

"哪有风险哦。钱董，投了这个产品，你就等着躺在钞票上呼呼睡大觉吧。你知道的，我们投行的服务信誉在全球都是名列前茅的。连续四年被《商业周刊》评为外商银行第一名。"

华光明拿出合同，厚厚的一沓摆在桌上："要不先签个合同。"

钱芷彤翻了翻："全英文的，有中文版的吗？"

"没有。"

张彼得插话："这款产品有好几家银行在做，荷兰银行、瑞士银行、日本银行，花旗好像也在做，都只有英文版的。"

"钱董放心，合同都是统一制作的，不会有假。你们的房产合同不都是大同小异的吗？"华光明贼亮的眼睛眯笑着。

钱芷彤在心里掐指一算，这个产品的利润还真不低，短期做一年，百分之四十的利润，能和 2006 年火爆时的房地产相媲美了。如果投进几个亿，赚了就走的话，也不失为上策。

她微蹙眉头看着华光明："产品不错，但我目前没有流动资金呀。"

张彼得哈哈大笑："这点事能难倒你呀，没有资金可以筹集呀。"

"怎么筹？"

华光明说："钱董真是捧着金碗哭穷。"

"此话怎讲？请指教。"钱芷彤侧过脸目光炯炯盯住华光明。

"钱董手头有两块地待建，迪赛海滨别墅群已经差不多封顶了，还有市府边的步行街已在打地基。"

钱芷彤知道这些都是张彼得透露给他的，她瞟了一眼张彼得，张彼得马上解释："这又不是什么秘密，你在青山市大名鼎鼎，这些事随便问谁都知道。"

钱芷彤没理这个茬，转头对华光明叹苦："这些工程都张着大嘴等我往里喂钱呢。"

"这些工程就是金碗呀，你把金碗典当了，不就有钱了吗？"张彼得说完站起来。

白暖暖恰巧伸进头来问："张董，可以用餐了呀。"

"好，那就边吃边谈。"

三人坐到红木圆桌前，先上来的是一盘汤。汤盘是上等的白色骨瓷，几粒浑圆乳白的莲子漾在牛乳般的汤中，碧绿鲜嫩的几瓣小菜叶浮浮沉沉地在汤中游弋。

华光明率先替钱芷彤舀了一碗："这是经过改良的四神汤，用少量山药、莲子、芡实、茯苓熬在一起，我们台湾人很喜欢喝。"

钱芷彤没心思，喝了一口便放下，心里一直琢磨着怎样才能搞到钱。如果用未建好的房子换钱，在以前是可以的，开发商只要把房子的立体图、房间的平面结构图做出来就可以卖，行业内叫卖楼花。现在不行了，必须得建好地面一层才可以向银行贷款。再一个，这么做算不算民间融资？这可是大忌的事。

钱芷彤是个有抱负的女人，她要凭智慧和能力建构自己的金钱王国。男人能做的事，她也能做。人生就是一场残酷的搏斗，绝不能手软。

心里有事，她对一桌台湾美食只动了动筷子，做到不至于失礼。

告别出来，华光明在会所门口紧握住钱芷彤的手："钱董，机不可失时不再来，赚钱要分秒必争哦。我等你的回音。"

钱芷彤微笑不语。

坐进张彼得的宝马760时，她回身朝立在一边的华光明挥了下手。

一路上，她闷闷地不说话，出神地望着前面被七色灯光照亮的水泥路。强烈的欲望像一头困兽用利爪在挠着她的心脏，耳边响着煽动性极强的声音：

“要把企业做大，不和国际接轨永远不可能。

“和我们 GH 银行合作，是迈出去的第一步。

“如果投十亿，一年的收入就是三到四亿。”

钱芷彤只觉有一股强大的力量在推动她，逼迫她朝前走。她转过头坚定地对张彼得说：“我决定了。”

张彼得轻轻拍着方向盘，脸被各种夜灯照得瞬间万变，像鬼脸，咧嘴一笑时显得非常难看。

钱芷彤想笑，却没有笑出来。

她不知道，她的这一决定，是拍开地狱之门的第一叩。

第三十七章

钱芷彤在电话里布置企划部的朱启鸿立即着手融资工作。两天后她回到青山市,连夜召开密会。

钱芷彤目光锐利地扫视一眼手下,直奔主题:“诸位,历来的商家认为,发财的好机会有两个,一是战争,二是大规模的建设期。前者我们希望永远不要到来,而后者的机会正如落日西沉,连年的房产调控政策箍紧了我们的脖颈。我们怎么办?”

手下的人个个竖直耳朵听,钱芷彤停歇了一分钟,加大音量:“我们要自救,要走出国门,和国际金融机构联手。”

寒冰见缝插针拍马屁:“钱董这次去上海,就是和 GH 银行香港分行的客户经理谈投资的事。”

绿洲有限公司的会计老姚站起来说:“钱董,各位,我直肠子有啥说啥。公司已经腾不出钱来投资了!账面上虽然还有一个亿,但需要花出去的钱远远超过这个数字。新购买的两幅地急需订金五千万,昨日刚谈下的商业街经营权,也要保证金五百万,后期需要资金七千万。另外,建商贸大楼前期需要一个亿,还有后期的土地款。”

朱启鸿打断老姚:“这些钱董都知道,早就做好了融资的准备。”

钱芷彤朝朱启鸿示意:“把融资的情况给大家说一下。”

朱启鸿翻开笔记本,皱着眉头吭哧了半天:“嗯……融资的工作已经做了不少,但市民心里似乎有顾虑。嗯……到昨天为止进到账上的投资款才两千万。”

“什么顾虑?”钱芷彤竖起眼眉问。

朱启鸿急速瞟了一眼钱芷彤,不知该不该说,咳嗽了几声后才支支吾吾:“他们,只怕我们的融资和 1985 年的抬会、1988 年的平会如出一辙。说你母亲因平会判刑，只怕是……女承母业。”

“放屁！”钱芷彤火了，一拍桌子脸涨得血红，凌厉的目光凶凶地盯着朱启鸿，“你没把公司的投资项目预期产生的利润讲给市民听吗？我们的融资和抬会、平会本质上有着天地之差，我钱芷彤和农妇吴玉秀能同日而语吗？”

“讲了，都讲了。”朱启鸿的两鬓冒出细汗，“但市民的心理阴影很重。”

李靖马上出来解围：“钱董，我有个建议。我们销售部和企划部联手，把项目分割做成产品，这样，市民就可消除疑虑。”

“怎么分割？”

李靖把一份方案交给钱芷彤，她翻了几页后，朝李靖点点头，她拿着方案讲给大家听。

“李靖的方案大概是这样的，把项目分割做成产品出售。例如，步行街的店铺，以往的做法就是卖整间铺面，这样的话，限制了购买的面。现在我们将店面分成若干个小股，十万一股，市民只管投钱分红或拿利息，全部的事情由我们打理。”

钱芷彤说完见大家没什么大反应：“既然大家都没意见，就这么决定了。寒冰，拿去复印一下，大家讨论后再完善。”

钱芷彤信心满满地结束会议：“诸位，下星期一的推介会一定要做得漂亮。青山市民间资金储藏量很大，据专家保守估计至少有一千亿人民币。银行利率这么低，我们完全可以击败银行，吸纳民间的游散资金为我们公司所用。大家有没有信心？”

“有！”齐声回答后，是一阵热烈的掌声。

老姚的声音又不合时宜窜出来：“我不同意。”

掌声立时停歇，大家重新归位，本来热情洋溢的会议室被老姚这瓢冷水泼得直冒寒气，各人心绪不一地瞅住他。

钱芷彤气得火星直撞，又不好直接发作，坐在那里扯动嘴角似笑非笑看着老姚：“不同意什么？融资还是炒股？”

“不同意炒股。”

“说说你的理由。”

“还是老话,咱们腾不出资金,用钱的地方很多。钱董,各位,我们静下心来做好手头的事就行了。俗语说,蜈蚣百只脚也只走得一条道。”老姚挑动眼角的皱纹竭力劝说。

“老姚你搞搞清楚,到底谁是董事长?到底谁说了算?”钱芷彤冰冷的声音像一块硬石砸向老姚。

老姚惊讶注视着拉下脸的钱芷彤,还不死心,捏着老花镜的手不断地颤抖,涨红着脸反对:“反正炒股就是不行。不管钱是哪里来的,炒股就是赌博,绿洲赌不起呀。”

这个时候,钱芷彤如果收手的话还来得及。可她是钱芷彤,说一不二的强者,开弓哪有回头箭?

只见她的脸皮因愤怒慢慢变色,由红转青,眼睛射出一束冷光,厉声呵斥:“绿洲赌得起赌不起我说了算,轮不到你说三道四。”

全场气氛压抑,闷雷欲炸。

钱芷彤压制住上窜的怒火,深吸了一口气,冷着脸,眼睛盯着老姚:“姚会计这段时间累了,回家歇着吧。”说完挺直脊梁走出会议室。

大家万分惊讶,老姚说的也在理,就这么被炒了鱿鱼。这女人真的六亲不认?老姚可是她的亲表叔、绿洲的老功臣。但没人敢多一句嘴,一个个缩着头大气都不敢出,生怕老姚的厄运落到自己头上。

老姚发蒙了,脑袋嗡嗡响,瘫坐在椅子里浑身发虚,木木看着发完威的钱芷彤黑虎着脸走出会议室,很是难过:她是什么时候变得这么独断?明摆着不能做的事……真要一条道走到黑呀,唉!

第二天,独居老家的钱明和一早就赶到钱芷彤办公室里,他一开口钱芷彤就知道是老姚搬来的说客,不高兴了:“您老也来管闲事?这金融投资的事哪是您能管的?”

钱明和苦笑:“小雅,我大老远的来了,你就让我把要说的话说完,说的对你就听，说的不对就当风吹过，好不好？”

钱芷彤默然不语，钱明和拭了拭眼角的眵糊沉沉开口：“小雅啊，你的事业到底怎么样，你心里得有底。外人捧你抬你，那是对你有所图，自己万万不能先飘起来，你得稳住脚跟。”

钱芷彤一听，脸一红，语气生硬起来：“爸，我知道自己几斤几两，不用你来教训我。我三十六岁了，是阎王殿里也闯了不止一回的人，不怕的。”

钱明和听她这么说，心里很不是滋味，知道她心里的怨恨很重，一时恐怕消解不了。他一想到小雅的态度，脸上布满凄惶悲凉，心里的忧虑越来越重。小雅和她娘那时是一样的心气、一样的要强，这可怎么办？

钱芷彤见父亲神色不对，知道自己刚才的话有点过分，伤到老人的心了，便又赔着笑：“爸，你放心，我在商场混了这么多年，不会像我妈一样翻船的。”

钱明和的心一阵酸痛：“小雅，爸担心的正是这个，担心你太要强，干了不该干的事情。”

钱芷彤盯着父亲，很不乐意，把脸拉得老长：“爸，你是来咒我的吧，你巴不得女儿我出事吗？”

钱明和的心窝猛地被捣了一拳似的，他捂住胸口，料不到她竟会说出这等无情无义的话来。小雅已是一块泼不进水的石头，但不管她怎么反感，自己坚决要把话说完。

他猛烈咳嗽一阵，擦擦嘴角，满眼忧虑地看着女儿：“你老姚表叔说得对，你把青山的这摊子事情夯实、做圆满就可以了，为什么要把网撒到香港去，做那捕大鱼的美梦？”

钱芷彤忍无可忍，瞪圆了眼睛朝父亲嚷嚷：“老顽固、老保守，他知道什么叫炒股？都像你们这样前怕虎后怕狼，我还在深圳扫厕所呢。我的事业能有今天的规模呀？哼，我的金钱王国何时可建成？”

钱明和大吃一惊，追问：“你说什么？你再说一遍。”钱明和见钱芷彤搪塞，老泪便簌簌滚出来流湿了前衣襟，“你，你，不能贪心啊！贪心必定出大事。”

钱明和的眼泪没能挡住钱芷彤做事的决心，她有自信。钱明和是被吴玉秀搞怕了，一朝被蛇咬，十年怕井绳。她是钱芷彤，男人堆里滚出来的，明枪暗箭里练出来的，商界的天才女人。她能掌控整个局势。

想到这里，她很不高兴地打断钱明和：“等我出事后，爸你再来咒我、再来教训我不迟。”

钱明和气得簌簌发抖，用绝望的眼神望着固执的钱芷彤，嘶哑着嗓子喊叫：“等到出事，那就晚了。”

钱芷彤狠狠白了老父一眼，嘴角一撇，一缕讥讽含在嘴边：“恐怕会让您老失望的。”

“但愿如此，但愿如此——”钱明和抖抖地抚着发痛的胸口哭出声来。

绿洲公司的推介会在华侨饭店六楼如期召开。几十只镁光灯对准钱芷彤不停闪烁。

她优雅高贵，粉面含春，星眸带笑。

上千人的会场坐得满满当当。会议开始后，钱芷彤目光亲切，看着台下款款叙来：“我知道，大家现在最担心的是，我们绿洲公司的推介会和上世纪发生在青山市的抬会、平会一样。更有人说我钱芷彤类似当年的吴玉秀，纯粹搞资本运作，是诈骗。”

说音未落，会场里乍然起了一阵嗡嗡声，声音越来越响，仿佛潮水推涌着扑上沙滩。

媒体记者全都被钱芷彤的坦率惊住了，坐在钱芷彤左侧的副市长方行心里埋怨：真是哪壶不开提哪壶。但还是表情严肃地看着台下。

钱芷彤一摁手提电脑，悬挂在台中央上方的白色大屏幕里出现了一个表格。

“我们绿洲的行为和抬会、平会，有着天地之别。下面我从四个方面进行分析。

“首先,抬会、平会是纯粹资本运作,而绿洲是靠房产实体做依托,大家的资金是作为购买房产而进入市场的,有房产证为你保驾。

“第二,抬会、平会所许诺的高利,是采用拆东墙补西墙的手段,用新会员的钱垫付老会员的钱。而我们绿洲是将资金投入运营体系来产生新的利润,比如商业步行街使用权的出售,比如商品房的出售,等等。而我们给出的年利率百分之十二的价位,合情合理。

“第三,抬会、平会的保障体系与我们不同。前者靠的仅仅是人的诚信,一旦诚信崩塌,血本无归。而绿洲依靠的是科学制度,我们有强大的团队,有一系列经过商业前辈用实践证明了的可行性制度,有风险管理。我们后面还有青山市政府在监督着。方副市长坐这里为你们做主。”

钱芷彤说到这里侧头朝方行笑了一下,方行点头。此刻,方行代表着青山市政府,是投资者最大的靠山。

“第四,最重要的是,大家要看我们绿洲有没有赔偿力。不说一万,只说万一。喏,土地是搬不走的,房子是搬不走的,对吧?你们手里的房产证和合同就是铁的保障。”

钱芷彤柔中带刚的声音震慑了全场,有理有据的剖析除去人们心头的疑虑。她最后一番话含情带泪,犹如巨石投入深湖激起千层巨浪。

她说:“吴玉秀是我母亲,当年由于她的无知和操作上的不科学,严重伤害了乡亲们的感情,我在这里给大家赔罪。”钱芷彤朝台下鞠了三躬。

台下一片寂静,千双眼睛盯着钱芷彤。

台下坐着的人中,当年许多人都是抬会、平会的参与者,他们许多人为此付出过沉重的代价,时至今日疮疤依旧会发疼。有些人现如今还在负债,甚至到死都可能还不完债。

“我之所以选择青山作为投资的地方,从大道理上说,是为了帮助家乡发展,造福乡里。但更有我小小的私心,我是想替我母亲赎罪。”

方行带头鼓掌,立刻,掌声呼啦啦从各个角落响起,钱芷彤又朝台下鞠了三躬。

第二日，地、市各大报纸全都在头版刊登了钱芷彤在推介会上的大幅照片，和她一番感人肺腑的讲话。

胡立读着报纸冷笑，对关大东和副手三炮说："这妖女，装得可真像！哼哼，替吴玉秀赎罪，说得好听。有本事把吴玉秀吃进去的钱一五一十赔给大家。"

"大哥，今天一大早，绿洲公司门口足有千把人排队买产品，就是商品房和店铺。这妖精真有手段，先让人签购买合同，到时候不要产品，依旧有百分之十二的年利率可收，厉害吧？"三炮皱着眉头不无担忧地看着胡立。

胡立从牙缝里迸出一句话："我要她死无葬身之地。"

自清水湾的地皮被钱芷彤设计了圈套收购后，胡立就和她结下深仇。他咬碎牙咽不下这口气："这妖精是明火抢劫、落井下石，我和她没完。"

胡立只要一想起那事，胸腔里像关进几十只猫，不停被猫爪抓挠，百般不是滋味。

胡立在清水湾地块被钱芷彤收购后，心里的疑虑不散：怎么就那么巧，几件事情都凑成一堆？他和刚放出来的关大东合计，一定要查个水落石出。

关大东是清水湾本地人，虽然被撤了村主任的职，但人脉还是在的。于是暗查细访，终于找到了线索。

他坐在胡立对面，葫芦脸兴奋得发光："阿兄，找到线索了。村东的老瘸说，出事前有个这么高的男子，冷面冷脸，眼光很扎人，走路猫一样的。在村里前前后后出入了四五天，后来就发生了千名村民到市政府门前请愿的事。"

胡立竖起三角眼，放出凶狠的光："这个人肯定是侯东跃。你拿着他的照片去落实了！"

关大东把侯东跃的照片递到老瘸面前，老瘸端详了半天，说："就是他。"

关大东不放心，又拿着照片让十来个人指认，都说是这个人，这才来找胡立商量对策。

胡立恨得牙根痒痒，捶着桌子："最毒不过妇人心，她这是一石三鸟。"

关大东气红了脸，瞪着牛眼问："怎么个一石三鸟？我恨不得剐了这毒货。"

"她煽动村民请愿，你被纪委抓，我被逼得架在火上烤，这是一鸟。这第二鸟，名堂可就大了。由于市长下乡，值班的副市长李树魁没有出来见村民，却让公安局出动特警和村民交手，为此，许多副职被撸到原来的职位上了。李副市长和公安局长都受到处分。那些人曾经是她娘的办案人，这一石是替她娘打的。最后一鸟，清水湾的地块轻松落进她的腰包。"胡立掰着手指头说给关大东听。

"肠子真够毒的啊。呸！"关大东啐了一口痰，操起一把菜刀砍进桌面两寸深，"不报此仇不姓关！"

胡立冷笑："别逞匹夫之勇，我们……"

胡立拉过表弟，凑在他耳边嘀咕了半天，末了盯着关大东："怎么样？"

"好，就这么办。"关大东一拍大腿，牛眼火光四溅。

自此，胡立、关大东二人见了钱芷彤，表面上一副五体投地的恭顺模样，背地里牙齿咬得咯蹦响。每时每刻盯着她寻找她的短处，伺机报仇。

更厉害的是，胡立把钱芷彤挑唆村民闹事，一石三鸟的阴谋一五一十说给了副市长李树魁听。李树魁阴着脸一言不发，听后哈哈大笑，拍着胡立的肩膀："胡立，不要凭空猜测。钱芷彤再大的本事，她能挑唆全国的网民来攻击青山市政府吗？"

胡立阴阴一笑："钱芷彤派侯东跃到清水湾搞串联，侯东跃找到清水湾副村主任等人一挑唆，许诺扳倒关大东让他当村主任。还给每个参加示威的村民每人发补贴，答应一个月内发放土地指标钱。至于网民的事也不难，绿洲公司搞网络的大有人在。李副市长，您要不信，派人去核实一下吧。"

李树魁盯着胡立变化多端的三角眼半信半疑："哼，你不要把钱芷彤妖魔化，她没这么大本事。"

李树魁那天运气不好，正轮到值班，市长下乡巡查去了。他见千余村民在市政府门口吵吵闹闹要见市长，自己不便出去，一个电话打到公安局，公安局派特警队出来维持秩序。不料弄出这么大的动静，事后自己受到行政警告处分，停职反省。

李树魁当着胡立的面打着哈哈，背后却恨得咬牙切齿。和钱芷彤这仇算是结深了。

三炮见胡立和关大东沉默不语只管喝茶，阴阴地扫了扫胡立的三角眼，赔着小心提醒他："要搞死她恐怕有难度。她可比她娘强多了，硕士毕业，背后靠着香港大财团，青山市政府的领导里面又有老师又有校友，还有初恋情人南海，不可撼动的。"

胡立勃然大怒，把报纸捏成一团拍在桌上："不可撼动？她这么做就是自己找死。吸收公众资金进行投资，这和她娘当初的做法是换汤不换药。"

关大东晃着葫芦脑袋也有点发愁："也是，钱芷彤有房子、有地、有项目，资金在运转，怎么能一样呢？关键是，政府很支持。阿兄，你有把握吗？"

"她娘当初'东州金融实业家'的名号还是东州市领导颁发的呢。还不是倒闭了，被判刑了？"

"我觉得还是不一样。"三炮依旧不服，顶了一句。

胡立跳起来，一巴掌拍在三炮的后脑勺，大骂："你他妈到底向着谁呀？谁给你开工资呀？"

见三炮低下头瘪了气，胡立才又和缓下来："马上去深圳调查一下她在那里都干了什么。1988 年她跳玉溪被救活，逃去深圳，这么多年她在那里都干了什么，一五一十都摸清楚，搞不死她也要搞臭她。"

郑百家读着报纸，手指甲划过钱芷彤鞠躬的照片，目光阴鸷，自言自语："赎罪，怎么赎罪？能让死人复活吗？能让岁月倒流吗？能让疮疤平复吗？"

郑百家摘下眼镜，用衣服边擦了擦，眼角湿润，走到娘的遗像前低声劝慰："娘，您可好？您要忍耐。"

检察院起诉科许峰科长走进艾敏办公室，拿出报纸问她："艾书记，你看报纸了吗？苗头不对呀。"

艾敏沉着脸神情严肃，略一思考，看着徐峰："神经不要太紧，现在和抬会、平会那时形势不同，不能一概而论。从目前来看，还不能说明什么问题，你随时关注事情的进展，不要轻举妄动，打草惊蛇。"

"艾书记，你不会因为她是你同学就心软了吧？"

"干了我们这一行，没有心软一说，一切以法律为准绳。如果没有犯法，是仇人你也不能抓；如果犯了罪，亲娘老子也得抓。你说呢？"艾敏盯着许峰。

"那是，那是。"许峰站起身告辞。

许峰一直以来对钱芷彤怀着高度的警惕，他认定钱芷彤此番来者不善。他曾是吴玉秀平会案的副组长，李树魁是组长。他亲手负责调查吴玉秀的案子，又作为特别公诉人，对簿公堂，中院判了吴玉秀无期徒刑。钱芷彤岂有不为其娘报仇的道理？

他暗暗发誓：钱芷彤你千万别走你娘的老路，否则，我照样将你送进监狱。

在副市长李树魁的家里，许峰、公安局特警队队长韩志高、市委办公室主任牛春生四人闷头看报。

李树魁啪地放下报纸，一拍桌子："狐狸尾巴终于露出来了，吸纳公众存款这条罪，无论如何逃不掉了。"

韩志高冷不丁打出个响喷嚏，然后搓了搓鼻子说："她这么做肯定有什么依据的，先不要惊了她。"

牛春生兴奋地走来走去："我们趁机拔掉南海这根葱。让李副市长上。"

韩志高叱牛春生："猪脑，如果没有村民请愿一事说不定有可能，树魁不是因此事处分了吗？"

牛春生咧嘴笑："你才猪脑呢。处分？那是做给舆论看的，我们不是也被处分了吗？不是照常工作着吗？南海和钱芷彤的关系，必定可以做一番大文章。事在人为。”

许峰拧着眉盯着不停走动的牛春生，不同意他的兴奋：“春生你别晃了，我头晕。南海狡猾得很，你看着，钱芷彤一有事，溜得最快的就是他。他干这种事顶内行了，20 年前就干过。负荆请罪也没用。”

三个人听后都乱笑。明白许峰所指。

钱芷彤初回青山烧的第一把火是请吃送礼。她请了市四套班子及各局的一、二把手吃饭，大家都去了，唯独南海没到。钱芷彤主动上门找南海，她走进南海的办公室，一番烫心烫肺的话说得南海差点弹出泪来，冰释前嫌。

这个负荆请罪的段子在青山流传甚广，市政府大院里的人一般都知道。

李树魁跟着大家笑罢，又吩咐大家：“要静观其变，看她把集资的钱用在哪里，我们再做道理。”

许峰梗着脖子，两太阳穴的经络虫子般蠕动，一拱一拱伸入发际里，神情尤其激昂：“我要亲自割掉这颗资本主义的毒瘤。”

第三十八章

钱芷彤手下的李靖和宋宇，用客户购买商品房和店铺的合同，到工行办理个体按揭贷款。这样到手的资金有四个亿。

钱芷彤只顾沉浸在融资成功的喜悦里，哪里知道背后有这么多的暗箭，箭箭在弦，满弓待发。

2008 年 8 月份，她带着寒冰亲赴上海，和华光明签订投资 Accumulator 产品的合约。一百多页的合同，全英文印制。钱芷彤翻了几页，专业术语太深涩，不太好懂，索性就在华光明指定的地方一一签上名字。

华光明边殷勤地翻着文件边解释："这些都是银行开户时要求填的例行日常性文件，没有什么特别之处，放心好了。"

一星期后，钱芷彤让新上任的会计陈升把融资所得的三亿人民币打到 GH 香港分行私人银行绿洲公司的账户上。

第一个月，因股票行情上下波动不大，略有上浮，绿洲公司账面的利润是两千万港币。

然而，到了 2008 年 10 月 28 日，内地股市跌至 1664 点的本轮调整最低点，上证指数最大跌幅超过百分之七十。港股也在几日后节节败退。这是谁都无法预测到的事情。

这样一来，绿洲公司根据合约，不得不在第二个月开始双倍吸纳跌破行使价的股票。直接亏损每日三百万港币。

从 2008 年 12 月开始，GH 银行香港分行开始要求绿洲公司增加保证金，从口头催促到书面函件雪片般铺天盖地。

钱芷彤焦雷轰顶，立刻打电话给华光明，却不料华光明换了副事不关己的腔调，在电话那头慢慢悠悠劝道："股市下挫到低谷，谁都料想不到。保证金如果不打进来，银行就会强行处理掉你们先前的资产，就是平仓啦，那样就亏大了。还是咬咬牙坚持一下喽,形势总归会好起来的。”

钱芷彤气得双眉竖直,对着话筒责问:“华光明,你一副事不关己的腔调,什么意思?你把我们绿洲推火坑里就算完事了,你隔岸观火是吗?”

华光明在那头解释,钱芷彤甩掉话筒不听,直接又把电话挂到张彼得那里,发了一通脾气,放了狠话,要他赔偿。

张彼得在电话那头嘻嘻笑着:“侬有点伐讲道理了吧?投资是侬自家决定的,不关我的事好伐啦。”

“不是你的引荐,我怎么可能认识华光明?我怎么可能去投什么 Accumulator?我怀疑,你是不是收了他的好处费,替他当枪手,把我往死里整?”

张彼得在那头一惊一乍:“哎哟哟,又瞎讲了,又瞎讲了,这罪名我可不担的哦。”

“你绝对脱不了干系。”钱芷彤对着话筒愤怒叫喊。

骂完了,办法还得自己想。

她靠在椅背上,盯着电话机愣了半天:要不要打电话给文帅?犹豫再三还是拿起了话筒。

文帅在电话那头听了她的叙述,力劝钱芷彤不要担心,答应她马上去 GH 银行调查详细情况。文帅让她等三天,在这之前千万不要盲目行动。钱芷彤的脸发烫,心里惭愧有加。

三天到了,文帅那边音讯全无,GH 银行催命符一样往她这里寄账单。钱芷彤无奈,为了保住绿洲先前投进去的三亿人民币,召集中层干部以上人员开会,讨论要不要再投。

“投,等于往无底洞里扔钱。不投,三个亿就没了。”钱芷彤冷峻地看着大家。

每个人都在回避她的目光,谁都不肯站起来说话,谁都没有能力替钱芷彤分挑重担。钱芷彤失望地收回目光。

刚想说散会,文帅推门进来。一屋子人低低惊呼。他朝大家挥挥手,走到钱芷彤身边低声说了几句,然后走到会议室中间,打开手提电脑,面对会议室的全体人员说:“绿洲被 GH 投行骗了,被华光明骗了。”

“骗了? 怎么可能?”钱芷彤睁大眼睛问文帅,其他人也张大嘴巴望着文帅。

文帅逐一讲解:“这个产品英文名叫 Accumulator,中文名叫‘累积股票高息认购票据’,俗称‘阿 Q’。投行许诺给客户百分之四十的高回报,是有附加条件的。

“第一个条件,股价上升的上限是百分之三,投资者买入票据后,与之挂钩的股票价如果上升了三个点,假设股价从原来的一百四十港元升到一百四十五港元,便触发回收条件,合约马上终止,投资者不再享有股价继续上升带来的收益。当然,如果回收发生在票据发行的一个月内,银行也会让投资者最少赚到十六万港元。所以绿洲公司在第一个月盈利两千万港元。

“第二个条件,也是最可怕的,当股价大幅下跌时,投资者必须以双倍的股数购买下跌的股票。原先一个户头购买十万股,现在必须购买二十万股。这个黑洞深不见底,多数情况下,投资者赔出的钱是收益的十几倍。因此绿洲在第二个月亏损两亿多,一点都不奇怪。”

钱芷彤拍桌而立:“华光明根本没把这些条约告知我,只说是简单的买卖股票的合约。”

文帅点头:“是的,这是欺诈行为。投资银行在出售高息票据时,只强调百分之四十的高收益,对风险却披露不足,甚至隐瞒风险。受骗上当的人数很多,据不完全统计,大陆投资者在这个产品上的亏损在千亿美元以上。”

众人惊愕。

“我要告他们。”钱芷彤怒发冲冠。

“所以,必须立刻停止与 GH 银行香港分行的这个合约,并起诉他们,讨回损失。”文帅说完合上电脑,疲惫地坐进椅子里喝茶,五脏六腑又开始隐隐作痛。

会议采纳文帅的意见,做出决定:停止与 GH 银行香港分行的合约。由文帅代替绿洲聘请香港的律师,状告 GH 银行香港分行,争取将损失降到最低。

侯东跃立在会议室外等候，等钱芷彤走出来，尾随后面进了她办公室，垂手立在一边。

“有事啊？”钱芷彤揉着发胀的太阳穴抬眼看他。

侯东跃把一张小报放在她面前，一行猩红的楷体字触目惊心：华丽背后的辛酸——绿洲女老板深圳红舞女经历。

钱芷彤拿报细读——

十八岁的钱小雅曼妙可人，在复旦大学念大一，外经贸专业。1988年10月，她的人生起了逆转。其母吴玉秀平会倒会后，被会主抓获，随后被关押在青山看守所。其父带着情人卷款潜逃，可谓家破人散。

钱小雅经济来源断绝，初恋男友与其分手，一边还有被会主绑架的威胁。穷途末路，四面楚歌的钱小雅独闯深圳，进入“辉煌”夜总会当歌女。

……

一年后，钱小雅被深圳元丰房地产有限公司董事长劳国安看中，收为情人。四年后，钱小雅被带到香港，成为香港元丰集团总裁办公室秘书，实际上是作为性武器，为元丰攻克一个个商业堡垒。

……

钱芷彤从报纸上抬起头，眼睛都绿了，冷冷问：“谁干的？”

“三炮去深圳挖的消息，卖给报社的一名记者。记者用的是笔名。”

“调查清楚后，请他喝茶。”

“是。”侯东跃猫着腰侧身退出。

钱芷彤站在窗口，俯瞰青山市，蜿蜒的玉溪被夕阳照得亮堂堂，如铺了一条金光的水路。当年，她就是从玉溪跳下去，被下游的一个渔夫救上岸，途经上海再逃到深圳的。

一阵痛楚袭上她的心头，往事跟在她的后面跨过千山万水来到青山。

三炮挖过来的消息大致上是真实的。只不过，她在辉煌歌厅不是当歌女，而是端茶给客人的一般服务员。

20 世纪 80 年代末期，卡拉 OK 风靡深圳，KTV 包厢里陪唱的都是艺术院校出来的美女，十八岁的她无论在哪方面都不够档次。

到深圳后，她办了个假身份证，名字叫吴琼，做过许多工作：洗脚工、保姆、家教，最后在辉煌歌厅做服务员，工资很低，仅够租房吃饭。歌厅的许多女孩在下班后兼做夜陪赚钱，陪睡一夜抵得上做服务员一个月的工资。她却宁肯加班到天亮也不肯踏进那个地盘。

她被人嘲讽为假清高，傻女。

歌厅里打扫卫生的瘦大嫂劝她："你好呆瓜哦，这么漂亮，不趁年轻赚饱钱，像我皮黄肉松，想赚都赚不成。"

钱芷彤伸出变粗糙的手给瘦嫂看："我靠力气吃饭。"

"她们都说你是傻女，白长得和咪咪像，浪费了好皮肉。还有人讲，你眼界高，碰上财大气粗的肯定卖。"

钱芷彤悄声说："不卖，我要嫁给情投意合的男人。"

瘦嫂哧的一声笑："呆瓜哦，现在讲钱多。那个莉莉，还没有你长得好看，上星期跟一个六十岁的香港老板走了。"

钱芷彤鼻孔哼一声："我又不是没见过钱的人，成捆成堆都见过。凭自己的智慧赚钱，才有价值。"

"成捆成堆的钱？呀，你家开银行的？"瘦嫂哪儿都瘦瘪瘪的，只剩一双眼球精灵古怪地往外突，她死盯着钱芷彤问。

"不是。"钱芷彤恶狠狠切断瘦嫂艳羡的目光，心里被酸痛洇湿了一大片。

认识劳国安纯属偶然。

劳国安到辉煌歌厅是为了咪咪，她是金牌陪唱，二十一岁，高挑身材，圆臀细腰，肌肤雪白，一双黑溜溜的大眼睛油滑光亮，勾人魂魄，和钱芷彤倒有几分相似。金牌陪唱有一副唱不哑的金嗓子，当时在深圳和香港的有钱男人无不钦羡咪咪，求得咪咪的一夜陪唱非得出大钱不可。辉煌歌厅也因此红遍深港两地，生意火爆。

一日子夜，劳国安在包厢和咪咪厮混，他把咪咪搂抱在怀亲热："咪咪，你有旺夫相，认识你后，我的生意越做越顺，日进斗金哦，哈哈哈……"

咪咪娇声浪笑："那你还不赏我？"

劳国安狠狠亲了一口咪咪，摸出一只红丝绒盒子正待打开，两个穿黑褂子的帮派马仔破门而入，挥舞着雪亮的利刃直刺他的心窝。

咪咪吓得尖叫出声，花容失色。劳国安把咪咪往前一推一挡，趁机夺门逃命，左手臂还是被伸过来的刀尖划开一道五寸长的口子。俩马仔手握利器在后面急追。劳国安知道是自己这单生意出了事，他抢了人家的彩头。

逃至一楼，劳国安手捂血口迎头撞在钱芷彤身上，嘴里喊着："救我救我。"钱芷彤当晚因打碎了茶具被罚扫厕所，见一中年男子捂住流血的胳膊撞上来，一边张大恐怖的眼睛哀求她救命。情急之下来不及思考，她一把将他推进杂物间，用白桌布椅套等物胡乱压住，然后回到女厕所门口涮拖把。

俩穿黑褂的马仔急急追过来，前后看不见劳国安的影子，拦住钱芷彤，雪亮的匕首在她眼前直晃："说，是不是有个黑脸大汉从这儿逃走了？"

钱芷彤手虚虚往北门一指，俩马仔咚地蹿出去追赶。钱芷彤转身一脚跨到杂物间，拖出劳国安，心脏擂鼓似的跳，手脚发软，嘴巴干得没有一点唾沫星，赶紧把他推到南边的侧门，用手指了指门外，声音发哑："快，快逃。"

俩马仔追不着人，回头找钱芷彤算账，劈胸揪住她的衣襟破口大骂："你个死女人，人肯定是你放走的。"

钱芷彤惊慌得说不出话，只"啊啊"叫着摇着手。眉毛上有刀疤的矮个马仔，伸过匕首，刀尖顶住钱芷彤的喉咙："不说是不是？我一刀捅死你。"

钱芷彤哇啦哇啦大哭，吓得乱抖，脖子上一阵冰冷的刺痛，好像有一只小虫顺着脖颈爬下来。围过来的员工惊叫：

“流血了，流血了。”

“啊呀，见红了。”

辉煌夜总会的经理紧脚赶到，上来赔礼说好话，趁势捧住马仔那只拿匕首的手臂，刀离了脖子，钱芷彤扑通一下软倒在地。经理一使眼色，几个员工架起她就走。

劳国安脱险后，请沙嘴的大帮派头目阿水出面调停了这件事。一个月后，劳国安回来谢钱芷彤。她脖颈上的伤疤刚剥了痂皮，露出嫩红的新肉。劳国安豪爽地说：“客套话我就不讲了，你就说怎么谢你吧？”

劳国安问她要什么，金银珊瑚钻石水晶玛瑙首饰随便挑，房子、汽车或者票子都可以。

钱芷彤摸着伤疤低头想了想，抬起头扑闪着含羞草似的长睫毛开口：“我想读大学，外贸专业。”

劳国安盯着钱芷彤上下细察，这妞和咪咪还真有点像，长胳膊长腿，那眼睛很特别，长睫毛围着的瞳子像两颗泡在绿水里的黑宝石，那绿水又随时可能溢出来的样子，神情带着哀伤和恐惧，像一头受过惊吓的幼鹿。不过，她胆识可是比咪咪强多了，像阿庆嫂，那个在日本兵眼皮底下救人的女共产党员。要不是这小妮子舍命相救，自己说不定早在奈何桥边喝黄汤了。

他听完钱芷彤的要求，哈哈一笑：“你很特别呀，不要东西，却要读书。好，我答应你。不过，一边工作一边读夜大更好。”

劳国安心中窃喜，这妞是个要强的人，是那类要点石成金那根指头的主。这可是他的福星，好好栽培，定能助他日进千金、万金。

“夜大？”钱芷彤料不到劳国安这么说。

“读公关专业。三年不谈恋爱，毕业后必须为我工作。”

钱芷彤突然涨红了脸，眼睛乌愣愣直逼黑脸：“卖身？”

“哈哈哈,是帮助我。只要五年,五年后你自由选择,不管是走是留,随你高兴。要创业我给你启动资金。怎么样?”

钱芷彤眯起黑瞳,足足看了劳国安五分钟,突然问:“要订合同吗?”

劳国安大笑:“君子一言,驷马难追。”

钱芷彤在夜大读完本科,劳国安已在香港安营扎寨,但大部分业务还在深圳。劳国安又将钱芷彤送进香港大学做短期培训,把她打造成攻关型人才,又把她从头到脚武装起来,为她购买公寓,配备轿车。

在香港秋水苑2109室公寓内,钱芷彤一边涂着指甲一边问劳国安:“这么待见我,该我出场了?”

“晚上有个饭局,请的是关键人物周淮海,他手里有个大项目,估计有几个亿的利润,竞争的公司至少有三家。”劳国安喝着茶看钱芷彤的反应。

钱芷彤涂完手指涂脚趾,随口问道:“他有什么特别之处?”

“喜欢‘完瓜’。”

钱芷彤的脸一红,低头继续涂抹油彩,低低应道:“哦。”

“事成之后,百分之一的提成。”

“加一个零。”

劳国安一愣,随即大笑:“君子一言,驷马难追。”

攻下两亿利润的工程,对钱芷彤的公关生涯而言仅仅是一个开端,因为是第一次,所以刻骨铭心。

那晚饭局的关键人物并没露面,来个电话告诉劳国安把钱芷彤送到某个地方,由他的司机来接。

劳国安有点不安,拉过钱芷彤到一边仔细吩咐着:“周淮海善变,心机很深,千万要多长个心眼,不见老鹰不放兔子,此番成败都在于你。”说完还用大手掌沉重地拍拍钱芷彤的胳膊以示担忧。

钱芷彤轻咬嘴唇只点头没说话。

她心里有种莫名的激动,又有几分紧张。荆轲刺秦王之前是不是这种心态呢？她坐在车内，大脑迅速转动，翻找公关事例。本来她已经准备好用酒量来赢得这项工程的，她有酒量，又做了充分的准备。

看来事情并没有这么简单。毕竟，那是一块争夺激烈的大肥肉，对手都是些久经沙场的猎豹。

黑色奥迪 A6 载着钱芷彤开进一个高档小区，转了几个弯把她放在一栋别墅前掉头开走了。

钱芷彤下车后，打量了一下，哥特式的门廊、黑紫木门。她朝四周瞄了瞄，黑洞洞的，路灯很暗，隐在密匝匝的树缝里，像一只瞄准她的枪口。

她理理鬓发，深嘘一口长气，款款上去按门铃。门自动打开，她走进去，一楼客厅中间一盏水晶吊灯亮着，足有上万颗水晶珠，每一颗都发出柔和的光。她尽量淡定，此时肯定有一双眼睛正在某个地方窥探她。

钱芷彤站在一圈黑色意大利真皮沙发后面，沙发的左尽头是一个欧式壁炉，右手一面雪白的墙壁上挂着巨幅油画《格尔尼卡》。

钱芷彤站在画像前，端详画里被炸飞的断腿断手、变形的马头、悲痛哭喊的妇人，猜测着周淮海其人的性格。

感觉到身边有呼吸声，钱芷彤转过脸，一个四十岁左右的儒雅男子立在一边，白净瓜子脸，黑眉，凹鼻，薄唇。

“你也喜欢毕加索？”尖细的声音。

钱芷彤笑而不答，她不知道面前这个男人是喜欢她懂还是喜欢她不懂。

公关，从某种意义上来说，就是攻心。香港大学的教授反复强调，公关就是一场心理战，当你掌控了对手的性格和心理，那么，势在必得。

周淮海倒是直截了当：“你们劳董派你来和我谈工程，你想怎么谈？”

周淮海在心里暗讽劳国安，竟然派这么个黄毛丫头来，未免太轻敌了吧。另两家可是在他身上做足了戏的。他吸着雪茄，笑眯眯看着钱芷彤略显羞涩的脸，觉得好玩。

钱芷彤马上感觉到，周淮海的性格中有猎奇的成分，貌似坦率其实阴险多疑，只有吊足他的好奇心，剔除他的防备心，才能激起他对她探究的兴趣，坐下来和她谈工程的事。

她不接他的话头,指着《格尔尼卡》对周淮海笑着说:“刚才周局不是问我是否喜欢毕加索吗? 很不喜欢。从绘画的角度评析,毕加索是旷世天才,尤其是这幅画为他赢得了极大的荣誉。但,从女人的角度看,毕加索却是魔鬼。凡被他沾手的女人下场都很悲惨,不是死就是疯。他创作《格尔尼卡》时期的情人、艺术伴侣多拉马尔也精神崩溃。”

周淮海更觉得好玩,笑问:“你们劳董把你送到这里,不是想把我变成魔鬼吧?”

钱芷彤凝眸周淮海:“我怎么觉得,您是怜香惜玉的贾宝玉。”

“哦?”

“我们劳董派我来,是因为您不喜欢男人的污浊气,您甚至说过,女儿身是水做的。而我,女儿洁净身,来之前,沐浴斋戒。您不喜欢吗?”

钱芷彤的黑眸波光流转,坐在那里双脚并拢,短裙的长度恰好露出浑圆雪白的膝盖,纤纤玉指并放在膝盖上,低着头,娇声细语缓缓说出上面这番话。

话里的意思够明白的。

“我说过这些话吗?”很显然,这番话撩拨得周淮海心内发痒,又爆出一番大笑来。

周淮海蹲到浑圆的膝盖前,轻轻摩挲,继而慢慢向大腿移去。周淮海长了一双丰厚绵软的花手,有这种手相的男人好色,最终会栽在女人手里。

钱芷彤被这双手一抚,全身一阵触电似的痉挛,但想到自己是带着任务来的,要从这个男人手里拿下几个亿的工程,必然有一番艰巨的较量。她细腰一挺,裙裾轻飘,人已立在一旁,那段白笋似的粉嫩大腿,被落下的裙边掩住。

周淮海斜眼望去,小女子绿荷亭立,雪肤晶莹,两腮泛羞,丰乳随着喘气微微起伏,黑瞳闪出机警的光盯住周淮海,像只怕人的小兽随时准备转身逃去。

周淮海又是大笑，靠到沙发上问："你们劳董派你来，没给你交代清任务吗？"

"劳董说，您答应给工程项目，我才可以让您拥抱。"钱芷彤干脆就来一个彻底的天真。

周淮海大笑不止，劳国安竟然派这么个傻丫头来，真是好玩死了。他张开双臂朝钱芷彤走过去："先拥抱。"

裙裾又是一飘，钱芷彤苗条灵活的身子顷刻跳至一盆剑兰架的后面，只伸出一半的脑袋："先谈。"

周淮海追过去，那身影一闪一跳，接着钱芷彤干脆把高跟鞋甩在一旁赤脚在地毯上奔跑，像只野兔在各个房间进出，一会儿就不见踪影。

男人的心火即刻被点燃，熊熊烧至全身，顿觉青春勃发、心花怒放，更觉好玩有趣。浸淫官场多年，钩心斗角的事干得多了，像这种轻松愉悦的捉迷藏游戏，还是小学时候玩过的。

周淮海摘下一把挂在墙上的装饰步枪，把挂在一起的迷彩帽倒扣在脑袋上，像越战时期搜索猫耳洞那样，也甩了鞋只穿袜子上楼搜索。他今天才发觉，偌大的别墅，玩这种对垒游戏还真是很对路的，大小二十来间房，犄角旮旯的地方藏起个把人来，还真的不好寻。

钱芷彤躲在二楼主卧的壁橱里，开着一条缝隙窥视周淮海的动静。这个房间的家具全都是用海南黄梨木打造，树木特有的香气直往她的鼻孔里钻。

周淮海端着枪蹑手蹑脚走进来，他闻到人气了。等搜索完卫生间、门后，然后看着壁橱咧嘴一笑，壁橱门松开一条缝隙，傻丫头一定藏在里面。

钱芷彤知道，现在绝对不能被这个男人捉住，工程的事八字没一撇呢。她趁着周淮海眨眼睛的空当，把一件羊绒大衣盖头劈脸裹上去，一扭身，嗖地蹿出门去，风一样刮到地下室。

只觉有一股牛乳的清芬从鼻边飘过，仿佛婴儿般天然的体味，周淮海深深吸进肺里，大笑着追过去。

地下层五百平方米大小，是游乐区，澳门娱乐厅的各种赌博设施在此应有尽有。在东北角，还有一个储藏名贵红酒的恒温室，常年保持着 25 摄氏度，这傻丫头一定躲进里面了。

周淮海悄悄推开紧闭的门，探进半个身子。

突然，一根硬硬的东西顶住后背，一声娇喝："举起手来，你被俘虏了。"

牛乳的清芬一阵一阵飘过来，周淮海贪婪地吮吸着，来不及回头，一根绳子迅捷地套进他的脖子从后背捆住了他的双手，他被推坐在一张圆形藤椅上。

钱芷彤整理着散乱的头发，娇喘吁吁看着周淮海的眼睛："谈谈？"

周淮海斜睨着她笑："谈吧。"

他颇有兴味看着这个小女子，看她到底有多大能耐，看她怎么收场。

"你把工程给我们，你的分成是这个。"钱芷彤伸出三个指头。

周淮海笑着摇头。

"五？"

周淮海继续摇头。

"我给你表演个节目吧。"钱芷彤见周淮海的胃口很大，想缓和一下气氛，先给他一点颜色看看。

她脱下外套，褪下短裙，只剩闪着珠光的黑色胸罩和三角短裤，肌肤洁白闪着细瓷的光泽，整个人像一条剥去青皮的嫩柳枝。

她一按影视厅里先锋音响的旋钮，手鼓铃铛伴着印巴元素的音乐响起，钱芷彤扭着圆润光滑的小腹，摆着细腰，在手鼓声里跳着肚皮舞。妖冶的媚眼不断抛向周淮海。

周淮海随着音乐摇晃着脑袋，迷彩帽一颠一颠的。

跳完肚皮舞，钱芷彤穿回衣服问：

"十，可以吗？"

周淮海笑盯着她不回话。

"这样吧，我等您考虑好了再来。"

钱芷彤又恢复到原先的娴静，她坐在长藤椅上给司机打电话，让到这里来接她。当钱芷彤准确报出小区名、别墅号以及路线时，周淮海暗惊，这不是有备而来就是记忆天才，而这里，通常知道的人非常少。

周淮海这才觉得这女子一点都不傻，甚至不一般，她在这么短的时间里，就掌握了他的性格，熟悉了他的习惯，并且对他家里的情况了如指掌。

他饶有兴味地问钱芷彤："钱秘书打算绑我到天亮？"

"你是越战特种部队出身，难不倒你的。"

钱芷彤临走，走过来，搂住周淮海的头贴到胸口，娇声说："有所冒犯，您别介意。爱你哦！"并给他一个深吻，婴儿的乳香再次攻击他的感官，他深深吸了一口，吧唧着嘴唇贪婪微笑。

钱芷彤的一系列表现加上百分之十的回扣，已经让周淮海心有所动。不过他还要看看这个小女子做事是否真的牢靠。他周淮海不能失脚。所以一个多月都没有动静。

考验了数次后，他才决定再次与她谈项目的事。谈了几个回合，又冷落下来不见动静。

几乎要绝望了，钱芷彤第五次接到周淮海打来的电话，邀她谈工程的事，时间、地点照旧。钱芷彤心里怦怦直跳，神啊，助我成功。

她把自己从头到脚洁净一番，作为羔羊祭献给财神爷周淮海。

身下的床单洁白如雪，洇染出杜鹃花一样的鲜血，格外显眼。

周淮海终于相信劳国安送来的的确是一只"完瓜"，这才下定了决心。因为当两个男女的利益绑在一起的时候，性，通常是黏合剂。他得防着劳国安这个老贼。

"破瓜"，与"开苞"同义，指处女的初夜。许多有钱有权的男人以此为荣，以此为乐，以为可以借此获得政治上的光明前景、生意上的好彩头。

钱芷彤用被子捂住羞怯的脸部，只用一双黑亮的眸子盯着他，心里嘲笑周淮海傻帽。

周淮海可真是心花灿烂，他吻了吻钱芷彤光洁的大脑门，当即凑到她耳边,把标底告诉她。

这场交易,钱芷彤付出的不仅是心血,还有她的灵魂、她对传统的守护。当然,她的存款单上多了两千万人民币。两千万人民币,当年她母亲就栽在这上面,弄得家破人亡。那一夜,她捧着这张存单哭了个通宵,算是和以往的岁月做个了断。

自此开始,她再无顾虑,上苍赋予她美貌和智慧,天降大任于她,是让她创造价值,完成她构建金钱王国的梦想,而不是做普通庸俗的女人。

克莱欧佩特拉,知道吗?埃及艳后,像她那样傲视这个世界。

钱,是可以止疼的。钱小雅从此将名字正式改为钱芷彤。

第三十九章

好像有人专门在背后与她钱芷彤唱对台戏，还来不及请报社的记者喝茶，《青山日报》头版登出一则惊人的新闻——绿洲公司，海外炒股亏空购房集资款三亿人民币。

这还了得？亏空购房集资款，这不是天大的罪名吗？钱芷彤手握报纸压住怒火，一通电话打遍市委、市政府领导。

电话的内容大同小异：这个报道是虚假的，报社要负责。这个报道已经造成社会混乱，绿洲的客户现在聚集绿洲闹事，影响交通和正常的办公，请领导出面维持局面。如果在“集资款”三字后再加上“非法”二字，我钱芷彤是不是该枪毙了呀？这罪名我可不担。别忘了，我们绿洲对青山的发展是有贡献的，我们是青山的纳税大户，直接拉动青山的 GDP 呢。

钱芷彤得到的回答只是泛泛的，对口负责的方行竟然在电话里支吾再三，根本没有了前面的爽快。市委副书记南海的电话打不通，据说去省里开会了，谁知真假。

她扔了电话就骂，骂这些人都是些白眼狼、势利眼，没事时个个点头哈腰你好我好，有了事躲得精光，避瘟神啊？

她骂南海不是男人，一到关键时刻就稀松，初恋时这样，二十年后还这样。这是个极端自私自利的家伙。

本来嘛，人不为己天诛地灭，谁能真的为你承担什么？谁又会来拯救你？大难临头，同林鸟各自飞，何况南海？利益共同体，没有永远的朋友。朋友可以变为敌人，因为你触犯了他们的利益。

多行不义必自毙，如果没有好好记住这个教训，还能怨谁呢？

当然，钱芷彤不会被这么一条报道吓倒，她咬着嘴唇骨碌碌转着眼睛思忖。只要没有触犯法律就不用怕,任何事情都是双面的,可以这么说也可以那么说,手里只要捏着一条理由,凭她一张巧嘴吧唧吧唧定能把事情讲得鲜花盛开,叫人信服。问题是要看领导是否愿意听。

钱芷彤忽然想起还有一件事必须马上办。她急急唤来郑百家,不等他坐定,便问:"旷达的负债报表做好了吗?"

"早做好了。"

郑百家把负债报表放到钱芷彤的办公桌上,退回来坐进沙发里,眼睛瞟着钱芷彤。

钱芷彤粗粗看了眼还算满意,抬头望着郑百家的断腿眼镜:"账都轧平了吗?"

"钱董放心,都办妥了。没有一丝漏洞,来十个张彼得也查不出来。"

郑百家的嘴边滑过一丝冷酷的嘲讽。

钱芷彤舒出一口气,惬意地靠到真皮椅上:"张彼得,你就等着哭吧。哈哈哈……"

"不过钱董,张彼得亏空这么多钱,会善罢甘休吗?"

"投资有风险,亏空很正常嘛。张彼得是个生意人,他会不懂吗?"

"根据市场分析,还是可以寻到蛛丝马迹的。现在还来得及。"郑百家盯着得意洋洋的钱芷彤提醒她。

钱芷彤回盯了郑百家一眼:"来得及什么?重新把账目做回去?你做的账你不说鬼都查不出来,除非你自己透露出去。"

虽然是一句玩笑话,却震得郑百家的心里裂开许多条缝,他赶紧低了头喝茶。

"放心,这是青山市,我的地盘。他张彼得能翻起什么大浪呀?再说,他要对绿洲的亏空负责任,这是他必须付出的代价。"

钱芷彤冷笑一声,跷起食指戳向虚空,仿佛张彼得就立在那里。

郑百家心说,我可提醒你了,你要怎么做,我拦不住你。

钱芷彤没去注意郑百家的神态,她被自己织就的蚕茧重重围住,听不见其他的声音。

秦碧波噔噔噔冲进来,把报纸哗啦一下丢她跟前。

“解释一下,这是怎么回事?”

钱芷彤横一眼报纸上的标题,反问秦碧波:“我还想问你呢。你们报社写新闻都这么捕风捉影吗?”

秦碧波狐疑地盯着钱芷彤深幽幽的眼睛:“芷彤,真人面前不说假话噢,真有此事,你赶紧修补。我听说,背后整你黑材料的人可是有些年头了。”

钱芷彤昂了昂头冷笑:“我做事光明正大,不怕有人整材料。叫他们整好了。”

“我可提醒你了,你别嘴硬,有事没事你心里清楚,自己早点划算好,别死撑,临了……”秦碧波瞪着眼睛说不下去了,她像看陌生人那样瞥了钱芷彤一眼,转身噔噔噔走了。

钱芷彤却像掉进冰窟窿里,脑子一团漆黑,一时想不清接下来的路该往哪里走。事情怎么就走到这步田地呢?怎么一下子就有这么多的人出来和她作对呢?

她仿佛立在刀尖上,只要刀尖顺着肛门进去一直穿透头顶,她就成了人肉串烧了。有人正打算把她做成人肉串烧。不行,坚决不行,不能就这么败下来。不就是亏空三个亿嘛,水来土掩,兵来将挡。张彼得就是掩水的土、挡兵的将。

钱芷彤抖擞起精神,两眼放出烈光,走出办公室。

张彼得收到旷达公司寄送的负债明细报表,急吼吼带了财务总监和副手连夜从上海赶到青山市。

他瞪着布满血丝的红眼责问钱芷彤:“我一直关注着青山市的房地产市场,2007 年微涨,2008 年基本保持原状,根本不存在亏空一说。我的六千万美金竟然在两年不到的时间里亏了一半？肯定是你在使诈。”

张彼得边说边用力拍着桌子，无框眼镜滑到鼻尖上，额角披下的头发鸟翅似的忽上忽下，他撩一下又滑下来，来回撩来回滑，衣服皱皱巴巴，全然没了往日温文尔雅的风度。

钱芷彤觉得很滑稽，男人在钱面前比女人还要失态，真像一条逼急的疯狗。她斜睇一眼张彼得，嘴角露出浅浅的笑。

张彼得的反应完全在她预料之中，于是她就开始半嗔半恼板着脸诉苦：

“你是不当家不知柴米贵吧？连年的房产调控政策紧箍咒似的掐着房企的脖子，房子卖不出去，这么多项目只能上不能下，建材却天天涨，人工也天天涨，拍回的土地不能存放，囤地的罪名是担不起的，对吧？所以，勒紧裤腰带还得上。

“不知你2007年房价微涨的说法来自何处？房地产‘拐点论’一出，全国的房价一路下滑，青山人精明透顶，捏馊了钱也不买房。”

张彼得被钱芷彤这么一说，火头挫低了许多，坐到沙发上呼哧呼哧喘大气。

钱芷彤端起泡着灵峰毛尖的青瓷盖碗，递到张彼得手里，用一只柔手扫过他的手背。张彼得心里一痒，低头喝茶，熊熊大火扑得只剩下一点火星星了。

钱芷彤接了个电话，她放下话筒朝张彼得摊开双手：“这不，银行又来逼债。唉，我都快成杨白劳了。公司百多张嘴等着吃饭，物价是天天涨的。政府部门要不要打点哪，这你比我清楚，对吧？现在公司成了吃钱的老虎机，哪有不亏的道理？”

一听这话，张彼得心头的火苗嗖一下蹭到头顶，他把茶碗重重摔在梨花木茶几上，血红的眼睛瞪着钱芷彤，声音震得办公室嗡嗡响：

“我要查账，如果确实像你说的那样，我无话可说。如果你在使诈，我饶不了你——”

钱芷彤盯了张彼得一眼，爽快答应：“行。”

她转头告诉寒冰："通知财务，让他把2007、2008两年的账本整出来，供张董审查。"

她站起身吩咐："寒冰，好好招待张董，他可是咱们的老朋友。"又眼含微笑对张彼得告假，"恕我不能奉陪。如果张董查出什么问题，可以告诉寒冰总经理，也可以告诉我。"

张彼得见她扭着细腰圆臀，踩着模特步走出办公室，对着她的背影发毒誓：你若使诈，决不饶你。

钱芷彤对查账根本不慌，早就等着他了，她是不打无准备之仗的。

况且她对郑百家的办事能力和忠诚没有半点疑心。

郑百家做的账，天衣无缝，没有半丝纰漏。上回，从绿洲转账到香港红杉国际，再转到两百个全国的散户上，最后又陆续转到旷达账上。那件事办得可是空前地漂亮，像一只刺猬，让元丰的少总裁劳俊想咬却无从下口，最终成为一个死结。

钱芷彤认为，郑百家的忠诚度仅次于侯东跃。钱芷彤不认为这是她投之以桃，他报之以李的结果，而是利益的要害击中了他的死穴——郑百家嗜钱如命，他自嘲说自己是世界第五大吝啬鬼。

她每年都给郑百家加薪，还给了他千分之一的干股。不出半分钱坐等分红，郑百家即使想背叛她，也绝对不会背叛金钱的。

她完全可以放心睡大觉，在华光明手里亏空的钱，从张彼得兜里补回来。

钱芷彤得意地哼出声来：这世上，没有我摆不平的事情。

2009年2月末，《青山日报》再次爆出新闻——绿洲公司一房二卖，高管被调查。

报纸发行不到一个小时，绿洲公司的大门口已经围满清水湾一期的业主。他们手里揣着合同，拥进大厅，四五个保安怎么拦都没拦住。

几百人坐在大会议室里，要求钱芷彤董事长立即给予解释。

胡立压低鸭舌帽的帽檐遮住脸，躲在人群里，尖着嗓门叽叽喳喳鼓动着人们上市委讨说法："一房二卖是千真万确的事，钱芷彤肯定逃了呗。走哇，干等个卵啊，到市委去，让他们保障老百姓的权益。"

关大东嗷嗷喊着带头蹿出去，后面几百人陆续相跟着朝市委走去。

钱芷彤站在三楼的窗口看着走到街上的业主，这是股泛滥的洪水，市委一定会被冲出大窟窿，她得赶紧想办法去堵。

她感到极度地虚弱渺小，她就像一粒沙子，被这股汹涌的潮水冲荡到角落里，束手无策。

此时，她才意识到，她的敌人早已举枪对准她的后背，发了三枪，最后这一枪几乎更直接更致命。

一房二卖，法律上属于"骗贷罪"，钱芷彤作为法人，难辞其咎。

她知道肯定出了内鬼。一房二贷的事情，由李靖和宋宇二人操作，没有第四人知道，因为资金紧张，所以就出了这个计策。

贷款很顺利，工行方面也没有任何异议，房管处也备了案，一年多了，一直都没问题的。现在突然被曝光，李靖被带走，到底哪里出了差错？接下来会怎样呢？

侯东跃敲门进来，垂手低语：

"李靖昨夜全招了，至于下面的情况，那人不肯再透露，好处费也不要了，他说就此结束吧。"

"哼，我还没倒呢，就这么势利了？"

"宋宇已经躲掉，如果只有李靖一人的口供，定不了案的。你马上离开这里，避过风头再说。"侯东跃的声音轻得如在叹息，却充满了硬度。

如果这时候，钱芷彤肯听侯东跃的话，暂时躲开去，避过风头后再做道理，估计她的命运不会这样。可她这十年的经历多么顺利、多么辉煌，她迷失在掌声里，陶醉在顺境所搭建的虚幻中，错误估计了自己，错误估计了旁人，大错都是在刚愎自用时铸下的。

钱芷彤听侯东跃这么说，一声冷笑凛然昂头：“我怕什么？我倒要看看这些人，看他们怎么对我下手，大不了玉石俱焚。”

侯东跃见她这么固执，岩石一样纹丝不能动，只好继续汇报：“内鬼是销售部的牛炯，他是胡立的内线，胡立用高价收买了他。牛炯跟李靖套近乎近一年，经常陪着李靖喝酒打牌，成了心腹。李靖醉酒失言，终于让牛炯得知骗贷的事，更要命的是，还有一份内部名单，牛炯也从李靖的电脑里拷贝走了。”

“混蛋！”钱芷彤咬牙切齿狠骂，心理的堤坝完全崩塌，这份名单一定是骗贷时用过的，全部是内部的职工，只要一调查，立马露馅。当然，也有可能做另外的解释，只要市里领导肯出面说话。

侯东跃看到钱芷彤的脸色急剧变化，死灰般的绝望爬满整个面部，知道情况一定危急，顾不得许多，急忙拽了她的手臂往外走。

“我不走。”钱芷彤甩开侯东跃，急躁起来，“我要打电话给市委书记，他必须出来说话，他们不能卸磨杀驴。”

侯东跃刚想说，你不要有幻想了，话没出口，办公室的紫檀木双扇门被推开。

魏崇明双脚叉立，左手护着腰间的枪壳，木桩一样挡在门口，目光直逼过来。他身后两侧站着两个荷枪实弹的警察。

侯东跃的喉咙咕噜一声，似野兽的低吼，攥紧拳头，浑身的骨骼嗒嗒作响，双眼眯成一条线，盯住魏崇明，就像一头饿红了眼的狼发现了猎物，准备出击。

钱芷彤太熟悉侯东跃，知道他想干什么。说时迟那时快，钱芷彤一声高笑招呼魏崇明：“魏科长，大驾光临，有失远迎。”

同时，她闪身挡在侯东跃面前。

侯东跃被钱芷彤挡住视线，犀利的目光投射在她一段洁白的脖颈上，心里乍然一痛：不行，不能眼睁睁看着她被带走。

他弓身提腿，一声呼啸越过钱芷彤，脚尖已蹬到魏崇明的面门上。魏崇明影子般一晃躲过，侯东跃已飞腿踢飞一名警察手里的步枪，一边急喊："快走！"

魏崇明迅捷拔枪击落办公室的一盏吊灯，砰，吊灯像被斩断了根部的树，齐崭崭坠落在地，哗啦一声，玉屑四溅。

魏崇明随即大喝："谁敢逃，当场击毙。"

侯东跃枯叶落地，飘动前行，忽地捡枪在手，噼里啪啦开枪栓对准魏崇明大喊："放她走——"

钱芷彤意识到事态的严重，侯东跃持枪胁迫犯了妨碍执行公务罪，她如果出逃，侯东跃必定坐牢。她逃了对事情发展不利，又恰好说明她做贼心虚，这是万万不能做的事情。也许，带她走只是为了做做样子呢？

她很快抹净闪过心头的侥幸，决定先救侯东跃。

她挺胸伸指对他怒叱："侯东跃，放下枪，立刻滚出去，滚！"

"钱董——"侯东跃丢下枪睁圆了血红的眼睛喊叫，"你糊涂啊！"

他痛惜，女人毕竟是女人，再聪明，关键时刻还是显出短处。

"滚，立刻滚——"钱芷彤见侯东跃双眼喷出血泪，不知道他还会做出什么出格的事情。只要她一开口，他会为她去死。但她不能这么做，事情还没走到绝路上。

她举起水杯朝侯东跃狠掷过去，侯东跃站在原地不动，神情异常悲戚。

钱芷彤又抓起杂物盒子猛掷到侯东跃的头上，盒子里吐出乱七八糟的东西，沿着他的身体滚落一地。侯东跃这才向后退去，猛然转身消失在走廊尽头。

魏崇明冷着脸，看着钱芷彤泼妇打架那样，把桌上的东西接二连三打到侯东跃身上，一边怒骂，赶狗一样赶走侯东跃。

侯东跃被她打跑，她这才喘匀气，脸上溢出笑："魏科长找我？"

魏崇明腹内冷哼：你再诡计多端、善变，此番你是跑不掉了。他脸上却浮出公事公办的神态："请钱董到检察院一走，有些问题需要你协查。"

钱芷彤二话没说拎起包昂首走出办公室。

绿洲的员工对此视若无睹，静默无声做着自己的事情，这是规矩也是素质。

她坐进警车时，听见侯东跃抖开嗓门号哭，心里猛然一沉，回头看一眼身后的绿洲公司：我一定能回来！

第四十章

钱芷彤这一去,没再回到绿洲。

先是协助调查,后被刑拘,最后逮捕,关押进青山市看守所。

她涉嫌的罪名有三:非法集资诈骗罪、骗贷罪、诈骗罪。

钱芷彤一案在《青山日报》上登出,把青山市炸了一个大窟窿,轰动效应强烈,硝烟般飘在青山人的心头,久积不散。酒会上议论,茶桌上谈论,密会上讨论,家庭的饭桌上闲谈。

哭的、笑的、惋惜的、嘲讽的、手舞足蹈的、幸灾乐祸的,都有。

平日里不敢说的话、不能说的话统统一泄为快。什么大众情人啦,什么心狠手辣啊,什么交际花"陈白露"啦,什么地下组织部长啦,反正怎么损人就怎么说,恨不得举起脚把钱芷彤踏进烂泥里。

更多的人把钱芷彤一事作为谈资,不上心头,嘴边的饭粒一抹就过去了。

郑百家把三炷香插入小香炉,跪在地上对着母亲的遗像三叩头,嘴里嗫嚅出声:母亲,恕儿子不孝,让您吃苦了。

老太太在袅袅的轻烟背后浮出微笑,郑百家头抵在地上啜泣。

胡立举着酒杯,三角眼被葡萄酒染成酱紫,舌头喝得转不过弯:"三炮,这妖女也、也、也有今日。当初,她把我算、算、算计得只剩几条肋骨。"

胡立拍得肋骨咚咚响:"羞辱我,我、我恨不得钻地缝里。"

胡立抓起酒瓶倒满杯子,碰了三炮的杯子,一口喝净:"男人可杀不可辱,妖女,我饶她不得。"

三炮谄媚趋上前点烟:"大哥,你可以高枕无忧啦。"

"我要她死。"

胡立从牙缝里挤出杀气腾腾的话,三炮捏打火机的手抖了一下。

“我要搞联名上书，逼迫法院重判，一条非法集资诈骗罪，她就得奔赴黄泉。”

三炮盯着胡立变形的脸，心里哆嗦了几下，一股寒意顺着脊背爬上来：人说胡立比老鼠狡猾，我看他是一条五步蛇，一口就能置人死地。不过，钱芷彤也是个辣货，两毒相斗，两败俱伤。

三炮划算停当，他不打算再跟胡立混了，那个侯东跃绝不是省油的灯，他不会放过胡立的。

吴玉秀疯了十几年，突然间神志清醒过来。

那年进到监狱服役，两年不到，有一天，她脑子里踏进个人来，是花婆，又像前街的阿翠。有时一人，有时两人，在她脑屏上走来走去，哭闹撒泼打滚吃饭拉屎。

花婆用锄头挖她的脑浆，说她的钱都藏在吴玉秀的脑浆里。那把尖嘴镐一锄一锄全扎进脑骨里，疼得她满地打滚直喊饶命。她跪倒在地，用头撞在硬硬的水泥地上：“花婆，花婆，别挖了，我疼死了，疼死了。”

花婆拍着自己的心：“你知道我的痛吗？我的肝胆都碎了。不还钱天天挖。”

阿翠用的是另一番手段，她将汽油泼洒在吴玉秀的脑袋上，点一把火烧起来，瞬时，火光熊熊。

“阿翠，不要再烧了，我会被烧死的。”

阿翠不听，脱光衣服，跳进火海：“你吃进我的钱，害我家破人亡，我和你一起死——”

吴玉秀便呼天抢地扑到水龙头跟前，用水猛泼自己的头。

狱医经过再三检测，确诊吴玉秀患了谵妄症二期。起先把她关在单间里由她胡闹，渐渐病情严重起来，监狱领导才决定采取保外就医，喊她家里人接回去。

爱雅接到监狱的通知书，一屁股礅地上恶号：“家里哪还有人啊？皇天，叫我咋办哦——"

国庆在吴玉秀抓走不到一月就死了。他被会员们打得五脏六腑大出血,躺床上起不来。

过了十来天,有人看见成群结队的山老鼠在吴氏钱庄蹿进蹿出,屋里传出少有的臭味。于是叫上几个胆大的搭伴进去探看,看见国庆已死去多日。脸、手脚上的肉都被老鼠啃光,露出白森森的颅骨、手骨、腿骨,肠子被拖出来,粗细绳索一般盘了一地。

几个人跑到外面狠狠呕了一气,立马报告派出所收尸。

老钱逃走后,一直下落不明,一熟人说 1991 年在教育局里看到他,那人赶上去喊他,老钱却转过墙角不见了。那人跑去人事科一问,果然是老钱,老钱是来办调动手续的,再问调哪里,人事科的人笑:"老钱不让说。"

阿霞丢下儿子,活不见人死不见尸。

小雅被会员追逼跳入玉溪,生死不明,近年有传闻,说她在深圳,不知真假。

只有嫁给阿奇的爱雅还在本地,阿奇这几年混得不太好,但还算能说得上话。

爱雅与母亲一向不睦,接到监狱的通知,着实犯难。她把事情对阿奇说了,阿奇一根一根拔着下巴的胡髭,拧着眉头不说话。

爱雅咚地跪下哭:"她是我亲娘,说是疯了,天天说胡话,倒地打滚,撕扯自己的头发,都成秃头了,认不清人了。"

"活该!"阿奇吐一口唾沫在地上。

"她是活该,可她是我亲娘。现如今,我是她唯一的亲人,我不管谁管?"爱雅珠泪涟涟看着阿奇。

爱雅继续哀求阿奇:"看在你我夫妻的分上,把她接回来,好歹让她有个死的地方呀。"

回到爱雅家，吴玉秀服了一个游方和尚的药后，病情略有起色，不再恶闹，整日坐在那里嘀嘀咕咕，依旧认不清人面。

日子一晃就是二十年。这一日，她坐在竹椅上，嘀咕了半天，花婆、阿翠二人说什么都不肯相信她，拿了尖刀立在面前，索要她的心。

"把你的心给我们，从此两清。"

容不得她挣扎，尖刀刺入，她的心被挖出，二人大笑着离去。

吴玉秀只觉胸口一阵剧痛，尖叫一声倒地昏迷。

醒来时，床边围了一群人，眼前揭了一层黑布似的，顿觉清明起来。

"醒了。"

"嚯，醒了。"

爱雅红着眼圈低语："这节骨眼上清醒来，还不是要命的事。"

吴玉秀转动眼珠，看着地方陌生得很，头侧向爱雅："大姐，给碗水喝。"

爱雅哇地哭出来："我是爱雅，姆妈，你昏了这么多年，连女儿都不认得了。"

吴玉秀的眼角汪出一滴泪，枯白的头发白茅草似的抖抖散了一枕头，轻轻摇摇头，闭了眼睛。

这一日，正是钱芷彤被逮捕的日子。

恢复神志的吴玉秀，木木坐在爱雅家门前，眯起老花眼看向远处，以前的事情又一件一件回到脑子里，她记起来了——

那天，天蒙蒙亮时，她被冻醒，从山上的坟洞里爬出来，赤身裸体像个女鬼。她在路边废料堆里翻出一张塑料薄膜，凑合裹住身子遮丑，上下牙冻得直打架。她左思右忖，身无分文，四处路口都有人把守着，反正逃不脱，落到会员手里，总是个受尽耻辱的下场，不如投案自首，还能得到政府的保护。

在青山看守所一年半，宣判那天，法官对她说：吴玉秀，你本来有四条命案在身该获死刑，花婆喝农药命亡，阿翠婆媳起争端，俩人一起烧死，乌老师被拖拉机撞毙在马路上，皆因你吞吃了她们的会钱。鉴于你投案自首的情节,检举公职人员入会的实情,且后来退赔积极,判你无期徒刑。

吴玉秀当时脑袋嗡嗡作响,有无数台机器在轰鸣。这就意味着她下来的日子要在牢里度过,一直坐到死,再没有出头的日子。

到了监狱后,她咬紧牙关不言语,心里日夜油锅似的煎熬着。一日为了什么事和人起争端,她只觉浑身血脉贲张,头大成量米的斗了,拼了命要去掐死什么东西,她差点掐死的是和她吵架的同室人。

随后,她被关进禁闭室。在禁闭室里,花婆、阿翠一个个踏进她脑袋里,这么多年,她们闹苦了她,乌老师却一声不响待在一边,捧着流血的脑壳僵僵盯着她不说话。

吴玉秀轻轻转动脖子,浑浊的眼睛里滚出一串泪,干瘦的身体抽搐迸出难听的哭泣。她从爱雅她们窃窃的说话中,知晓小雅吃了官司,被抓了。其中一项罪名和她一样:当年叫投机倒把,现在叫什么集资诈骗罪。

"小雅啊,姆妈害你,你苦啊——"

吴玉秀二十几年来,第一次为苦命的小雅放开喉咙大哭。

接下来就整日哭哭啼啼进不去水米了,头几日还嚷嚷着要见小雅的面,后几日眼睛直不愣登盯着天花板,只见出气不见进气。再一日,爱雅去她床头,见她已经悄没声息地断了气,一双眼睛死鱼样翻着。爱雅嗝嗝哭诉,用手替她合上眼睛。

第四十一章

关在看守所里，有了时间思考，钱芷彤终于认清了自己的命运是一只被砸成碎片的古瓷瓶，她试图去拼凑。她不断写上诉材料，她要为自己申冤，再怎么着，她钱芷彤十年里为青山市做过不少贡献的嘛，不能卸磨杀驴呀。

牢头斜着眼角讽刺她：“别浪费心思了，政府是不会听你申诉的。你有过功绩，那是以前，现在你犯罪了，你就得伏法。从来没有将功抵过的法律。”

钱芷彤不理睬，照旧写材料。同样，在牢里，她也要确立自己的地位。她瞅准时机，把胖女人打了个满地打滚，另几个女犯见状一拥而上压住钱芷彤抡拳就捶，牢头斜着眼睛大喝：“可以啦！”

钱芷彤这才被解了围，她昂了昂头吐出一口血水，说：“告诉你们，我没犯罪。”

胖女人呸了一口：“没犯罪你进来干什么？享清福来了？”一屋子嘎嘎乱笑声。

“进来了就安心，别再想着以前的风光事，反正你的心是黑的了。”

“呸，你们的心才是黑的。”钱芷彤不屑啐了口唾沫。

“我们的心是黑的，让我看看你的心是红是黑。”矮小精灵的23号蹿上去扯掉钱芷彤的胸衣，钱芷彤一个扫堂腿踢翻了23号。几个女犯又扑上来压住钱芷彤想打，钱芷彤早有防备，一个闪身躲过，摸出一块三角玻璃捏在手里，低声吼道：“想流血的过来。”

众人见状嘴里骂着悻悻后退。

“谁如果对我好，有她的好处。如果想欺负我，叫她这样。”钱芷彤吐一口唾沫在地，用脚踩上去使劲碾。她扫了一眼这些可怜的人。

静默了许久，牢头老大喝令胖女人：“27号，把她的铺位移到我旁边。立即搬。”

调查进行了大半年，其间，李靖因骗贷罪获刑两年，宋宇一直未归案，钱芷彤的案件迟迟没有开庭。

兰成作为钱芷彤的辩护律师在第一时间介入此案。他带着助手来看守所见她。

兰成询问了案件的有关情况，嘱咐她把写好的材料递交给检察院。

接着兰成告诉她一些外面的情况：“绿洲公司已经被查封，账户也已被冻结。据查，绿洲负债七亿。你名下的三套别墅和一套商品房也被查封。旷达房地产有限公司暂时被封待查。如果没问题，不日即可恢复运作。”

钱芷彤看着兰成轻轻点了点头，这都在她的预料之中。

“另外，郑百家已辞去旷达有限公司财务总监的职务，寒冰让我问你，由谁来接手。那个侯东跃天天在看守所外蹲候，劝他也不听。”

钱芷彤想了想，说：“请转告寒冰，旷达财务总监由老姚担任最合适。他对旷达的账目应该熟悉得差不多了。”

“哦？那好。”兰成不便多问，只深深盯了她一眼。

“命令侯东跃立刻回去，不准再到这里来。叫他协助寒冰打理好旷达公司的业务，照顾好老姚。若出一点差错，我回头拿他是问。”

“好，我一定转告。”

钱芷彤眼睛盯紧了兰成：“兰律师，请一字不差转告到，芷彤拜托了。”

2009年9月的一个星期四，检察院俩办案人员来看守所提审她，一长一少二人。

长者许峰，五十出零，铁树面皮，狭长的双目时时逼出威光，额中一道青筋绽起，弯弯曲曲爬过鬓角钻进稀疏的头发丛里。

许峰冷冷注视钱芷彤：她往日的傲气妖娆不见了，头发拢到后脑，编成独根粗辫，露出大而宽的脑门，皮肤还原为本色的清白，清清爽爽的一张脸。二十年了，这母女俩竟走上同一条道，而且都落在同一人手里，这算不算命运的巧合？

1988 年 10 月，平会倒闭都好几个月过去了，吴玉秀的案子却无人敢接。

一是因为她头上的桂冠，“东州百万金融家”“东州市劳动模范”。

二是她与各级领导的关系错综复杂。

三是她的涉案款项巨大，涉及人员多，几千人两个亿的交易额，两千万的亏空。

四是吴玉秀的账目混乱，缺页、涂改都有，她自己都说不清楚。

案发初期，有媒体专门为她说话，替她写材料上报中央申诉。上头竟有人发下话，说对吴玉秀不能搞一刀切。

许峰当时四十岁当红年龄，副营级部队转业人员出身，一身正气不畏天地不惧鬼神。接案后，他排除一切干扰，用十二分的耐心和顽强的毅力，帮助吴玉秀回忆平会中的债务关系，一笔笔核对，多次核对、多人核对证明后，才算是实账。

吴玉秀的账目亏空很大，许峰和另一名办案人员对她进行攻心术，引导她说出亏空钱的下落。

吴玉秀则一把眼泪一把鼻涕，把责任全推到丈夫钱明和身上：

“这个没良心的贼，天杀的，带着姘头卷款逃了，丢下我做替罪羊啊。”

钱明和不知去向，案子一时搁浅，毫无进展。

平会在青山市涉及的面比抬会时还要广，二三十万的参与人数，教师、工人、农民、手工业者、公职人员、医务人员，各行各业都卷了进去。平会倒闭后，大中小会主逃亡在外，工厂无人做工，一些学校的教师无心教书。县城的大街小巷都是成群结队的讨债人，县政府里也坐满要求解决问题的会员，有的带了铺盖干粮索性睡到县政府的走廊上，什么时候解决问题什么时候撤人。

县委、县政府联合发出通告，只要逃跑在外的大中小会主，自己回来算清账目,做好退赔,一律从轻从宽处理。

钱明和得知消息,寄了吴玉秀写给他的离婚协议书复印件和一封检举揭发信给检察院,揭发吴玉秀携带会款逃跑的实情,吴玉秀冤枉钱明和带情人携款逃跑的谎言被戳穿。

最后,许峰他们花了一年多时间理清账目,挖出国庆藏在杂物间墙壁里的钱,吴玉秀也交出自己埋在某处的几百万,加上卖掉吴氏钱庄的钱,最后才把会员的本钱赔了一半,算是把案件做了了断。

现在,对面坐着的钱芷彤,估计更难对付。她的身份、头上的光环比之她娘更加炫目——东州市政协委员、省青年优秀企业家、全国青年企业家联合会理事等。可他老许就是要啃这块硬骨头。

他定定神,见钱芷彤正目不转睛盯着他,便猛咳一下,对小田示意,小田马上翻开记录本,手里紧紧捏着笔。

许峰的声音像是一阵寒风刮过钱芷彤的耳根:"钱芷彤,你的案件情节明晰,证据确凿,为了做到准确无误,有几个细节需要和你核实一下。"

钱芷彤依旧目不转睛地盯着许峰。

许峰问:"钱芷彤,你是在什么时间因什么问题被逮捕的?"

钱芷彤答:"2009 年 3 月 5 日因非法集资诈骗罪、骗贷罪、诈骗罪被逮捕。"

许峰问:"你对上述罪名有何异议?"

钱芷彤答:"我没罪。"

许峰不理她,自顾自问下去:"钱芷彤,你在 2008 年 6 月 16 号绿洲公司产品推介会上,向一千多名顾客说的话都是事实吗?"

钱芷彤答:"是。"

许峰问:"你不认为是非法集资?"

钱芷彤答:我们是正常的产品宣传,没有半点虚假,不是非法集资。

许峰问:"你在 6 月 12 号召开的绿洲公司中层会议上说,青山市的民间资金很雄厚,我们完全可以击败银行。”

钱芷彤答:“断章取义。”

许峰问:“说了还是没说?”

钱芷彤沉默。

许峰问:“你不知道这种行为是在扰乱金融秩序吗?”

钱芷彤答:“这是合法的。”

许峰目光如剑:“合不合法,你说了不算。”

钱芷彤愤然,最终低下头去。

许峰剜了钱芷彤一眼:“还有几个细节。”

许峰问:“2007 年 5 月,李靖、宋宇在做清水湾一期骗贷时,请示过你吗?”

钱芷彤答:“说起过,具体我没过问。”

许峰问:“你当时同意他们这么做吗?”

钱芷彤答:“同意。”

许峰问:“张彼得的负债报表是你指使郑百家做的?”

钱芷彤答:“当时确实负债。”

许峰问:“是不是你叫郑百家做的?”

钱芷彤答:“这是郑百家应该做的。”

许峰问:“是你叫他做的,对吗?”

钱芷彤答:“不是。”

许峰猛拍桌子:“钱芷彤,不要狡辩,就是你指使郑百家做的假账。你在香港炒股亏空,三亿人民币的空洞无处着落,你就用张彼得的钱来填补。是不是事实?”

钱芷彤抬起头直视许峰:“事情并非你想得这么简单,里面的原因很复杂。我和张彼得是合作关系,理应共同承担亏损。”

许峰没再搭理钱芷彤,小田让钱芷彤看完记录,问:“你上面交代的是不是事实?”

钱芷彤答:“是。但我有意见。”

小田让钱芷彤在讯问记录上写下意见,在上面画押签字。

第一次庭审定在2009年12月30号,本来说好放在青山市法庭开庭,却不久前通知说放在东州市中院开庭。

兰成深感蹊跷,作为钱芷彤的律师,他想到钱芷彤的问题可能会升级。三宗罪,就算罪名都成立的话,也不用到市中院去开庭的。骗贷罪最多三年,诈骗罪是十五年以下三年以上,只有非法集资诈骗罪,作为自然人才有可能被判死刑。可钱芷彤是代表公司的,不应如此啊。

他邀了青山市检察院的朋友喝茶。

“你们检察院这么做,和清水湾一期业主联名上书要求判钱芷彤死刑是否有关呢?”

那朋友压低声音:“对于送哪一级法院起诉,检察院内部争议很大。但是,许峰为首的几个强硬派认为,钱芷彤一案案情重大,影响恶劣,所以把卷宗移交给东州市检察院了,由他们向市中院起诉。”

兰成惊讶地瞪大眼睛:“钱芷彤的案子不至于这样啊!”

朋友一摊双手苦笑:“钱芷彤得罪人了,有宿怨。”

“什么宿怨?”

朋友搪塞:“不好说,不好说。”

兰成恳求:“你得告诉我实情,否则,钱芷彤就没命了。”

“那你坐过来。”朋友一招手,贴着兰成的耳朵说了详情。

兰成张大眼睛,很是吃惊:“不能这么做吧?”

朋友一耸肩表示无奈。

“你嘴巴可得收紧喽,否则,我吃不了得兜着走。”朋友临走再三叮嘱。

兰成一拍朋友的肩膀发誓:“我有数。”

朋友告诉了兰成如下情况:自钱芷彤来到青山市开发房地产,以许峰为首的一干人就在背后盯着她，他们认为，钱芷彤的背景复杂，说不定会出大乱子。

一盯就盯了十年。

起先，钱芷彤做人还算低调，八面玲珑，见了人就笑，处事也较谨慎。青山市政府也非常支持她，政府领导里有许多是钱芷彤的老关系，几把大红伞替她遮着，顺风顺水干得不错。

这几年，房产调控政策一拨一拨下，一次比一次严，她赚钱的欲望又非常强烈，于是就沉不住气了，又是推介会，又是香港炒股，又是骗贷，一而再再而三露出把柄，终于被人捏住了。

她做人呢，也逐渐张狂起来。外界在传，说她为了钱都使出绝招了，你懂得绝招的意思吧？就是这样（朋友做了个抹脖子的动作）。还要做什么埃及艳后，建立独立的金钱王国。她在利益面前斤斤计较，玩弄权术，得罪了许多人，特别是胡立，他吃过钱芷彤的大亏，很多事情都是他处心积虑给挖出来的。

她这次算是栽进深潭泥窟里了，不死也得去了半条命。

有个小道消息不胫而走，孙副省长孙国庆调中央了，是汤子灿大明星求他出面，所以案子也就查到这里为止了。否则，这深坑挖下去就没底了。喏，1998 年钱芷彤刚来时请市里领导的饭局，听说送礼就花去一百万，那些人都得抓吗？不能吧，法不责众嘛。喏，青山市在位和退位的领导里，谁没买过她的房得过她的好处？不能查了。那什么，童小辉案不了了之，唉……再查下去，非有连串的惊天大案，那不要了青山的命？上头领导说了，以安定团结为重。

所以，伙计，你的辩护有难度喔。

这个女人的确不简单，让许峰他们特别恼火的是，绿洲公司负债，旷达公司在她出事一个月前都已经把股权分掉了，没有她的份。钱芷彤名下的资产就只有几套别墅，这不是很滑稽吗？

兰成说，坊间的流言不值得信，法律注重的是证据，一切以证据说话。

朋友意味深长地拍了兰成一下，含笑不语。

兰成紧皱眉头思索着那位朋友的话，望着手上烧到根部的香烟，只管叹息：女人啊女人，不能太强势，这毕竟是男人的天下嘛。

秦碧波火急火燎闯进艾敏办公室，不管不顾责问艾敏："你准备要她死吗？"

话语如针，针针扎进艾敏的耳膜，她冷着脸没有发作，起身倒茶："活路死路都是她自己走的。喏，喝茶。"

秦碧波冷笑："不要撇清自己。她骗贷有罪，唆使会计做假报表有罪，可是，推介公司产品算什么罪？照你们的逻辑，那些房产商都犯集资罪，个个都得去坐牢被枪毙。"

艾敏严肃起来："不要胡搅蛮缠了。"

"是你们存心要搞死她。"

艾敏唰地拉下脸："碧波，我们是法律的执行者，有权对触犯法律的人提起公诉，这是我们的职责。"

"你没有私心，你保证许峰没有？你能保证，你们都非常正确地在解读法律？时代在前进，你们呢，抱住老皇历不放。"秦碧波连珠炮似的朝着艾敏轰轰打过去。

艾敏急了，斩钉截铁回答："我们只管执法。"

秦碧波连连冷笑，反身走到门口，又回头盯了艾敏一眼，头也不回地走了。

一审开庭那天，阴霾很重，浓云盘踞在高楼顶，不一会儿，撒下零零星星的雪霰，打得树叶瑟瑟响。有几颗雪霰落在兰成的帽子上，即刻化作水点。寒风一阵阵地刮，掀动兰成的大衣边，裹住裤腿，他顾不上扯平，心事凝重地走上法院的高台阶。

做了这么多年律师，第一回这么没底，兰成的心里浮着一片冰屑。

胡立带着一帮清水湾一期的业主，一早就到了 2 号庭，他们要为东州市检察院公诉人员助威，亲眼看着钱芷彤被判死刑。许峰坐在公诉员的后面。

张彼得没有来，请了代理律师上庭。

钱芷彤被带上来，她头发剪短披在肩上，穿着看守所的黄马褂，素净的脸孔，白玉兰花一样瑟瑟开着。她黑瞳晶亮，看到爱雅和莉亚俩人脸色凄然、泪眼婆娑，便朝她俩露出一个浅笑。又对兰成点了点头。

一法庭的人全都屏息看她，胡立暗骂："妖精，见了棺材也不落泪。"

侯东跃埋下身子坐在左边的角落里，头抵在膝盖上流着后悔的眼泪。早知有今日，那天无论如何得让她逃走的。

法官敲一下木槌："钱芷彤非法集资案、骗贷案、诈骗案，现在开庭。"

公诉方提起公诉，陈述事实。

公诉人员的嗓音在肃静的法庭里响起：

> ……
>
> 2008 年 6 月 16 日，由于资金短缺，钱芷彤命令手下召开产品推介会，集得资金四亿人民币。
>
> 2008 年 8 月 26 日，钱芷彤把集资所得的三亿人民币投资到香港炒股，结果血本无归。
>
> 2008 年 12 月 23 号，钱芷彤唆使旷达公司会计郑百家做虚假财务报表，骗取张彼得三千万美金。
>
> 2007 年 5 月，李靖（已判）、宋宇（在逃）二人在钱芷彤的授意下，采用一房二卖的手段，骗取青山市工商支行二次房贷。
>
> 综上所述，钱芷彤的犯罪事实清楚，证人证言充足，我们认为，钱芷彤的非法集资诈骗罪、骗贷罪、诈骗罪，罪名成立。

钱芷彤的嘴边始终挂着一丝冷淡的嘲讽。

兰成律师站起来：

我反对。

钱芷彤的骗贷罪名成立，我无异议。我反对非法集资罪和诈骗罪。

首先，钱芷彤的集资不是个人行为，而是公司行为，是合法的。海外炒股是经过公司中层干部商议通过的，也不是个人行为，不应由她个人承担责任。

其次，钱芷彤的诈骗罪根本不成立。张彼得是其合伙人，钱芷彤香港炒股是由张彼得牵的线，钱芷彤认为张彼得应对损失承担责任，所以才做了财务虚假报表。这种行为，应属民事范畴，不应该归入刑事案。

法庭上起了一阵嗡嗡吵闹声，胡立怂恿业主齐喊："非法集资，应判死刑。"

主审法官狠狠掠一眼轰轰响的角落，木槌重击桌面："肃静——"又威严地掠一眼声音渐渐低下去的角落，转头对着法庭正中的墙壁毫无表情说，"下面控辩方争论。"

公诉人员言正辞厉："我方认为，钱芷彤非法集资主观意识强烈，有意扰乱金融秩序。她在 2008 年 6 月 12 号绿洲公司中层会议上公开说：'青山市的民间资本雄厚，我们完全可以击败银行。'因此，青山市的四大银行及农村合作银行，2008 年下半年的存款率均下降了百分之十二。给国家和人民造成了损害。

"钱芷彤炒股是用绿洲房产有限公司的名义，损失应与张彼得投资的旷达房产有限公司毫无瓜葛，但钱芷彤却要郑百家造假，让张彼得承担三千万美金的亏损。把张彼得的所有占为己有，这不是诈骗又是什么？

"所以，非法集资罪和诈骗罪成立。"

兰成站起来，拿出一份 2008 年 12 月 2 日省高级人民法院、检察院、公安厅联合下发的会议纪要，举起来，看着法官又看了一眼听众，大声朗读：

“会议纪要明确指出:为生产经营所需,以承诺还本分红或者付息的方法,向相对固定的人员筹集资金,主要用于合法的生产经营的活动情况,应当属于民间借贷纠纷处理,不应定为非法吸收公众存款罪或者集资诈骗罪。另外,一个很重要的现象,购买绿洲房产有限公司产品的顾客,没有一个起诉钱芷彤的,绿洲的产品运作良好。非法集资诈骗罪从何说起?”

公诉员反驳:“钱芷彤集资所得的钱,并非用于合法的生产经营,而是拿到香港炒股了。”

兰成回驳:“这种说法近乎荒谬,钱是没有印戳的,炒股也是合法的。”

双方在做虚假报表是否属欺诈罪上反复对垒了许久,一方说是,一方说不是,各方都搬出了法律条文作依据,一时里难分高下。

这时,公诉员要求证人出庭作证。

钱芷彤看见郑百家走进来,站到证人席上。她盯着郑百家的嘴,听他怎么说。

郑百家用眼角的余光扫到钱芷彤正用期待的目光看着他,他会拯救她吗?

郑百家习惯地用手指顶了顶没有滑下来的眼镜,他今天换了一副无框眼镜,整张圆脸大了许多。

在回答了法官的例行询问后,郑百家这时才将目光对着钱芷彤。他目光冰冷锋利,犹如两柄磨砺多年的利刃,直刺钱芷彤的心窝,这是完全陌生的、仇恨的眼光。

“钱芷彤在香港炒股亏损了三亿元人民币后,内心很恐慌。就从旷达的合资人张彼得身上打主意,谎称近两年的房地产低迷,资产亏损,让我做了假报表,告诉张彼得,他两年内已亏损三千万美元。”

郑百家瞳仁深处隐隐跳跃的两簇火苗,此刻已然变成怒火烧到钱芷彤的面颊。钱芷彤惊愕地张大嘴巴。

“是我主动告诉张彼得的,否则,他永远发现不了问题。”

钱芷彤从里到外出现一阵痉挛性瘫软,心脏似乎被郑百家一刀一刀剐去了皮，削了肉。她想大喊，突然嗓子眼里被涌上来的一团咸腥堵住，大喊变成嘶哑无力的祈求：

“你为什么这么做？”

“因为你母亲吴玉秀，她逼死了我娘。”

整个法庭霎时又闹哄哄起来，叽叽喳喳，嘤嘤嗡嗡，各种嗓门发出惊讶的、怀疑的、感叹的、惋惜的、不同意的声音。

“1988 年，吴玉秀平会倒闭，吃掉我母亲的两万三千元。那是我母亲一分一分乞讨来，攒了十年的血汗钱，那也是我们兄妹四个的读书钱、活命钱，我母亲求告无门，喝农药死在钱家的门口。”

郑百家摘掉套在相框上的黑布，把他娘的相片朝着众人，众人立时安静下来。

钱芷彤叫苦连连，内心的虚弱感更强烈地冲上来，她死命扶住椅子的扶手不让自己倒下去。她企图大声责问郑百家，然而又是嘶哑无力的声音，钱芷彤恨透了自己：

“你是预谋好来报复我的，你们，你和胡立设了这么大的陷阱让我跳呀？”她的耳朵已听不见自己的声音。

郑百家说：“我很矛盾，想放过你。可是，你太贪婪、太狂傲，你眼中除了钱还是钱。今天放过你，你不知还将祸害多少人。钱芷彤，这是你必然的下场！”郑百家的手指像枪一样指着她。

钱芷彤怔怔地盯着郑百家，郑百家的身形忽地放大，忽地缩小，继而摇晃起来，整个屋顶随即翻转倾压下来。

她腿一软头一歪，一头栽倒在审判席上。

第四部分

重　生

第四十二章

2013年3月，东州市偏远山区。

寒冰驾驶着白色宝马760，小心翼翼地在狭窄的盘山公路上行驶。之前，她接到钱芷彤的电话，把秦碧波、龚铁教授和田小鸥送往老鹰岭红豆杉基地。

山很高，一侧是悬崖，另一侧是深谷。车到半山腰，山风呼啸、林涛怒吼，阵阵寒意逼进车内，寒冰连忙关密车窗。透过窗玻璃，车内的人可以看到高大丰茂的树枝仿佛鹰翅那样上下拍扇，呼啸出团团涛鸣声。点点残雪缀在草木之间，荧光晶亮。

寒冰眼睛不敢眨动一下盯着前面，在每一个160度或者180度的急转弯处，双手紧握方向盘，右脚点刹车，尽量放缓车速，不断摁响喇叭提示对面开过来的车。虽然这里很少有来往的汽车。

一车人敛声屏息，待汽车平安转出弯口，再次爬上直坡时，才松口大气。

秦碧波从前排的副驾驶座上转过头对后座的老者笑："龚教授没来过这样的山区，险吧？"

假寐的田小鸥忽地睁开眼睛，搓搓有点发僵的腮帮子，接过话头："不险。去年我们去四川考察，那才叫刺激嘞。是吧，教授？"

龚教授微笑不语，他望向窗外赞叹："不错啊，植被很丰厚，天然氧吧。"

龚教授嘴里说着天气的事，心里却想着马上要见到的钱芷彤。他勾勒着钱芷彤的相貌，据说很美，尤其是那双眼睛。他不停想着，坐了四年大牢的她会是什么样子，此番的调研不知会有什么结果。

自从批准实施《东州市金融综合改革试验区总体方案》以来，省里调动各路金融专家讨论、论证、修改方案的细则，要确保《方案》在实施的三个阶段有条不紊，不出一点差错。

龚铁2003年从中国银行省分行行长任上退位后，被省社科院经济所聘为教授，这回接了一个课题：东州民营企业家在借用民间资金中的困扰，借此对接下来的金融制度和机构改革提供实质性的参考意见。所里领导把任务派给龚铁的第二天，他就跃跃待试，马上准备带博士生田小鸥奔赴东州。

临行前，他特地找了一趟江为涛。

江为涛在办公室里接待龚铁，并把钱芷彤推荐给他："龚铁，你对发生在20世纪80年代青山的金融风暴，俗称'抬会、平会案'，应该知道的吧？"

"嗯，当时我在中行省分行任副行长，青山的事是我们集体研究做出的处理意见。抬会、平会是改革初期出现的怪胎，震惊了海内外金融界。"

"我觉得有个人很值得你去研究，她身上卧着一条东州金融发展史的轨迹，以及个体在历史中的沉浮。你说不定还能发现某种制度的演变。"

听江为涛这么一说，龚铁教授两眼放光，立刻缠住江为涛："此人在哪？我第一个就去采访她。"

江为涛沉吟片刻，看了看龚铁激动的眼睛："她从监狱出来不久，不一定肯见你。要不我推荐另外的人？"

龚铁哪里肯罢手："老江，你把我胃口吊得十足，又这么说，你曹操呀，让我望梅止渴？不行。"

江为涛只是笑。

"我跟你说哦，这可是省委、省政府下达的任务，东州实施金融改革，全国多少双眼睛盯着，你不大力支持说得过去吗？"

江为涛还是笑。

"你给不给联系？不然我请领导出面了。"龚铁半真半假和江为涛讨价还价，说着还真掏出手机做出要拨领导电话的样子。

江为涛大笑，笑完"啧"了一下："不是我不帮你，我实在不知道钱芷彤在哪里，据说她都没在青山露一面，立即去了一个什么基地。"

"这我不管，反正你得帮我找到她。"

江为涛磨不过龚铁，走进办公室里间打电话，过了十分钟才脸带微笑走进来。

“算你运气好，有人答应替你问问钱芷彤。你得稍候了。”

俩人在等电话的空档里，谈起这次国务院批准实施《东州市金融综合改革试验区总体方案》一事。

江为涛问龚铁：“你知道为什么原方案中最引人关注的‘银行利率市场化改革’被取消了吗？”

龚铁说：“具体的细节不详，听说了一点，好像是鉴于‘德州风险’。”

江为涛“哦”了一声眼睛看着龚铁：“什么叫‘德州风险’？”

“所谓‘德州风险’，是发生在20世纪六七十年代的美国。美国的德克萨斯州由于产业结构单一，因而经济增长乏力，当地银行也随之遇到经营困难。德州某个银行率先想出一个妙招：提高利率，吸纳存款，用规模效应应对利差收窄和潜在的坏账。由于羊群效应，这种做法很快在该州的银行业普及，以至于全美国的银行都知道，到德州存款可以获得一个“德州溢价”，全美的存款开始涌向德州。”

“那怎么处理？”

“由于德州银行受联邦存款保险制度（FDZC）的保护，存款人并不担心银行倒闭，这场试点最终以金融危机收场。到20世纪80年代，德州是银行倒闭的重灾区，联邦存款保险公司也为此付出了巨额代价，靠财政支持方才存活下来。”

“我有点想不通，它是怎么倒闭的？”江为涛好奇地追问。

龚铁摇着头笑：“这个说起来有点麻烦，说个简单的吧，比如，东州的一些地区，在20世纪80年代以农村信用社为试点也做过提高存款利率的尝试，结果，存款一边倒，其他四大银行意见很大，不久就取消了。”

江为涛若有所思点着头：“真是隔行如隔山，金融行业里面名堂这么大。”

“是啊，中国目前尚无存款保险制度和银行破产条例，这是利率市场化不敢改革的关键。再说了，有了德州的前车之鉴，估计这方面的改革谁都不敢去碰。”

秦碧波过了半个小时才给江为涛回电话，她说：“芷彤答应了。等他们到青山后，我带他们上山吧。”

秦碧波见龚铁沉吟不语，只管两眼望着车窗外面，便直率吩咐道：“龚教授、田小鸥，关于案子的事，你们千万不能多问，别揭了她的伤疤。”

龚教授转过头，长眉下睿智的眼睛狡黠地盯着秦碧波，似笑非笑：“伤疤如果还有脓，还是清除干净为好。”

田小鸥安慰秦碧波：“放心吧，碧波姐，和龚教授聊天，那是心灵的高级享受，一个时髦的词，就是‘痛并快乐着’。”说完咯咯笑。

秦碧波还是很担心：“你们看着办好了，如果操之过急，被她拒绝了，可别怪我没提醒你们。”

龚铁见秦碧波紧张成那样，才呵呵笑：“秦记者，不用多虑，我有数的。”

寒冰缓缓打着方向盘，汽车连续几个急转弯后，从高处的陡坡开进一个山峪口，又转了几个弯，才缓缓下到一块平地上，然后嘎地停在一所小学校的小操场边，轮胎的花纹上沾满了黄泥。

听见汽车喇叭声，侯东跃腰里系条围裙和一个七十岁左右的老者迎出来。

老者是钱明和，他和秦碧波、寒冰打了招呼，便来握龚教授的手：“难为你们，难为你们！这么远的路、这么高的山，难为你们能来。”

钱明和满头白发，脸色倒还红润，身板挺直。他说着话突然被痰呛住一阵猛咳，咳完擦了擦嘴角对侯东跃吩咐：“东跃，快让客人进屋休息。”

“芷彤呢？”秦碧波问。

“知道你们下午到，钱董上完英语课，就去红豆杉基地了。”侯东跃把客人邀请到屋里，又泡上茶，笑着解释。侯东跃对钱芷彤还是旧称呼。

钱明和递了一支烟给龚教授，征询他的意见：“打电话叫她回来？”

龚铁连忙摆手："不忙，不忙，我们反正要住好几天，先参观一下学校吧。"

一干人喝了茶闲聊了几句后，寒冰下午就得赶回青山，就拉了秦碧波去红豆杉基地见钱芷彤，留下钱明和陪龚教授师徒参观学校和小茶园。

钱明和领着龚教授师徒先看了小学校的教室和宿舍。校舍和宿舍全是崭新的平房，分成两排。前排六间做教室，后排六间当宿舍，两排之间靠左横着建了四间两层楼房，一圈围墙手臂一样拥住这些房子。大门外是一个篮球场大小的操场。

"这里主要是畲族的居住地，交通十分不便。原先的校舍破烂，只有一个老师和三个学生，许多孩子因为多种原因没办法上学。芷彤出事前我和她提过，芷彤为了让我高兴，就派我先来这里接了这个学校，并重建一新。芷彤出事后，我做主租下了三千亩荒山，出钱修了这条盘山公路。"

"未雨绸缪，老先生目光远大啊。"

钱明和毕竟是过来人，他担心啊，不管钱芷彤出不出事，预先给她准备下这么个地方总没错。不料，还真用上了。

龚铁跟着钱明和转了一圈，啧啧称道："不错，不错。学校的学生数不多吧？"

钱明和笑："龚教授真有眼力。学校六个年级，每个年级一个班级，每班十几个学生，多的也就二十来个。拢共八十三人，汉族三十个，畲族五十三个，女孩子三十七个。"

田小鸥东张西望回过头问："他们平时就住在这里，那伙食费怎么解决？"

"全部由我们出。我们这里培养的是人的基本素养，不是读书的精英，所以相对轻松许多。比如孩子们要懂得生理卫生和一些药用常识，掌握劳动技能，懂得互联网，等等。所以，我们除了文化常识课之外，还设了每星期两个半日的劳动课。"

“这很好呀,解了燃眉之急,也改变了人的素质。”龚铁脱口赞道。他惊叹钱芷彤的反弹能力,出狱才几个月,这么快就投入事业当中,真是很不简单。同时也庆幸她有这么一个明智的父亲。

秦碧波和寒冰攀山攀得气喘吁吁,寒冰大呼前面带路的侯东跃:“猴子,你慢点嘛。”

侯东跃回转身等在那里:“瞧你,像只病猫。快到了,喏,转过这个山岗就是。”

秦碧波和寒冰呼哧呼哧又是一顿狠走,刚登上山包就对着一片新翻的泥土欢呼起来:

“啊呀,这简直是海洋嘛。”

“这么辽阔,一座山峦连着一座山峦。”

侯东跃有点抑制不住的自豪:“一共是三千亩,都是向阳的山坡。”

山坡上星散着许多人,三个人朝着其中一个穿红色运动服的人大喊。

钱芷彤回头见几个人在远处挥舞着手臂朝这边喊叫,眯起眼细瞅,认出是碧波、寒冰和侯东跃,便对在边上指挥整地的黑皮叮咛一番,拎起棉外套沿着山路走过来。

秦碧波见了钱芷彤又是拥抱又是亲吻,热热闹闹大笑一番后,才坐在山道边聊起红豆杉基地的事。

钱芷彤短发素颜,目光沉静地扫向山坡,秦碧波悄悄瞥了瞥她的脸,装出不满的样子:“芷彤,回来也不告诉我,一头扎进山里,依旧是个事业狂。”

钱芷彤嗔了秦碧波一眼淡淡一笑:“你也这么说。我是不想被撕扯、被消遣,才躲这里来的。”

秦碧波很理解她的心情,便握紧钱芷彤的手,沉默不语。

四面连着的山坡已经被平整出来,新翻的山土被春阳一晒,释放出虫尸的腥味和木柴的清新,一垄垄地沿着山势绕过去,像是裙边上缀了蕾丝花边,非常赏心悦目。

秦碧波有点疑惑:“咦,你们又不是种茶树,红豆杉也要这样规整的样子吗?”

“就是种茶树用的。红豆杉生长很慢,五年到八年才可提取紫杉醇。我们是两种树一起种,充分利用资源。”

寒冰和侯东跃蹲在不远处用树枝撅着泥土低声嘀咕着。

秦碧波看着他俩有点感叹:“大浪淘沙只剩这两粒金子了。”

钱芷彤侧过脸看着秦碧波:“你也是我的金子。”钱芷彤和秦碧波对望着,俩人的眼圈都有些发红。钱芷彤扭开头,目光投向远处起伏的黛黑色山峦。

侯东跃在钱芷彤被捕后,天天蹲在看守所门口守候着。案子还在审理时见不着人面,他就蹲在台阶前抽烟,脚前一堆烟蒂,直到看守所民警下班为止。几个月下来,他成了看守所门口的一道风景,哪天没来的话,民警们还会互相打听:“今天怎么没见着那个人?”“咦,那人没来?”

后来钱芷彤被押送 N 监狱改造,侯东跃就到离监狱不远的村庄租了房子,隔天托人送菜进去。一月能见到钱芷彤一次,对他来说已经足够了。

钱芷彤被捕后两个月时,陈斌要毁约撤资,逼着老姚把他投进商贸街的前期资金退给他。陈斌屁股坐在老姚的账桌上,二郎腿跷得老高。

“我说老姚,钱芷彤那娘们坐了牢,不能叫我也赔上命吧。”

老姚绷着脸:“哼,疤瘌,你脸变得真够快呀。是你追着钱董屁股后要投资的,谁也没请你来。”

“是,是我自己舔着脸要跟着她干,那都是为了赚钱,谁知道这娘们是纸糊的菩萨。”

老姚哼声问:“你是想落井下石?”

“放屁!”陈斌捶桌大骂,“老鬼,我拿回自己的钱,叫落井下石吗?”

“如果你小子还是个人,就按合同办事,等商贸街盈利后再说。要退股也行,等董事会商议后通知你。"

老姚不卑不亢的态度激怒了陈斌,他狠狠把一张纸拍在老姚面前,那条伤疤在太阳穴上一抽一抽:"这是账号,限你一星期内把五千万打到这里,否则,休怪我不客气。"

"哟哈,疤瘌头,你想怎么不客气? 做出来我瞅瞅,瞅瞅?"侯东跃在门外听了好一会,实在忍不住了才大步跨进门,劈胸揪住陈斌的前襟拎个悬空,眼睛瞪着责问他。

陈斌用力挣出来,白净脸涨成酱紫,指着侯东跃破口大骂:"侯鬼,欠账还钱天经地义,你横也没用。"

"你这是釜底抽薪,想趁机灭了我们的灶。都说你小子这几年有点人样了,一到关键时刻你狗性又出来了? 看你有何面目见钱董。"侯东跃咬着牙根教训。

"哼哼哼!"陈斌冷笑,手指戳着侯东跃,"做梦呀你,钱芷彤犯了三宗罪,不判死刑也得判无期,还想出来? 哼哼哼,做黄粱美梦去吧,侯鬼。"

陈斌只顾摇头晃脑冷笑,冷不丁脑袋嗡地一响,眼前直冒金星,身体像树桩子那样轰然倒地,只觉背脊挨了一记重掌,断了骨抽了筋似的疼痛无力,趴在地上动弹不得。

钱芷彤被关进看守所后,胡立天天喝酒、请客、搞串联,写了一份请愿书,列数钱芷彤的种种恶行,要求法院重判钱芷彤。他追着业主屁股后面让他们签字按手指印! 恨得侯东跃直跳脚。

一日深夜,胡立喝了酒开车回家,刚打开车门,左脚还没踩踏到地,眼睛突然被黑布蒙住,嘴里塞进一团馊臭的东西,脖子被一只硬手紧紧箍着,手脚三两下被人绑紧,随即塞进一条麻袋里。他知道自己被绑架了,咿咿呜呜叫不出声。不知被拖到哪里,一阵闷棍乱敲,右腿骨咔嚓一响,胡立呜一声闷哼便昏死过去。

胡立在床上养了三个月的伤,他猜测这多半是侯东跃指使人下的毒手,苦在没有证据，只得暂时咽下这口气。他对关大东和三炮发毒誓：“侯东跃想恐吓我，制止我搞联名书，休想，我死都不罢休。”

“大哥，不过你、你还是小心一点为好。”

“我有数的。”

钱芷彤案一审判决后，张彼得立即提起诉讼要求撤资。寒冰以旷达有限公司总经理的身份提起反诉，状告张彼得违背合同之第五款。合同第五款规定：张彼得的华隆商行投资周期为五年，若中途撤资，视为毁约，一切损失皆由撤资者自负。

法院判张彼得败诉。

张彼得撤资不成又生一计，他和劳俊联手，鼓动郑百家倒戈，把钱芷彤转移绿洲有限公司十亿资产的事来个彻底清算。

劳俊和张彼得合计：“旷达的启动资金全部来自绿洲，就是那笔十亿的款项。如果官司赢了的话，旷达公司的资产不少于三十亿人民币，全部可以归我们所有。”

张彼得啜了口香槟：“关键是要做通郑百家的工作，他就是钱芷彤背后的高手，只要他肯出来作证，官司万无一失。”

劳俊奸笑：“这么个嗜钱如命的小人，拿下他只要花点钱，就不费吹灰之力了。上次，我只花了一百多万就搞定他。”

“这次呢？”

“这次自然翻倍，老兄，你就等着听好消息吧。我已经派曼亚到青山去找郑百家做交易了。”

钱曼亚第二次到青山来找郑百家，显得很有把握，她坐在郑百家的会计师事务所里神态傲然：“郑先生，上次的合作很愉快，我们劳总裁很满意。他想再次和你这位老朋友合作。”

郑百家眨着不大的圆眼睛问：“怎么合作？”

钱曼亚头颅微微一昂：“你如果说出绿洲转移十亿人民币的内情，到法庭上作证,这次的报酬是上次的三倍。怎么样?”

郑百家扶了扶断腿的玳瑁眼镜,看钱曼亚跷起兰花指掀开茶盖喝茶,半晌不出言。钱曼亚放下茶杯又问他,他快速眨动眼睛想了又想,才说:“这么大的事,容我考虑一下,两天后来听信好了。”

侯东跃得知钱曼亚来做郑百家的工作,要他反水出卖机密,急忙同寒冰、钱明和老姚商量对策。钱明和知道问题的严重性,决定由侯东跃和老姚一起向郑百家摊牌。

侯东跃约郑百家到湖滨茶馆谈事。

老姚面色凝重地推开茶室的门,见郑百家一脸冷漠端坐在沙发上,就坐到他对面,身子微微倾向他,声音低得只有郑百家能听清。

“我给你看样东西。”老姚从包里掏出一张纸摆在郑百家面前。

郑百家迟疑了片刻,出于好奇还是拿起来细看。突然,他面色潮红,气急喘喘,把纸轻轻放回桌上,神情充满怀疑:“不可能,她怎么可能这么做?”

“她的确这么做了。你很清楚千分之一的股份是多少钱对吧?”

“她为什么要这么做?”郑百家非常气愤地责问,他恨钱芷彤这么做,更恨自己无法拒绝。按目前旷达公司的资产计算,这是一笔几百万的巨款,他觉得钱芷彤以德报怨是在羞辱他的人格,而他却根本没有力量反击他认为的羞辱。

“因为……”老姚观察他半天,慢腾腾挑了个合适的理由,“因为她是个非常讲情义的人,她认为这是你应该得到的。而且,这是一年前就决定了的,不是现在。”

“那好,我要求立刻把股权兑换成现金。”郑百家抱着手臂靠在沙发上,一副死猪不怕烫的嘴脸,挑衅般盯着老姚。

老姚轻舒一口气,和侯东跃交换了目光,这是在预料之中的。然后他把头转向郑百家低低答应:“可以,但必须在钱芷彤二审结束后。你知道该怎么处理和香港元丰公司的交易了吧?包括你出庭作证那次。”

仿佛挨了不轻不重的一记耳光，郑百家的胸腔里突然咕噜了一声，从胃里冒出热热的苦水，涌到嘴里，他含住吞咽下去，愣在那里。

老姚低声劝导：“百家，你的仇也报了，恨也应该消了，那仇原本不应该报在钱董身上的。董事会内部商议，要取消你的股份，但通过兰律师请示钱董后，她坚持认为这是你应该得到的。”

侯东跃气哼哼地插嘴：“如果这次你还听信钱曼亚的唆使，检举钱董，坐牢的就是你自己了。”

郑百家听着俩人的话心里五味翻滚，酸甜苦辣，甚至后悔都有。他低着头思忖，权衡再三，最后很不情愿似的点了点头，脸颊上却烧出两团滚烫的红晕，瞳仁深处有两点火苗一跳一跳。侯东跃见机将身子移到郑百家旁边，拍着他的肩膀：“签个合同，以防万一。”

郑百家迅速浏览了合同内容，很快在上面签好字，付了自己的茶钱，逃似的走出包厢。

侯东跃低声叱骂：“只认钱不认人的吝啬鬼。”

老姚却如释重负：“这样也好，从此谁都不欠谁的。不过，你没看出来吗，他的内心还是有愧疚的。”

侯东跃依旧叱骂：“他就是个要钱不要命的抠鬼。他愧疚，狗就不吃屎了。”

当钱曼亚第三天到会计师事务所找郑百家时，他不在。他的同事手里捏着一只信封走到她面前：“是钱曼亚小姐吧？我们郑所长出差了。他让我把这个交给你。”

钱曼亚背过身拆了信封，里面只有一张香港元丰的股票凭证，是她上次作为交易的筹码送给郑百家的，他还回来了。

钱曼亚气得脸色煞白，咬着牙齿暗骂：“不识抬举的东西，放在香港，不要了你的狗命才怪。”

劳俊和张彼得不死心，还是向青山法院提起诉讼，想把绿洲房地产有限公司和旷达房地产有限公司归到香港元丰名下。寒冰和劳俊对簿公堂，官司虽未最后了结,但结局已基本明了。

侯东跃和寒冰到青山看守所探监时,汇报了外面发生的事情。

寒冰挑动秀眉,眼目含着少有的兴奋告诉钱芷彤:"钱董,你真是魔高一尺道高一丈。香港来的阎律师被兰成律师驳得哑口无言,很是狼狈。"

"当老姚拿着股权分配书站在证人席上时,钱曼亚气得半死,她几乎是被我们公司的员工嘘出法庭的。"侯东跃说。

钱芷彤温温一笑:"也不是什么道高一丈的先见之明,公司是大家的,理应每个人都有份,我只是抢先走了一步而已。"

当钱芷彤问起文帅与 GH 银行打官司的事,俩人支支吾吾不肯说。末了,侯东跃安慰她说:"文帅来过电话,说正和 GH 银行交涉呢。"

钱芷彤心里失望透顶,心想,自己都到了这种地步,还想指望别人怎么样吗?傻子啊傻子,她狠骂自己。

秦碧波为钱芷彤的事四处奔走,甚至和艾敏翻了脸。

患难见真心,她钱芷彤一生中,也就剩这几个贴心人了,他们对于她来说都是大浪淘沙后的金子。钱芷彤想到这里,更紧地握住秦碧波的手。

秦碧波轻声问她:"那个文帅一点消息都没有吗?"

钱芷彤心里骤然一痛,皱了下眉深深呼出一口气,淡然地看着女友:"生命中的过客。"

龚铁和钱芷彤的谈话是在她上完课后开始的。上午的太阳在云层里时隐时现,龚铁说着红豆杉被发现的轶闻:

"话说 1945 年,美国在广岛长崎投下原子弹,二十五万生灵涂炭,山坡变荒漠,唯有一种树,却依旧挺立不死,后被美国的科研人员拿去研究,得知此树名红豆杉。从它内部提取的紫杉醇,是治疗乳腺癌和肺癌的良药。目前来说,还没有超过它的。"

钱芷彤轻轻笑着打断他:"龚教授,不必绕弯子了。你从省城来到偏远山区,不是为了和我讨论红豆杉的,对吗?”

龚铁愣了愣,盯着那双深邃的黑眸,自嘲一笑:“好吧,不说红豆杉了。”

田小鸥捂着嘴哧哧笑,解释:“芷彤姐,教授怕伤着你。”

龚教授瞪了一眼田小鸥怪她唐突。

“没事。”钱芷彤淡淡一笑,神态倒很释然。

龚铁见状也宽心了许多,便摆开架势提问题:

“我们的第一个问题:民营企业生存的艰难性。请你谈谈。”师徒俩四只眼睛盯着钱芷彤。

钱芷彤半晌没接话,只顾喝着茶,喝完一杯又替自己续上茶水,这才缓缓开腔:

“这些问题,龚教授随便在东州街头找个企业家问问,他们都可说出一大堆来。还是问点别的吧。”

“……”龚教授怕拿捏不住轻重显得唐突,一时不知问什么好,竟冷了场。

钱芷彤有点不忍心,便主动开口:“还是谈谈我自己吧。”

龚教授一听,双眼如着了火嗖地放出奇亮,连声说:“太好了,太好了。”声音颤颤地走调。

田小鸥又哧哧笑,心想:再老的男人,在美女面前也会失态。

钱芷彤当然明白田小鸥笑的意思,于是也不由得咧嘴一乐,随后就谈起她自己——

第四十三章

“普希金在诗里责问拿破仑:‘是谁蛊惑了你?狂人!谁竟使奇才目光短浅?’即使拿破仑再生,他自己也难以回答,其中到底有多少成分属于社会,有多少成分属于他自身。”钱芷彤说。龚铁师徒似乎没听明白意思,四只眼睛直愣愣瞪着她。

钱芷彤朝龚铁教授和田小鸥露出歉意的笑:“别误会,我只是想说,不管人的职位大小、才智高下,人性会在顺畅的路上变态,变得自傲狂妄。欲望会膨胀,变得贪婪不知足,膨胀到为所欲为。当它无法再膨胀,就会爆裂,就失败了。”

“你的意思是,人性变得狂妄,最终走向灭亡,其中有很大的社会因素在里面。拿破仑和你都是这样。不应把责任全部推到失败者身上。”龚教授矍铄的目光透出潮润和温暖,看着钱芷彤。

钱芷彤点头低语:“可是,失败和痛苦都得独自承受。”她眯起眼睛,眸子在太阳光下逼出一粒光亮。

“在我们青山市,民间借贷是寻常事,你只要有借有还,信守承诺,一般是不会出问题的。我母亲吴玉秀,头几年经营吴氏钱庄时,还能良性运转。但不可掌控的因素太多了,比如行情、国际国内的大环境、人性中的贪念。当这些因素一旦朝着不利的方面发展,事情就变得不可收拾了。我母亲的贪欲是在贪欲的土壤里发酵起来的,促使她完全偏离了原先的宗旨,跟着当时的社会潮流,越搞越凶,不知不觉就走到那个地步,害人害己。我母亲当时可是红遍当地的金融实业家,还是东州市劳模。”

龚铁说:“我了解当时的情况。”

“我呢,同样被金钱欲望所控制,开初顺利的发展使我忘乎所以,以为自己真的有什么天大的本事呢，一而再，再而三……就有了牢狱之灾。”

钱芷彤咬了咬嘴唇，端起茶杯挡着脸，把脸浸在茶杯口，许久没出声。

龚铁和小鸥屏住气息，四周静得出奇，风似乎躲进树叶里，云凝驻天空，一只虫子在草丛里一声声鸣叫。

龚铁教授咳了两声：“是啊，人往往会被赞扬声和各种光环蒙蔽住思想，以致完全失去了行为导向。这就是社会因素害人之处。”他深沉而带有痛惜的话语，震得阳光都发颤。

钱芷彤终于抬起头，长长吐出一口气。

“出事的头两个星期，我蒙了，不相信自己的人生就这么完结了、颠覆了。关在看守所里，我神志出现间歇性昏乱，身体只剩一具空壳。一审时还像在做梦，强装的镇定掩盖不了空虚的内心。终于，我被郑百家的证词击溃，晕倒在法庭上，昏迷了两天两夜，高烧不退，胡话连篇。”

龚教授和田小鸥没有说话，他们静静看着她，眼中流露出深深的关切。

钱芷彤苦笑一下，神情凄切，简单讲述起当时的境况。

2009 年 12 月初，香港元丰的少总裁劳俊，指派钱曼亚去青山市找郑百家。

劳俊立在办公室里，阴沉的脸色非常难看，他吩咐钱曼亚：“不惜一切代价买通郑百家，钱芷彤诈骗张彼得一案，他是关键人物。”

“刚接到张彼得的电话，他收到东州法院的传票，案子准备在 12 月 29 日开庭，希望他出庭。”钱曼亚读着电话记录。

张彼得从郑百家那里得到旷达公司伪造虚假报表的确切信息后，于 2009 年 3 月就把诉状递到青山市人民法院，他正等着开庭，然后撤资。

劳俊还是不放心：“青山市有钱芷彤的关系网，要防止她要滑漏网。”

钱曼亚撇嘴冷笑，对劳俊的担忧不以为然：“放一百个心，她没这个本事。都被逮捕了，落地的凤凰不如鸡，没人会在这个时候替她出头。如果非法集资诈骗罪成立,她只有等着把牢底坐穿了。"

劳俊把燃着的烟蒂碾灭在玻璃缸里,斜斜瞪了钱曼亚一眼:"据内部消息,非法集资诈骗罪到底怎样还很难说。所以,把郑百家搞定很要紧。"

钱曼亚约了郑百家在东州王朝酒店509房间密谈。郑百家盯着滔滔不绝的钱曼亚,打断她:

"她不是你的养母吗?仇恨就那么深?"

钱曼亚冷笑:"她恨不得杀了我,我也是。"

郑百家低了头,搓着自己的手指不说话。

钱曼亚拿出一张支票,放在桌上,郑百家瞟一眼,三十万人民币。

钱曼亚见郑百家这副神态,知道钱少了:"你出庭作证值多少,说个数,我们少总裁绝对不吝代价。"

"我已经把做假账的内幕透给了张彼得,接下来你们自己看着办。"郑百家抬眼看着钱曼亚,显然不肯出庭作证。

"我们知道,你是个孝子,从来都没有忘记母亲的死。这是你彻底报仇的好机会呀。"钱曼亚貌似轻言细语的劝词,每一字都如重锤敲钉,深深扎进郑百家的肉里。

郑百家眨着圆眼睛,想了好久,一再推诿:

"我母亲的死,归根到底不是她的错,是她母亲的错。再说了,当时大潮流如此,谁都没办法不被卷进去。"

钱曼亚冷笑:"你去旷达担任会计,不是为了替你母亲报仇吗?我看你是每一分每一秒都没有忘记你母亲的惨死。当年,你赶到吴氏钱庄门口时,你母亲满嘴吐着白沫、脸色灰白死在那里,你抱着你母亲的尸体哭晕过去,咬牙切齿发誓血债血还。有没有此事?"

郑百家抬头盯了钱曼亚一眼,嘴唇动了半天,到底没有发出声音,又低下头搓手指,一节一节地搓。

钱曼亚急得直想跺脚,鼻尖上渗出粒粒汗珠,如果郑百家真的不肯出庭，很有可能前功尽弃。

“如果你不出庭作证，钱芷彤一口咬定和张彼得是情人关系，再咬定他在炒股上的责任，那么诈骗罪有可能就不成立了。那么你就是在作伪证，反而会成为诬告，她没罪你就有罪。”钱曼亚努力劝说郑百家。

郑百家紧闭嘴巴，死不松口。

钱曼亚不死心，再次约见郑百家时，说了三句话。

她递给郑百家一张纸：“这是香港元丰的原始股票凭证，原价十二元，市价四十八元，少总裁替你购买了三百手，你只要把原价的本钱打到这个户头上即可。”

劳俊研究透了郑百家的性格，这个谨慎得出格的会计师，绝不会留下尾巴被别人踩踏，必须把事情做得没有后顾之忧，他才肯出力。对金钱的热爱超过爱情、亲情的人，金钱的数量可以击败他。劳俊就来了上面这一手。

“如果你不同意出庭作证，我们连你一起告。”钱曼亚威逼他，“三天后听你的答复。”

钱曼亚的细高跟鞋无声踏在地毯上，旋出一个个窝，她正朝门口走去。

郑百家坐在那里发呆，脑子里飞快计算：一手是一百股，三百手是三万股，每股纯价格是三十六元，三万股就是一百零八万元。

如果不出庭作证，自己也脱不了干系。哪头重哪头轻，郑百家当然掂量得很清楚，这笔交易值得做。

“我同意。”郑百家对着钱曼亚的背影大喊。

钱曼亚及时缩回捏在门把上的手，嘴角荡起一丝胜利的笑纹，转回身坐到桌前，拿出早就拟好的合同让郑百家签字。

“好，识时务者为俊杰。等一审开庭后，你立刻可以把股票兑换成现金。今后再无干涉。”

钱曼亚装好合同，轻快地走了。

郑百家捧着头坐在椅子里，他的心里很乱。钱芷彤对他郑百家其实很讲情义的，但是，撇开母亲的事不提，在利益面前，人首先会自保。再说了，是你钱芷彤不义在先，怪不得我郑百家了。

果然，郑百家的证词似一根铁棍，狠狠把钱芷彤击倒在法庭上。

龚铁教授温和的目光水流一样抚过钱芷彤的脸，他低低说话，绵厚的嗓音里掺进浓浓的温情："我想，做一个女商人会有许多一般女人没有的艰难吧，尤其是独身美貌的女商人？"

钱芷彤听着心里猛一酸，生出万千种苦涩来，心里的堤坝塌了一只角，眼泪似乎瞬间挤到眼眶边沿，喷涌而出。但她知道这只是一种错觉，她已经没有眼泪可流了，她的眼眶干燥无泪。她淡淡一笑，轻轻说："其实，我从十八岁开始到去年为止的二十年里都活得很艰难。"

在龚教授愕然的眼神里，钱芷彤缓缓讲述：

"1988 年我母亲平会倒闭后，家破人亡，我随时有被会员绑架的危险，只得逃亡到深圳。到了深圳，身边只剩一百多块钱，几天下来就用光了。那年我十八岁，从小开始就在念书，没有任何谋生本领，也没有力气吃苦力饭。流浪几日后，实在饿得不行，又拉不下脸皮乞讨，强打精神四处去找工作。恰巧一建筑工地招挑砖的小工，我就报名并且被挑中。你们想，几天没进食，挑着砖几番上楼下楼，日头一晒，哪里经得住，两眼一发黑一头栽倒在工地上。"

钱芷彤两眼看着窗外，像在说别人的故事，田小鸥已经泪眼婆娑，龚教授低了头不作声。

"接下来就到香港人办的服装厂当成衣工。那活很辛苦，工钱又低，一天到晚坐在裁缝机前，双脚不停地踩机器，晚上下班累得腰酸背胀。但就是这样，我已经高兴啦，还经常加班接活，因为加班费比平时的工资要高出两倍。有一次，工厂有一批货要赶出来，为了挣加班费，我连每天的晚饭都省了，工作到深夜，半夜空着肚子回到宿舍随便对付一口就上床睡觉。一星期后，任务总算完成了，那天夜里回到宿舍我就开始发高烧。我不懂，烧得难受时还以为天热的缘故，懵里懵懂爬起来跑水龙头冲了一顿凉水，回头倒床上就迷糊过去。

“等我醒来时,发现自己躺在医院里。原来第二天上班后,同宿舍的一女工回来拿东西,见我还在昏睡,叫了几声没反应,就过来摸我的额头,滚烫滚烫的,她立刻喊了她弟弟来,一起把我送到医院里。见我醒了,医生板着脸数落我,好像我是只要钱不要命的人:‘你命大,晚送来两小时,你就见不到你父母了。钱赚得再多也枉费。’这话就像尖刀戳得我心里直流血,哪还有父母呀?大凡有点办法我也不会拼死命去干活的。我心一酸便号啕大哭开了,眼泪哗哗涌出来,江水决了堤似的,足足哭了三小时,心里痛苦得没办法。思前想后觉得自己命真苦,别人有委屈还可以到父母跟前诉说,我孤苦伶仃,家破人亡的,死了也就死了,就像死一条狗。”

田小鸥轻轻擤着鼻涕,拭擦流到脸颊上的眼泪。

“救我的女工后来成为我的好姐妹,她就是寒冰的大姐。她坐在病床边劝我:‘别哭了。我娘说,人活着就是来受难的,有九九八十一难要过,咬咬牙挺过来就没什么啦。’

“后来我又扫过厕所,做过家教,当过洗脚工,直到被劳国安招进他的公司。每件事都做得很艰难,不过咬咬牙也都挺过来了。”

钱芷彤说到这里,端起茶杯喝茶。田小鸥擦了擦眼角的眼泪,唏嘘了好半天。钱芷彤侧脸朝龚教授一笑:“没吓着您吧?”

龚教授脸色凝重,重重地叹了口气。

“到青山市开发房地产,对我来说是件很愉快的事。正碰上内地改革开放突飞猛进的好时光,要加快城镇化建设的步伐,这给了我一个大好的契机。政府大力支持,政策好。困难当然有,不止一两件,也不是小困难,但我从来没有惧怕过。”

田小鸥红着眼圈问:“芷彤姐,你把事业做得这么大,你觉得最难的是什么呢?”

“难的当然是资金不充足,所谓巧妇难为无米之炊。不过,对我来说第一困难的却是没有安全感,心里苦。这么大的产业,手下这么多人,身边没有一个贴心人,人人都瞪大眼睛找机会挖墙脚,人人都想从我这里割肉分羹。我焦虑孤独,像一头被猎人追逐的母兽,动一动就会掉入陷阱里。”

钱芷彤苦笑一下:“处在这样心态中的女人太危险,有时会丧失基本的判断能力,没有方向感,不知道这样做事情到底对不对。心一软闪念间就铸成大错,只能独自吞咽苦果。”

龚铁轻声发问:“你是指‘一房二贷’的事?”声音轻得绝对不会扰乱钱芷彤的思路,就像山风拂动她的额发。

“是的。”

钱芷彤应一声,转头看向窗外,喉头硬硬的如吞下一粒石子,目光所及,群峰起伏奔驰。

2007 年 5 月,李靖和宋宇走进钱芷彤的办公室。李靖把一份方案放在钱芷彤的办公桌上。

“钱董,我们拟了一个借贷方案,用公司职工的名义买房,向银行贷款。”李靖殷勤的微笑烫烫地粘黏在钱芷彤脸上。

“说来听听。”

宋宇立在李靖边上,整个身子摇晃着,口里吸着雪茄,仰头吐出一圈圈烟雾。

“宋宇,灭了。”钱芷彤对这个香港过来的公子哥,做个手势。宋宇的父亲是劳国安的部下,和钱芷彤交情不错。宋宇大学没毕业就跟过来做公关,脑子灵活,平日里还是吊儿郎当的公子哥脾气。他只服钱芷彤的管。

宋宇很快灭了烟,笑嘻嘻凑过来,手肘抵在桌面上:“钱董,公司出点首付,交点按揭,一大笔贷款就进来啦嘛。”

“这合同每人都签吗?”

“不用,我们代签,保密。这事和你半点关系都没有,我宋宇一人扛着。”宋宇一拍胸脯说。

钱芷彤迟疑了一下,点了点头。

半年后,宋宇和李靖又来找钱芷彤。

李靖说:“钱董,既然公司的资金这么紧张,清水湾一期还可以贷款的。”

钱芷彤扬起眉毛:“怎么贷?”

宋宇说:“我们前面的贷款不用还,这些房子被客户买走后,不是可以向银行贷款吗?”

“这种事能办吗?”

“我们又没有吞吃银行的钱,只不过用一套房借了两次而已嘛。”

“银行的审批能通过吗?”钱芷彤来回审视着李靖和宋宇。

“银行不要太高兴哦。贷给我们绿洲公司,怕什么?他们只要拿利息就是。”

宋宇拍着胸脯保证,一切事情他搞定,不用钱董负责。

钱芷彤正为资金短缺的事烦恼着,欲望支配理性,心一软也同意了。

“女人啊女人。一念之差,万劫不复。”钱芷彤耸耸肩苦笑,结束了回忆。

“也不仅仅是女人的问题。民营企业家在资金短缺的情况下,有时会做出一些碰触法律的事,以致把自己逼进绝路。”龚教授嗓音低沉地分析道。

“说来说去,还是资金的问题。”田小鸥这个博士,是从书本到书本,实践经验也都是间接听来的,所以,话语中不会有切肤之痛。

钱芷彤表示赞同:“是啊,回头看这几年的东州商场,商人的下场大同小异:资金不够,向民间借高利贷,碰上金融风暴,房地产不景气,其他产业形势也不好,还不出高利息,资金漏洞越来越大。”

龚铁接着钱芷彤的话问:“出问题的主要原因是什么呢?”

“很复杂,资金链断裂背后的各种纠缠乱麻一样解不开的。而我当时仿佛坐在一辆脱轨的过山车里,想停都停不下来,眼睁睁看着自己翻到悬崖底下。”

三个人都被沉重的话语压得透不过气来。

龚铁教授在本子上打了一个大大的问号,把“惯性”二字写在问号里面,又狠狠划了两道粗重的短杠杠。

惯性,借高利贷的惯性、逃跑的惯性、大环境中的惯性。惯性成为一种大众的思维,泛滥成灾,那就很可怕。

龚铁飞快写下以上这些闪过脑际的文字。

第四十四章

“升国旗喽——”

钱芷彤手里摇着铜铃，从一年级的教室门口走到六年级的教室外，来回走了两趟，丁零丁零的声音散开去，清幽的山谷中也响起隐隐的铃声。

男学生从课堂里哄地涌出，跑到操场上。女生三两成行，牵手搭背慢慢走出来。

一群学生围住钱芷彤，个个仰着笑脸。一男生在说着什么，引起一阵阵欢笑。

那男生说，他家里的母猪难产，是他给接生的，一共有十二头猪娃。他阿爹要给学校送锦旗，感谢老师把他儿子教成一个医生。

钱芷彤摸了一下男孩的头：“真棒！不过，要当医生，你得去读医学院。好好努力，梦想就会成真。”

升旗仪式，在每个星期一是风雨无阻要举行的。今天是个好天气，太阳从东山坳里升上来，像一束温温的火，烤得人浑身发暖，虽然风刮过来还是凛凛冽冽的。

群山露翠，天空鸭蛋青的底色上，涂抹着粉红深红玫红金红的霞云，学生和老师全都面对太阳站立，口中唱着国际歌。猩红的国旗在全体的注目礼中徐徐上升，护旗手把国旗挥舞开去，那猩红便在翠蓝的晴空炫出一片铮亮的风。

接下来是全体朗诵钱芷彤写的诗——《祖国母亲颂》：

> 我热爱你的崇山峻岭，热爱你源远流长的江河。
> 热爱你每一寸土地，热爱你灿烂的文化。
> ……

田小鸥后来啧啧称道："芷彤姐，你们那个护旗手，真有天安门国旗班的范儿。"

"最后的颂词非常感人。"龚教授在一旁评论。

"我们力求向最好的看齐。"钱芷彤说，"咦，你俩不会认为我在作秀吧？"

"不会不会。"

"爱国教育很重要。"

"不光如此，我认为爱母亲、爱祖国这是人类最基本的情感。"钱芷彤目光湿润看着面前的俩人，情绪有点波动，"在自由的空气里看着国旗飘扬在蓝天下，安详平和，这对我而言是一种无与伦比的享受。"

龚教授和田小鸥听着钱芷彤发自肺腑的话语，理解她所指的"自由的空气"，心有所动，一起仰头望着飘动的国旗，目光也渐渐热起来。

等钱芷彤上完英语课，她便带着龚铁师徒上山参观红豆杉基地。

一辆卡车正载着满满的茶树从山下开上来，黑皮指挥着工人卸车，一身红色运动服像一团火焰。他当年的痞气和野气荡然无存，在部队里练得一身吃苦耐劳的真本领，他跑前跑后，显得精干利索。

龚铁指着黑皮对钱芷彤："穿红运动衣的小年轻不错。"

"是我大哥的儿子。"

黑皮2006年因为迪赛名园小区业主状告绿洲公司豆腐渣工程，败露了他调换建筑水泥和墙体瓷砖一事，被钱芷彤开除。阿霞的表舅妈哭哭啼啼找到她，向钱芷彤道出真相。

当年在钱芷彤办公室里，表舅妈哀哀倾诉：

"小雅，我本不忍心说，是你误会黑皮了。黑皮他是个孝顺的孩子，他弄钱是替他爷爷，哦，就是我老伴，给他治病啊。能不能不开除？"表舅妈皱纹满面的脸上积着尘灰，眼泪冲下去，刷出皱纹里的泥垢，满脸变得黑乌乌的。

钱芷彤看着大嫂的这个表舅妈，怒容未消，向她讲了一大堆公司的难处和黑皮的恶习。老太太只是哭："我对不起、对不起阿霞，我没教好黑皮。"

她接过钱芷彤递过去的纸巾团在手心，用粗粝的拇指肚抹去眼泪，抽抽搭搭哭诉："黑皮的性子急躁，也是被逼出来的。六岁的时候被小伙伴欺负，骂他是没爹没娘的野孩子，被他娘抛弃的野种。他头上流着血跑回家问我，我怎么说呀我，只能搂着他大哭。"

"到底怎么回事？你说。"钱芷彤觉得老太的话里生骨，内里似有什么蹊跷，便一再追问。

钱芷彤一追问，老太才哭着道出实情："小雅啊，黑皮是你的亲侄子，国庆和阿霞的儿子啊，当年阿霞被逼无奈才扔下孩子给我们的。这么多年，你们家都散了，国庆死了，我怕伤着孩子，忍了近二十年了都不敢说。"

老太想起当年的情景，阿霞被会员追逼，丢下几个月大的婴儿逃命，现在不知死活，捂着脸伤心大号。

钱芷彤咬着牙听完表舅妈的话，心脏像被尖刀挖了一刀似的痛，陪着哭了一顿。等老太走后连忙请了父亲钱明和来商议此事。

钱明和沉默半晌才说："按年份算，阿霞和国庆的儿子应该是这个年龄，从相貌看也不差，那脸盘是阿霞的，眼睛就像从国庆脸上抠下来安上去似的。但现在俩人都不在了，按理有阿霞表舅和表舅妈作证也可以了，但没有科学依据心里总不踏实，我们就这样认黑皮是咱钱家的嫡孙，也有点冒失。"

钱芷彤看了看老迈的父亲，知道他非常想认这个孙子，钱家就剩这一根独苗。于是思忖再三就对父亲讲了自己的想法，父亲点头认可："行，用我的头发做个 DNA 检测吧。"

经过检测后，确认黑皮为钱明和的嫡孙，把姜石来改名为钱时来，谐时来运转之意，又和原来的名字同音。

钱芷彤下决心要黑皮脱胎换骨，钱家唯一的根苗必须是铁骨铮铮的男子汉。通过人武部的关系，在 2006 年年底把他送去部队参军，复员后又把他派到这里当主管。

钱芷彤回头对龚铁说了一句:“我去一下。”便跑到黑皮那边吩咐了一通又跑了回来。

“这批茶树非常珍贵,是通过福建商人从台湾运过来的,今天要全部种完,气象预报说过几天会下雨。”一来一回,钱芷彤苍白的腮边泛起一片红云,目光透亮。

龚教授放眼望去,山坡上有许多工人在种茶树。

“走,种树去。”钱芷彤领着龚教授扭头朝一垄地走过去,田小鸥兴致勃勃率先跑到前面去了。

钱芷彤拿起锄头挖坑,挖完坑卷起袖子,用手抓起猪粪铺在坑里,又拿过一株茶树放进去,让龚教授捧住扶直,再铲了土把坑填满,用脚踩结实,浇上水。

“好了。”钱芷彤拍拍手里的泥土,“我们用的肥料都是山民的猪粪、牛粪,绝对没有一点点的污染。过几年,你就可以来喝我们的高山云雾茶了。”

钱芷彤的眼睛里跳跃着欢喜的光,龚教授轻声称赞:“东州女人真不一般,拿得起放得下,吃苦耐劳。”

钱芷彤看了看龚教授,低语:“为了救赎自己,穿越地狱之门。”

龚教授立起身温水似的目光包裹着钱芷彤。

钱芷彤也直起身,坦率地接住龚教授的目光:“为了和命运抗争。我母亲进了监狱后疯了,人不人鬼不鬼地又活了几十年,非常窝囊地死去。我如果也疯了,那真是应了一句‘母女同命’的老话了。我必须改变这种命运。我相信自己能挺过来,重新起飞。这不,挺过来了。”

龚教授谦谦微笑:“嗯,说得太好了。我想请教两个问题。”

“您说。”

“你为什么选择种台湾高山茶?还选择种红豆杉?”

钱芷彤想了想说:“公司的专家组明天会来山上,考察红豆杉的生长情况,让他们抽空给大家做个讲座,您的第二个问题自然会有答案的。现在我回答第一个问题。”

他们坐在一块较平坦的岩石上，看着种茶的人。钱芷彤一脸兴奋地侃侃而谈：

“台湾高山梨花茶，又名梨山高山茶。产地在台湾台中的梨山地区，茶的环境很好，是台湾中央主脉两大主峰之一的玉山大岭山脉的原始森林地带。而且，那里是台湾唯一生产梨和苹果的地区，种出的茶叶带有梨和苹果的清香，因此也叫高山梨花茶。

“我喝梨花茶纯属偶然。我的胃不好，绿茶不能喝，红茶浓度太强也不能喝，台湾朋友送我梨花茶，一喝很妥帖，就爱上了。还在监狱里时，父亲写信告诉我租了三千亩山地，我就开始琢磨引种高山梨花茶的事，阅读了有关种茶的书，做了充分的准备。”

龚教授弯腰抓起一把泥，仔细捻开，放鼻子里嗅了嗅，问：“种茶是很专业的活，还有摘茶、制茶，和茶叶的品质紧密关联的，你就没有聘请专家指导吗？”

钱芷彤朗声笑：“肯定请的，我们请了福建的茶农和专家过来分析土质，考量环境指数，鉴定水质，考察台湾的高山茶到这里能不能健康生长等，搞了大半年呢。”

“哦，那为什么要请福建的专家而不是省里的？”

“一是因为台湾高山茶在福建已经落户，他们有经验。二是我们和福建的种植基地很近，土质、水源、温差、气候环境都近似，指导起来有实质性的意义。”

龚教授点头。钱芷彤又指着满山郁郁的树木和野花：“我们这里植被丰富，春天一到各种树木葱郁、野花怒放，那正是高山茶发蕊生长的季节，它们饱吸天然的雨露芳香，你想，这茶的滋味该有多么的明媚润滑。”

“明媚润滑，这话太美妙了。被你这么一说，以后我非得亲自来品尝不可了。”龚教授呵呵笑言。

“你一定得来。我们准备再购进后山的荒地，种上桃树、苹果树。过几年,这里不仅是个漂亮的大花园,茶叶的滋味会更好。还有很多计划,我们都会慢慢去做。”

龚教授望着神采飞扬的钱芷彤,也呵呵乐了:“一定来,一定来。”

“走,我帮你亲自种几株茶树,做上记号,以后采下的茶叶都归你。”

龚教授也风趣附和:“一言为定。”

钱芷彤笑着挺了挺胸膛,扛起一株茶树,沿着田垄走到种树的工人那里,大声吩咐:

“大家注意,坑要挖得正好,肥料要铺均匀。钱时来,责任到人哦。”

黑皮远远地响亮地应着:“是,钱董。”

龚教授望着钱芷彤笔直的背影,喊了声:“等等我。”

有关红豆杉的讲座在大会议室举行,全校师生参加,钱明和笑眯眯地坐在最后。

山下来了五个人,四男一女。钱芷彤把龚教授介绍给他们:“这是省里金融研究所的龚教授。龚教授,这是我们公司聘请的红豆杉研究专家。这位是司马研究员,这是他的女助手,这位是我们青山的精英杨旭东,还在南京农学院攻读博士,研究方向是紫杉类植物的种植环境和价值,这两位是省里农科院的丁教授、言教授。”

龚铁和他们一一握手寒暄:“我来叨扰各位啦。”

讲座由杨旭东主持,他年轻的脸上露着严肃和自信。旁边的田小鸥在小纸条上嗖嗖写了几个字,悄悄递给龚铁。龚铁带上花镜读:杨旭东是钱芷彤“英才工程”的学子之一。龚铁看田小鸥,见她两眼熠熠闪光盯着杨旭东的脸一眨都不眨。他再看向杨旭东,宽脑门铮亮,头微昂,可谓英姿勃勃,不由感叹:寒门出才子。

杨旭东指着大屏幕说:“我先给大家讲讲紫杉醇的历史。其实,由红豆杉和紫杉提取紫杉醇的历史不算太长。1963 年美国化学家瓦尼和沃尔,首次从一种美国西部大森林中叫作太平洋杉的树皮和木材中,分离到了紫杉醇的粗提物。”

龚教授一听不觉有点难为情，想起他起先的道听途说，眼睛瞟向钱芷彤，钱芷彤正回头朝龚教授笑。

“直到1971年，他们才同杜克大学的姆克法尔合作，通过X射线分析确定该活性成分的化学结构——一种四环二萜化合物，并把它命名为紫杉醇，发现它的抗癌机理独特。

“经过漫长的二十年，1992年美国政府才把专利转让给施宝贵公司，紫杉醇正式面世。”

接下来由司马研究员阐述种植红豆杉的前景。司马高度近视，一副瓶底厚的眼镜架在鼻梁上，他一般不抬头看人，抬头也是看向天花板。他说：“迄今为止，国际市场上有两种紫杉醇原料药，一种来自红豆杉树皮，另一种来自欧洲的观赏紫衫枝条提取的浆果赤霉碱，再经半合成叫多烯紫杉醇。这两种原料均为国际市场上的畅销原料药，并长期处在供不应求的状态。据有关部门估计，紫杉醇和多烯紫杉醇原料药的销量比大约是10:1。所以，种植红豆杉的前景应该不错。”

司马研究员的声音洪亮，带着明显的方言口音，大家听起来有点吃力。小学生堆里发出低低的嘤嘤嘈杂声。

“到目前为止，紫杉醇在世界各国均为医院首选的抗肿瘤药物。近几年来世界各国的肿瘤发病率比十年前已提高近一倍，肺癌、乳腺癌、卵巢癌等恶性肿瘤也呈多发趋势，这些病人也是紫杉醇的主要使用者。在没有一种植物抗癌新药能取代其位置之前，它的销量只会上升不会下降。所以，我们选择种植红豆杉的前景会很不错。”

丁教授和言教授也都从国内种植红豆杉的情况方面做了详细的阐述。

那个女助理最后站起来微笑着补充：“刚才前面的专家说过，大家都知道的，紫杉的名字又叫红豆杉，是第四纪冰川时期留下的五十六种植物中有药用价值的珍稀树种，在地球上有两百五十万年的历史。我国野生的红豆杉只剩下一百多株。因为它全身都是宝，又被称为黄金树。目前，98%纯度的紫杉醇国际市场价格每千克四十至六十万美元；我国纯度为70%的紫杉醇售价为每千克一百六十万至一百八十万。比黄金的价格还要昂贵。”

学生们听到这个数字连连惊叫出声：“哇，哇！”“这么贵啊。”

“所以呢，人工种植的意义非常重大。”女助理微笑着，“我们在座的同学们将来都可以成为种植红豆杉的专家呀。”

学生们又是一片惊呼声，喜悦的笑语夹杂其中。

钱芷彤站起身，环视了一下大家，温和谦逊且充满信心：“各位，种植红豆杉既可以造福人类，也能发家致富，这是一项意义非凡的工程，我们可以肯定，选择种植红豆杉会有好的前景，让我们共同努力。现在我们用热烈的掌声感谢专家们的讲座。”

讲座在热烈的掌声和愉快的笑声里结束。当夜，专家们就坐车下了山。

龚教授慢慢在房间里踱步，他似乎明白了钱芷彤的用意，也似乎从讲座中寻到了钱芷彤种植红豆杉的答案。再进一步思考，好像答案又不仅如此。他明显感知钱芷彤的雄心勃勃，她有一个远大的规划正在积攒、酝酿，像钱江的一线潮，从遥远的海平面推涌而来。

四十五章

是个圆月夜，月亮停在东面山坳的上空不动，夜空晴朗无云，整座大山静谧无声。钱芷彤约了龚教授散步。

月色清淡，夜风有点寒冷，俩人沿着小操场的边沿慢慢走着。小操场的四边种着笔直的水杉和美国秋红枫。

一排六间教室都亮着灯，孩子们还在晚自习。田小鸥在给六年级的学生上电脑课，一阵阵惊叹声和笑声传出来。

龚铁侧转脸，目光如温热的水，把钱芷彤包在里面。他没办法不用这样的目光去看她。

“你觉得你的案子的判决结果合理吗？”龚教授不得不违背秦碧波的吩咐，提出这个有点刺心的问题。

“应该是合理的。”钱芷彤抱着双臂踏着月影慢慢走，声音里听不出一丝波澜。

龚教授暗自感叹，一个曾经落到地狱里的年轻女子，得经过怎样的历练和煎熬，才有这种从容和平静。

“案子在中院一审后，我被判了八年。许峰他们不服，提起抗诉。胡立又煽动业主联名上书，要求判我死刑。我这边也提起上诉。最后省高院判决，认定非法集资诈骗罪不成立，改判五年。

“许峰他们认定绿洲集资属个人行为，因为他们认定香港炒股是我个人行为，以此类推，就认定了我的罪名。我的证据很充足，每一项决策都有会议记录，每个中层都有签字，这是不容置疑的集体举措。”

钱芷彤突然仰起头看着月亮：“不过，我还是觉得自己比较幸运。法律经过主观的解读，有时候是不容争辩的。”

龚教授跟着钱芷彤的目光，看向月亮，细细咀嚼着这句话的含义。

“你这个案子的判决，对同类的案子倒是有影响。”

“所以中央决定，必须要让民间金融从地下走到地上来，阳光化，要改变单一的金融制度，并且加强风险防范。有了风险防范，不至于出这么大的乱子。”龚教授说。

钱芷彤“嗯”了一声：“东州的民间金融业，走过了三十年的风风雨雨，总算有了今天这样的正牌地位，这确实是历史性的进步。之前没有任何一个政府能这么做。三十年，多少人的命运因此改变了呀。”

龚教授看着钱芷彤，她的脸在月光下显得沉静苍白，不知道她在想什么，或许在想她母亲，或许想起了依旧因为20世纪那两次金融风暴而修复着伤口的人们。

“改革的路坎坷不平很正常。”龚铁语重心长，“每一个制度的形成或者监管体系的进步，都伴随着危机和创痛，多少人为此做出牺牲和铺垫。你看噢，20世纪90年代初股票市场的过火，直接促成了1993年证监会的成立；亚洲金融危机前后保险公司大面积浮亏的一个后果，导致了保监会的挂牌；到了2003年，面临大笔呆账坏账的中国银行业也迎来了自己的新管家——银监会。而这一次改革，你认为，风险防范应注重哪些关键之处呢？”

钱芷彤呵呵笑着反问龚铁：“您认为最大的风险是什么呢？”

龚铁皱起眉头想了想，说出一些常规老套的话。

“不，最大的风险是人的贪欲，贪欲是灵魂的刽子手。贪欲会使人在操作过程中‘越位’‘违规’，制造不可防范的大风险。贪欲才是应该防范的核心。”

龚教授听出了钱芷彤话中的痛感，怔在那里，想：她是在说她自己呢，她施展各种手段拼命赚钱，冒死和香港元丰集团争斗，挖空心思和各方人士周旋，累积了几十亿的资产，最后却把旷达公司的所有股权分配给了全体职工和家人，自己一分没得。真是一个充满悖论的人，看不透，看不透哦。

想到这里，龚教授咳笑了一声：“能不能问一个私密的问题？”

“问吧。”钱芷彤双手交叉在前胸，信步前行。

“你在出事前把旷达公司的股份全部转让出去，给了家人和全体职工。外界认为你是出于无奈，为了逃避查封。也有人认为你狡诈，等事情过后你会收回股份。是真的吗？”

“不是。”

龚铁不置可否地笑。

“很难相信对吗？”钱芷彤目光炯炯盯了龚铁一眼，“但我确切无疑地做了。”

俩人都不说话绕着小操场慢慢走，月光穿过树叶的缝隙落在地上，光影斑驳如梦如幻。钱芷彤停下脚步，脚尖踢着被月光投在地上的枫叶影子问：“您说，这树叶是真是假？”

龚教授不知何意，不便答复。

“不好回答吧？说是真却没有形，说是假却有影，到底哪个是真哪个是假呢？谁是谁的模本呢？”钱芷彤说完又朝前走，龚教授跟在后面。

她还清晰地记得当时老姚叔怀疑的目光和尖锐的问话：“都想好了？这一出去可再回不来了。”她的心里也的确被“舍弃”的痛感扎得全是窟窿，青春的代价和十几年的心血呀，但还是咬咬牙下了决断。她还记得当时对老姚叔只说了一句话：“舍和得之间的奥妙，我不懂，看我运气，赌它一把。”这一把，现在看来她赌对了，旷达的员工都情愿跟着她创业，并一致决定拿出股份的三分之一作为专项基金，支助红豆杉种植基地的创业和开拓。

想到这里她转过头对龚铁说：

“真实和表象之间的距离很难测算，事实和动机也很难分割清楚，人性的复杂，岂能用对和错简单去判定？任何事有当时的环境和历史，对吧？割裂历史，断章取义，凭一己主观下论断，肯定荒谬。很多事情的结局都是无法预测的。”钱芷彤无奈地耸耸肩。龚教授听后无言。

钱芷彤在一张石凳边立住，铺上报纸请龚教授坐：“龚教授，其实您和小鸥这趟恐怕是白辛苦了。我呢，至多算是三十年改革浪潮中一朵小小的浪花。要在我身上追寻金融发展轨迹肯定让你们失望的。”见龚教授不以为然的神态，钱芷彤又说，“我问您，个体难道能够脱离时代和环境生存吗？既然如此，个体又如何能规避时代发展中所带来的各种弊端呢？我及和我一样生活在这个时代里的人，我们被乍然涌来的浪潮推着走，兴奋迷茫，看不清方向，一不小心就会走错路。”龚教授默然不应，他何尝不懂？

钱芷彤低语：“我非常感谢我吃过的所有苦，它使我明白，吃苦是上天的恩赐。唯有吃过苦，才能洞察世事，体味甘甜，才能从走错的路上折回来，重新走。”

龚教授感慨地仰起头，目光融进月光里，水流那般从钱芷彤脸上温温淌过。

“我给你念一首诗好吗？是我改编的。”

钱芷彤见龚教授默然点头，便咳咳嗓子对着老人深深一鞠躬，脸孔转向那轮明月，轻轻低吟——

如此宁静、自由的一天，
雾一早就散了，我在山园里干活。
阳光雀儿般停在茶树上，
这世上没有一样我想占有，
也无人值得我羡慕、嫉妒。
任何我曾遭受的不幸和苦难，我都已忘记，
想到未来的日子充满创造的欢愉。
生命像激流奔涌，
直起腰来，我望见蓝色的天空和起伏的山峦。

龚教授听着溪流般清澈淙淙的旋律，被深深感动了，这无疑是钱芷彤的灵魂独白。她站在月光底下，通体雪白，安详宁静坚定，眼眸含着星辰的光芒。只有灵魂从苦难的深渊中挣扎出来，站立人性高峰之上的人，才能如此珍惜重新获得的自由,如此深情地感受到大地的温暖,感恩自然赋予的一切。

一只山鸟嘎一声叫,扑啦啦扇动着翅膀飞起来,飞到另一棵树上歇了,四周又归于宁静。

钱芷彤猜测:“说不定碰到夜袭的蛇了。”

龚铁看着天幕上闪烁的星辰,看着被月光照白的山峰,长长舒了一口气,什么都没说,背着手回房去了。

龚铁、田小鸥师徒临走那天下午,春雨绵绵。黑皮开车送他们。

钱明和及小学校的师生送到大门口,钱芷彤又跟着送到山峪口。她看着龚教授他们坐进车里,立在那里挥手道别。雨丝炊烟一般卷过来,飘过她的头顶又跑远了,钱芷彤的黑发落了一批亮晶晶的细水珠,像顶着一圈珍珠花冠。

一辆老牌奔驰从山顶盘旋下来,开进峪口,嘎地停在不远处。钱芷彤看着车上下来的人,惊呼一声:“文帅!”

黑皮在这声惊呼中,轰轰地发动汽车,嘶鸣着缓缓开向峪口。

“文帅是谁?”田小鸥好奇地扭头向后看。

龚铁闭着眼睛替黑皮回答:“文帅就是文帅。”

几个人都笑。

黑皮两眼紧盯前方的山路,说:“文帅,是爱钱董爱到万箭扎心的男人。”

车里一时静默。

文帅站在原地,海蓝的眼睛深情注视着钱芷彤,目光鹰一样飞向她。昨天夜里他梦见琳娜,琳娜白衫飘飘,黑发拖地,从天而降,露着彩虹般的微笑向他走来。他伸出双臂欲要拥抱,琳娜旋开去,转脸过来,却变成了钱芷彤。文帅终于明白,爱钱芷彤是他今生的宿命。

钱芷彤仿佛被一股突如其来的强大气流击中，立在那里浑身战栗，目光迷离，长久盯着文帅。四年不见，文帅日益成熟，浑身散发着秋天饱满灿烂的气息，全不似她和他的第一次相遇。

那日，她去香港总部劳国安的办公室，只见走廊尽头立着位窄腰宽肩高个男子，神态忧郁。转头看到她时，他诧异地张大嘴巴，神色突变，阴沉的脸孔乍然亮堂起来，忧郁的眼睛里闪出喜悦的光泽，随即又痛苦地紧皱眉心，闷声不吭注视着她。钱芷彤的脑子里快速跳出一个名字：哈姆雷特，那个被复仇的痛苦纠缠住的丹麦王子。丝丝同情从肺腑间生出，她不由得朝他点头浅笑。她看出来了，这个男人的灵魂正在受苦。

不出所料，文帅的生命正被一场突如其来的死亡撕裂开，时间并没愈合他流血的伤口。

2002 年，文帅的未婚妻琳娜因车祸死亡，和她一起死去的还有她腹中两个月大的胎儿。琳娜在国外的高速路上行驶，被后面疾驰而来的跑车猛烈撞击，连翻几个滚侧翻在路上。等文帅赶到医院，琳娜已经奄奄一息，全然听不见文帅的哭喊。她的眼珠逐渐黯淡，啪一下熄灭掉，彻底隔断与这个世界的任何联系，不知坠落到何处何地的世界里。琳娜黑色的眼睫毛含羞草那样覆下来，死白的眼睑上便有一道弧纹，波波颤颤地，眼角一滴泪缓缓滑下来。文帅五脏六腑被挖空了的痛，嗷的一声凄喊便昏倒在地。

琳娜死后的一年里，文帅几乎被痛苦淹没，时而像个傻子呆坐半日一动不动，时而像个疯子捧着琳娜的遗物、照片自言自语，直至号啕悲泣。

琳娜是他高中和大学的校友，大学毕业后追随他到美国读研打工。十几年的拼命努力，他们终于从台湾人手里盘下一家小饭馆，也买了房，然后结婚生子，日子会像绸缎那般顺滑，却不料旦夕之间魂丧命绝。文帅每每想到这些，便痛不可遏，悲号出声。

文帅的母亲见儿子如此伤悲，日子过得人不人鬼不鬼的，背地里不知痛哭了多少回，想尽办法劝他。一日，见文帅熟睡过去，她狠下心把琳娜的所有遗物、照片统统搜出来，一把火烧尽。她对着怒不可遏的文帅，挥手硬硬劈了他两巴掌，黑下脸训斥：“不孝子，你想让我和你爸白发人送黑发人吗？啊？人死不能复生，悲伤总有个度，你无休无止地放纵你自己，就是大逆不道。”

“是我害死了琳娜。”文帅忧郁的眼睛里有后悔的暗火闷烧。

“各人有各命，你清醒清醒吧。我已经和你表舅说好，择日你去他公司上班。”母亲说完故意搡得门户乒乓乱响，一转身，喉咙咕叽吞下一口泪去，心里哀号：苦命的儿啊。

文帅的心底就是琳娜的安息之地，他对琳娜的爱是神圣不容人说道的，他的痛是不容人碰触的。当他看到钱芷彤逆光飘然而至，惊异这世上竟有如此相像的两个人。他一时间血液凝冻，手脚发麻，万箭攒心的痛感刺醒了他的神经，他唯一能做的就是紧盯着钱芷彤。这一定是神派来抚慰他的：苍天啊，苍天啊！文帅腿骨一软差点跪倒在地。

钱芷彤却对着傻子似的文帅一笑：呆头鹅。

令钱芷彤万分惊讶的是，文帅竟然到青山当她的顾问，裹挟着热风暴的猛烈态势向她求爱。在青山，追求钱芷彤的优秀男人明面上的就有二三十个，暗恋的不算。岂容你一个文帅如此专横、如此胁迫？

钱芷彤忍无可忍，终于找文帅谈话。她泡了一杯新产的灵峰毛尖茶给文帅，给自己倒了一杯香槟慢慢啜着，斟酌了半日才说：“文顾问，你是个有涵养的绅士，我请你不要用那样的眼神看我，这是起码的礼貌。”

“我做不到。”文帅垂下忧郁的眼，抬起时，目光仍如旺火，炽热地烧到钱芷彤的脸颊边。

钱芷彤恼怒地涨红了脸，轻声说：“你妨碍了我的工作，你的目光扎心、晃眼、乱我的神，我很不习惯。”钱芷彤顿了顿，盯着垂下眼皮的文帅，坚定地说，“你如果一意孤行，我只好请劳总裁把你调走。”

“绝不可能。”文帅固执低语，目光依然烧灼着对面这个女人。

钱芷彤橄榄形的美目波光一闪，咬了咬嘴唇，提起话筒准备拨号。

文帅一把按住钱芷彤拨电话的手，钱芷彤被烫了一下，猛地缩回手，低声惊叫：“你在发烧？”

文帅舔了舔干裂的嘴唇，苦苦一笑：“见到你那天开始，一直发烧。”

他撸起长袖，手臂上布满乌紫的掐痕，他又拎起裤管，大腿小腿上也布满掐痕，乌紫一片。他神色凄然：“这是爱的掐痕，万箭钻心疼痛难熬时，我就这样安抚自己。我不知道自己还能熬到什么程度，芷彤，救救我……”

钱芷彤又低声惊叫：“你这是何苦？我要是不肯爱你，你岂不枉然？”

文帅放下衣袖裤管，语气热烈而悲恸：“别人爱你是为了你的钱，为了你的权力和当下的美貌，而我是用燃烧的生命在爱你。”

钱芷彤不屑一笑：“每个追求我的人，都这样说。”

“他们爱你是为了占有你，而我爱你，不会让爱成为你的束缚，而要让爱成为灵魂两岸之间流动的海洋。”文帅深情的目光里含着热泪，“在余下的日子里，我只想牵着你的手，一起老去，再无遗憾。”

文帅在说出“再无遗憾”四个字时，刀尖剜心般痛，眼泪就簌簌下来了。琳娜的死让他恨死了自己，连死的心都有。他如果再让钱芷彤从他手里溜走，那他是万万不能原谅自己的。

“不论我发生过什么，或将发生什么，你都不会改变？”钱芷彤心旌摇荡，秋波盈盈，颤着声音问。

“永远不会。”文帅向钱芷彤伸出滚烫的双臂，把她紧紧揽入怀中，嘴唇紧贴在芳香柔软的头发上，仿佛这是他失而复得的稀世珍宝。

没有经历过生死之恋的钱芷彤，必然难以走进文帅沧海般丰富的心田，她错把文帅的爱等同于一般的欢爱，错识了文帅的苦心。或者说，钱芷彤当时的经历和被光环笼罩住的自我迷醉，阻止她进一步去认同文帅的情感，深入细致地去解读这个男人的悲苦和他对爱的刻骨铭心。因而在许多地方、言语上轻率伤害了他却尚不知晓，更无所谓。在她心里，文帅终究不过是个贪恋美色的男人,这样的男人她钱芷彤一抓一大把。尤其当她得知文帅爱她,很有可能把她当作亡故爱人的替身时,她更不能容忍,一脚头踢开了文帅。

直至她做了囚徒,一夜间,追求她的男人们个个消声遁迹,唯有文帅在香港为旷达失去的三亿人民币和 GH 银行周旋,为减轻她的刑期不惜劳神费力时,钱芷彤这才清楚,她失去的是几生几世都追悔莫及的真爱。那一刻,她悲上心间,号哭不止,用眼泪祭奠自己亲手埋葬掉的爱恋。

钱芷彤出于万分愧疚的心理,也不想连累文帅,决然斩断文帅与她的一切联络,拒绝他的探视,拒收他的信件,拒接他的电话,杜绝一切有关文帅的消息。她把他当作"过客",人走茶凉的"过客",把他从自己的记忆里,硬生生剥离干净。

文帅朝她走过来,闪耀着秋阳的光芒。钱芷彤依旧战栗不止,她想朝前走,却迈不动步子。她无比感激,一时间不知感激谁又如何感激,恍惚间跪倒在地,把脸贴近泥土,珠泪滂沱。

黑皮的汽车绕出了山峪口,朝着山下开去。

突然,田小鸥指着窗外叫:"教授快看。"

龚铁看出去——

一株野杜鹃从一块岩石的裂缝里斜斜长出来,细细的茎顶着单朵花苞,随着山风微微颤抖,花苞初绽,像一星火焰,细密如丝的雨落进花蕊中,无声无息。

黑皮的车开得缓慢。

"教授快看。"田小鸥又叫。

一簇野杜鹃在雨中缓缓张开花苞,深红浅红的花朵小酒盅那样承接春天的甘露。龚教授恰好看到开放的过程,看到了生命的跃动。

不远处的山崖上、坡顶上,目光所及处,野杜鹃三三两两预备着,不知名的野花野草预备着，一场生命的竞赛将是何等的壮观惊艳，它必定如火如荼。

龚教授鼻子一酸，瞬间，热泪喷涌。

2013 年 12 月 27 日完稿

2014 年 3 月 20 日修改稿

2014 年 11 月 20 日三稿

后　记

“谦逊是藏于土中甜美的根,所有崇高的美德由此发扬滋长。”

感谢所有关注、支持此书的朋友们。

感谢为此书的出版默默付出辛劳的编辑。

墨　梓

2015 年 4 月